〈完本〉初ものがたり

宮部みゆき

PHP
文芸文庫

○本表紙デザイン＋ロゴ＝川上成夫

目次

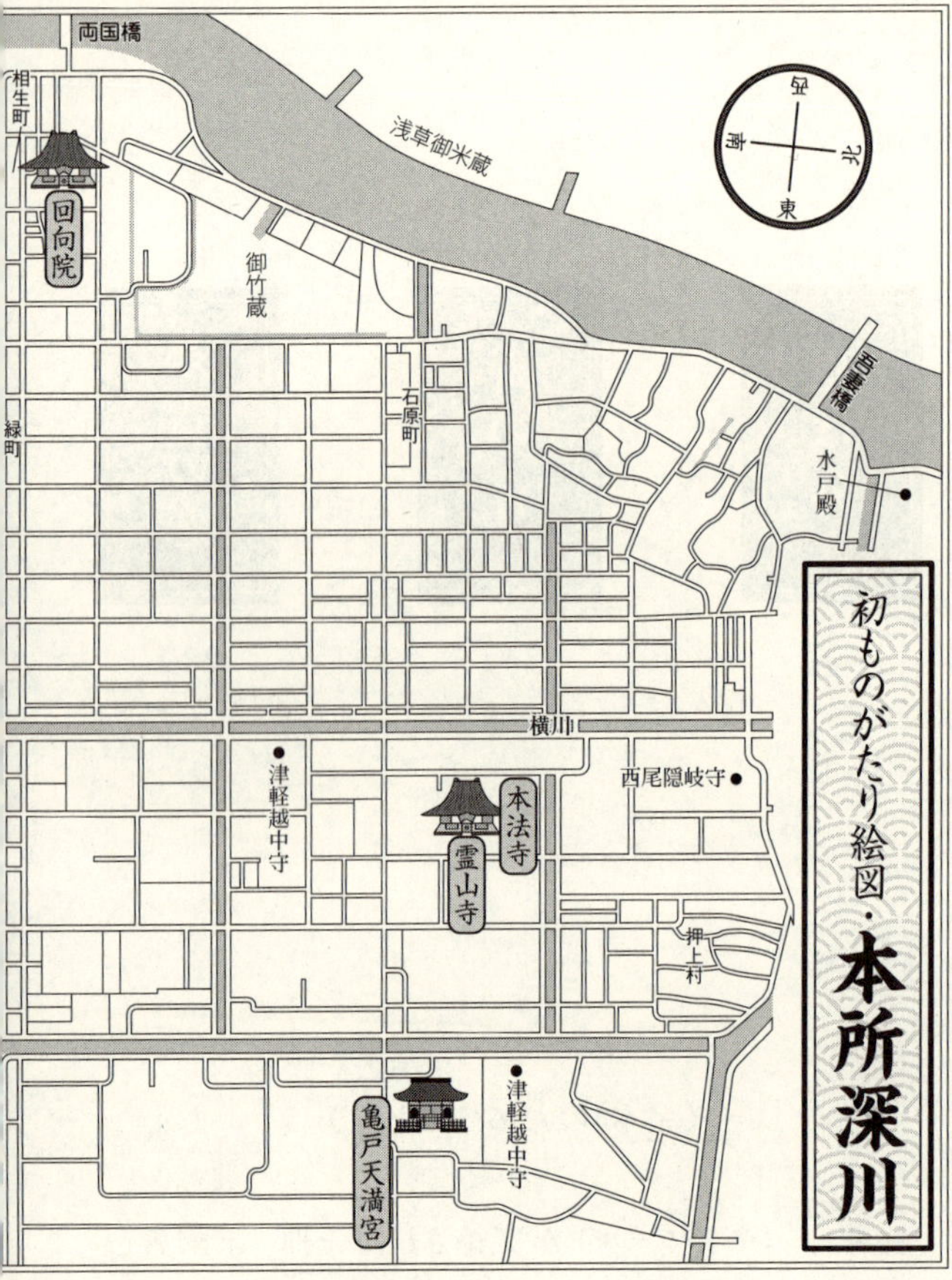
初ものがたり絵図・本所深川
西
南
北
東
両国橋
相生町
回向院
浅草御米蔵
御竹蔵
石原町
緑町
吾妻橋
水戸殿
横川
津軽越中守
本法寺
霊山寺
西尾隠岐守
押上村
亀戸天満宮
津軽越中守

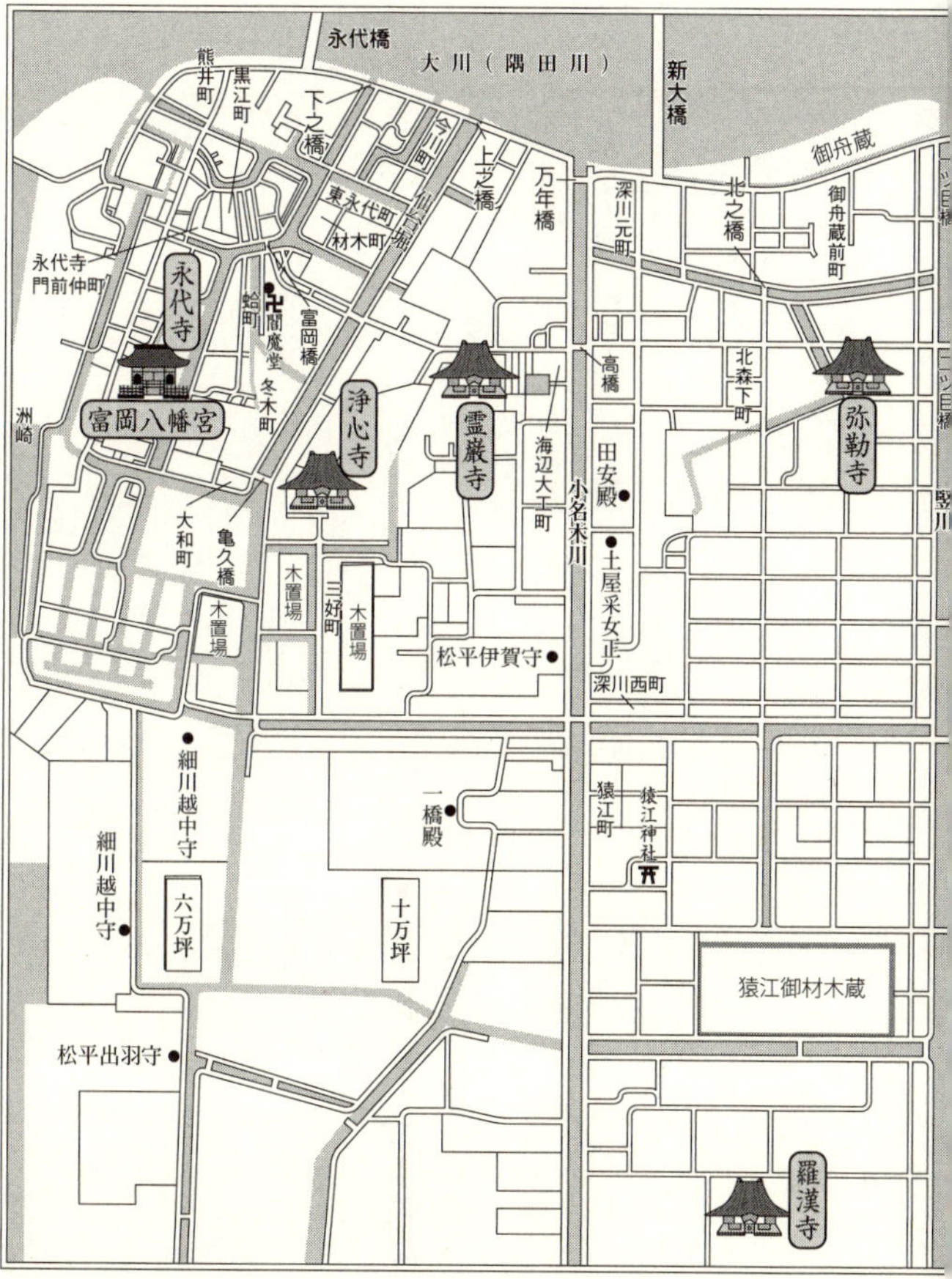

永代橋
大川（隅田川）
新大橋
御舟蔵
熊井町
黒江町
下之橋
今川町
上之橋
万年橋
深川元町
北之橋
御舟蔵前町
東永代町
材木町
仙台堀
永代寺門前仲町
永代寺
蛤町
閻魔堂
富岡橋
冬木町
富岡八幡宮
洲崎
浄心寺
霊巌寺
高橋
海辺大工町
北森下町
弥勒寺
田安殿
小名木川
竪川
土屋采女正
大和町
亀久橋
木置場
三好町
木置場
木置場
松平伊賀守
深川西町
細川越中守
一橋殿
猿江町
猿江神社
六万坪
十万坪
細川越中守
猿江御材木蔵
松平出羽守
羅漢寺

本文イラスト――三木謙次
本文デザイン――ＣＧＳ

お勢殺し

一

深川富岡橋《ふかがわとみおかばし》のたもとに奇妙な屋台が出ている――という噂《うわさ》を耳にしたのは、ちょうど藪入《やぶい》りの日のことだった。

新年一月十六日前後、俗に「地獄の釜《かま》の蓋《ふた》も開《あ》く」と言われる藪入りは、盆の藪入りと共に、厳しいお店《たな》暮らしの奉公人たちにとっては一年のうちで何よりも楽しい日であった。一日お暇《ひま》をもらい、親元に、家族の元に帰ってのんびりと過ごす。墓参りをする。勝手向きの具合がよく、奉公人思いのお店のなかには、この日、休みをとる奉公人たちに小遣《こづか》いを渡すところもあり、たとえ雀《すずめ》の涙ほどの額であっても、日ごろは古着一枚自由には買うことのできない身分の者たちにとっては、それがまた輪をかけて嬉《うれ》しいことになる。

ただし、浮かれ気分のこの一日に、気をつけねばならないこともあった。奉公人たちのなかには、日帰りのきかない遠方から来ている者もいるし、様々な事情で帰る家のない者もいる。彼らのうえにも藪入りの浮かれ気分はひとしなみに訪れる。しかし、こういう寂しい身の上のお店者《たなもの》たちは、概してこの日、食い物屋や岡場所や酒場、見世物《みせもの》小屋や芝居小屋など、日ごろ入りつけない遊興場所で、厄介《やっかい》な騒ぎを引き起こしたり巻きこまれたりすることが多いのだ。それだから藪入りは、一面、十手《じって》持ちにとっては気の抜けない一日ともなるのである。

本所深川《ほんじょふかがわ》一帯をあずかり、「回向院《えこういん》の旦那《だんな》」と呼ばれる岡《おか》っ引《び》きの茂七《もしち》のところも例外ではなかった。通称の由来のとおり、回向院裏のしもたやに住まう茂七のところには、下《した》っ引《び》きがふたり出入りしているが、彼らにとっての藪入りは、朝早くから夜木戸が閉まるころまで縄張《しま》一帯を見回り、この日だけお大尽《だいじん》気分のお店者たちが好んで立ち寄りそうな店々に顔をのぞかせて、それぞれの店の気質に合わせ、あんまりあくどいことをしなさんなと因果《いんが》を含めておいたり、慣れない連中をよろしくなと頼んでおいたりという仕事に明け暮れるという一日だ。富岡橋のたもとの屋台の一件は、そういう行脚《あんぎゃ》仕事のあいだに、下っ引きのひとり糸吉《いときち》が耳に入れてきて、茂七のかみさんがこしらえた昼飯《ひるめし》をかっこみながら話してくれたものだった。

「なんでその屋台が妙だって言うんだい」

糸吉よりも先にぶらぶら歩きの見回りから戻っていた茂七は、もう昼飯を済ませ、煙草《たばこ》をふかしていた。ふうと煙を吐きながら、どんぶり飯にくらいついている糸吉に問いかけた。

「熊の肉でも食わせるってわけじゃねえんだろう?」

「そんなわきゃねえですよ。あっしもちょいと見に行ってきたんですがね、売りもんはただの稲荷寿司《いなりずし》でさ、へえ」すきっ歯のあいだから盛大に飯粒《めしつぶ》を吹き飛ばしながら糸吉は答えた。「当たりめえの稲荷寿司ですよ、枕《まくら》ほどでっけえってこともありゃしません」

おひつを脇《わき》において糸吉の食べっぷりをながめていた茂七のかみさんも、これには吹き出した。

「そんな稲荷寿司だったなら、糸さんが食べずに帰ってくるわけないもんねえ」

笑いながら、糸吉の差し出したどんぶりにお代わりを盛ってやる。そのあいだに糸吉は、畳《たたみ》に散ったごはんつぶを拾い集めて口に入れる。どうしても黙って飯を食うことのできないおしゃべりな気質《たち》の糸吉の、これは日ごろの習慣である。

「ほんとでさ。だけどあっしはあいだ食いはしねえですよ。おかみさんの飯をたらふく食いたいからね」

「無駄口はいいから、ちゃんちゃんと話せ」茂七が促《うなが》すと、糸吉は二杯目の飯を頬《ほお》ばりながらもごもご言った。「夜《よ》っぴて開けてる屋台なんでさ」

「その稲荷寿司屋がかい」

「へえ。夜鳴き蕎麦《そば》でもねえのに、丑三《うしみ》ツ（午前二時）ごろまで明かりをつけて寿司を並べてるってんで、あのあたりの町屋《まちや》の連中が首をひねり出しましてね。そり

やあ、あのあたりの店はみんな宵《よい》っぱりですけどね、それだって、仲見世《なかみせ》の茶屋が店じまいするまでの時刻でしょう。丑三ツ刻《どき》まで開けてるなんてのは聞いたことがねえ。そんな遅い時分じゃあ、ふりの客なんか通りかかるわけがねえでしょう？　なんのために開けてるんですかね。しかも、そんな遅くまでやってるくせに、翌日の昼前にはもう商《あきな》いを始めてるっていうから働きもんだよね」

たしかにそうだ——と、茂七はちょいと首をひねった。

富岡橋のあたりといったら、名高い富岡八幡《とみがおかはちまん》さまを背中にしょっているうえに、近くには閻魔堂《えんまどう》もある。一年中大勢《おおぜい》の参詣客《さんけいきゃく》が訪れる場所として、屋台に限らず食い物商売にはうってつけのところだ。実際、出店《でみせ》は数多く、様々な食い物飲み物が売られている。そして、糸吉の言ったとおり、夜は夜で八幡宮の仲見世の明かりを恋《こ》うて訪れる男たち、洲崎《すざき》の遊郭帰りの客たちをあてこむことができるから、これらの店はみな夜更《ふ》けるまで明かりをつけていることも多いのだ。

だがそれでも、真夜中すぎまで開けているということはない。少なくとも、茂七が知っている限りでは。いくら吉原《よしわら》の向こうを張ると胸を張ってみても、やはりここらの町は夜ともなれば物騒《ぶっそう》なところであり、物盗《ものと》りや追剝《おいは》ぎ、猪牙舟《ちょきぶね》に菰《こも》をかけたようなお手軽なあつらえで稼ぐ女たちが跋扈《ばっこ》する土地柄である。そういう場所で、夜っぴてこうこうと明かりをつけて稲荷寿司を売っているというのは、解《げ》せないというよりも不用心なことであるように、茂七には感じられた。

「で、おめえはその屋台の親父《おやじ》の顔を見てきたのかい？」

茂七の問いに、糸吉はうなずいた。「親分よりちょいと若いくらいの年格好の親父です。髷《まげ》のここんとこらへんに——」と、耳の上のあたりを示して「だいぶ白髪《しらが》がありました。そういうとこは、親分より老《ふ》けてたね」

茂七は新年を迎えて五十五になった。五十の声を聞いたときに急にがっくり歳《とし》をとったような気分を味わったが、ここまでくると五十路《いそじ》にもすっかり慣れて、還暦《かんれき》まではまだ間がある、まだそれほどの歳じゃねえ、などと思ったりもするようになった。

「顔はどうだ。つやつやしてたか。それともしわしわか」

「さて」糸吉は真顔で思案した。「親分と比べてどうかってことですか？」

かみさんがまたぷっと笑った。茂七はふんと言って煙管《きせる》を火鉢の縁《ふち》に打ちつけた。

「まあいい。おいおい、俺もその親父の様子を見にいこう。新参者の屋台の親父がそんな商売をしてたんじゃ、遅かれ早かれもめ事が起こるにちがいねえ」

するとと、糸吉は目をぱちぱちさせた。

「それがね、それも妙ってば妙なんですけど、梶屋《かじや》の連中もその親父のことじゃおとなしいんですよ」

梶屋というのは黒江町《くろえちょう》の船宿《ふなやど》のことである。が、深川の者なら、誰もそれをそのとおりに受け取ったりはしない。梶屋は、この地の地回《じまわ》りやくざ連中を束《たば》ねる頭《とう》目《もく》である瀬戸《せと》の勝蔵《かつぞう》という男がとぐろを巻いている巣だ。店そのものは造りの小さい小ぎれいな船宿以外の何物にも見えないが、そこの畳を叩《たた》いてみれば、たちまち前が見えなくなるほどの埃《ほこり》が舞いたつというところだ。

この勝蔵も茂七と同年配の男だが、やくざ渡世を無駄に歳食ってすごしてきたわけではなく、とてもはしこい。縄張《しま》内の商店や屋台が言いなりの所場代《しょばだい》——ふざけたことに、勝蔵はこれを「店賃《たなちん》」と呼んでいるらしい——を払っている分には、手荒なことは何もしない。むしろ、争いごとの仲裁などもする（もっとも、そこで高い手数料をとるわけだが）し、火事や水害のときなどは、屋根に梶屋の屋号をつけたお救い小屋を建てたりする（そうやって地主連《じぬしれん》に貸しをつくるというわけだが）。博打場《ばくちば》もあちこちに隠し持っているが、これまでそこで素人衆《しろうとしゅう》を巻きこんだあからさまな血生臭いことが起こったというためしもない。茂七も勝蔵とは長い付き合いになるが、正直、縄張のなかにいられて、ひどくやりにくいという相手ではなかった。茂七がその手札《てふだ》を受けている南町奉行所《みなみまちぶぎょうしょ》の旦那も、

「勝蔵は、ごまの蠅《はえ》というよりは熊《くま》ん蜂《ばち》みたいな奴《やつ》だが、目のねえ熊ん蜂じゃあね

えからな。目のねえあぶよりはましかもしれねえよ」

　と認めているほどだ。

「するてえと、その親父、勝蔵に相当な鼻薬《はなぐすり》をかがしてるってえわけかな」

「そうとしか思えねえけど……」糸吉は、急に声を落とした。「でも、あのへんの店屋《みせや》でちらちら聞いた話だと、去年の師走《しわす》の入りのころ――ちょうどそのころ、その稲荷寿司屋が店開きをしたんですけどね――梶屋の手下《てか》がいっぺん、その親父んとこへ来たらしいんですよ。かなり強《こわ》もてでね。けど、半刻《はんとき》（一時間）もしないうちにとっとと帰っちまって、そのあと、勝蔵がじきじきに御神輿《おみこし》あげてやってきて、なにやら話しこんで、また半刻ばかりで引き上げて、それっきり音沙汰《おとさた》もおかまいもなしだってんです」

「千両箱でもぶつけられたんじゃないの」と、かみさん。「勝蔵って人はそういう人よ」

「いやいや、おかみさん、そういうけどね、でも俺の聞いた話じゃ、そのときの勝蔵が、なんだか小便でももらしそうな顔してたっていうんでさ。妙でしょ？　あの勝蔵がですよ」

　今度こそ、茂七も本当に首をかしげた。これは、ちょいと妙だという以上のものだ。勝蔵がじきじき雪駄《せった》をつっかけてお運びに及んだなどという話、これまで耳にしたことはない。

その稲荷寿司屋、怖いもの知らずの素人屋台というだけでは片付けるわけにはいかない。煙管を手にしたまま、茂七は、こいつはうっかり手出しはできねえかもしれないぞと考えこんでいた。

ところが、そんな茂七のもの思いは、表から聞こえてきた新しい声に破られた。

「昼飯はお済みですか、親分」

戸口のところで、牛《うし》の権三《ごんぞう》が片膝《かたひざ》をつき、こちらを見ていた。空《から》っ風《かぜ》に巻かれた木の葉のような糸吉とは正反対で、急ぎのときでさえ走らずにのしのし歩く。どたどた音をたてることこそないものの、あまりに鈍重《どんじゅう》なその動作に、「牛」という通り名がついたという男だ。新川《しんかわ》の酒問屋に三十年勤めあげ番頭にまでなったのに、些細《ささい》なことでお店を追われ、あれこれあって、四十五という歳で茂七の下っ引きになって一年経《た》つ。この道では、やっと二十歳《はたち》になったばかりの糸吉よりも新米《しんまい》である。

茂七の元には、長いこと、文次《ぶんじ》という若者が下っ引きとして働いていたのだが、この文次が、二年ほど前、ちょっとした縁に恵まれ、ある小商いの店から婿《むこ》にと望まれた。茂七はもともと、こういう稼業で食ってゆくには文次は少しばかり気が優しすぎると案じていたこともあり、本人が承知ならと喜んでこの話を受け入れた。

岡っ引きと下っ引き――つまり親分と手下との関《かか》わりには濃い薄いがある。常に親分のそばについて一緒に働く手下もいれば、用のある時だけ呼び出されて仕事を手伝う者もいる。茂七にとって、文次は関わりの濃い手下だったので、彼がいなくなると、当時はいっぺんに身辺が寂しくなった気がしたものだ。

が、世の中巧《うま》くできている。文次が去ってまもなく、茂七もまた別の縁に巡り合い、最初に糸吉、次に権三と、続けて手下ができた。今ではかなりにぎやかな暮らしをしている。

「ああ済んだよ、なんだい」

「腹具合の悪くなりそうなもんがお出ましになりましたので」

お店時代の癖なのか、権三は持ってまわったものの言い方をする。だが、茂七はぴりりと緊張した。

「何が出たい」

「女の土左衛門《どざえもん》です」と、権三は答えた。

「下之橋《しものはし》の先で杭《くい》にひっかかってあがりました。すっ裸で、歳は三十ぐらいです。おかみさん申し訳ねえ、こんな話をお聞かせして」

三十年近く岡っ引きの女房をやっている女をつかまえてそんなことを言うところ、権三の芯《しん》はまだまだ番頭なのである。

「おめえも、いつまでたっても馬鹿丁寧な野郎だ」と言いながら、帯に十手をねじこんで、茂七は立ちあがった。

二

大川端《おおかわばた》に引きあげられ、筵《むしろ》で覆《おお》われていた女の土左衛門は、一見したところでは傷もなく、殴《なぐ》られたり叩かれたりしたような痕《あと》も残っていないきれいな身体《からだ》をしていた。それほどふくれた様子もないところから見て、水に入ってからせいぜいひと晩というところだろう。

「でけえな」

むしろをはぐり、女の肢体《したい》を一目見て、茂七はまずそう言った。死に体《たい》になって横たわっていてもすぐにそれと知れる背の高さとなると、生きていたときにはもっと大柄《おおがら》に感じられたことだろう。

「覚悟の身投げですかね？」

糸吉の問いに、茂七は逆に問い返した。

「なんでそう思う」

「死に顔がきれいですよ」

たしかに、女はかすかに眉《まゆ》をひそめたような表情を浮かべてはいるものの、恐怖や苦悶《くもん》の跡を窺《うかが》わせるようなところは見えない。

「女が心を決めてどぶんとやらかすときは、裸になんかならねえもんだ」

「川の水にもまれてるうちに着物が脱《ぬ》げちまったのかも」

「夏場ならともかく、この季節じゃ、まずそんなことはねえ、脱げるのは履き物ぐらいのもんだ」

新年のご祝儀《しゅうぎ》だろうか、年明けからずっと好天続き、今日もしごく御機嫌のお天道《てんとう》さまが輝いている。大川の水は空の色を映してどこまでも青く、そのままその上を滑って行くことができそうなほどに凪《な》いでいる。だが風は頬を凍らすほどに冷たく、川面《かわも》に身体を向けて立っていると、すぐに耳たぶや指先の感覚がなくなってきた。この寒さでは、誰もがしっかり紐《ひも》や帯を締めて着物を着込んでいるし、いったいに、水に入って死のうという連中は、飛びこんだときの水の冷たさを思ってのことだろうが、普段よりも厚着をするものだ。それだけの支度《したく》が、荒れてもいない川の流れに巻かれたくらいで、ここまできれいに裸になるということは考えられない。

「じゃ、岡場所女の足抜けだ」糸吉は、思い付いたことをすぐ口に出す。「逃げようとしたところを見つかって、川へざぶんと」

茂七は笑った。「それなら、もうちっと辛《つら》そうな怖そうな顔をしてそうなもんだ。てめえがさっき言ったことと違うぞ。それに、足抜けしようとして殺された女なら、身体に折檻《せっかん》の痕が残ってる。あて推量はそのへんにして、権三を手伝って、集まってる野次馬《やじうま》のなかから、何か拾いだせねえかどうか当たってみろ」

糸吉を追っ払い、茂七は女の身体の検分を続けた。肌のきめ、下腹《したっぱら》や乳房の具合からして、権三のつけた年齢の見当は当たっていよう。腕や首、顔のあたりの肌色が、胸や太ももなど、着物で隠れている部分の肌よりも薄黒いように見える。それに、二の腕や太ももの肉の付きかた——堅く張り詰めて、頑丈《がんじょう》そうだ。

これが男なら、お天道さんの下で力仕事をしている野郎だと、茂七はすぐに見当をつけただろう。だが、この仏は女だ。

（うん？　これは……）

女の右肩に、茂七のてのひらぐらいの大きさの、薄い痣《あざ》のような影がある。触れてみると、そこだけ皮膚が堅くなっていた。

「おい」まだ仏のほうを向いたまま、茂七は手下たちを呼び寄せた。ふたりは急いで人ごみを抜け近寄ってきた。

「女の行商人を探してくれ。まずはこのあたりからだ。見掛けたことはねえかってな。てんびん棒担《かつ》いで商う行商だ。魚や野菜——ひょっとすると酒かもしれねえ。

女でそういう担ぎ売りをするのは珍しいから、うまくいけばすぐに当たりがあるだろう」

「この女がそういう商いだっていうんですかい？」

権三の問いに、茂七はうなずいた。「右肩に胼胝《たこ》がある。それも年季の入った代物《しろもん》だ」

狙いは当たっていたし、神さんからの遅いお年玉ということだろうか、茂七にはツキもあった。ようよう駆けつけてきた検視のお役人と話をしているあいだに、糸吉が女の身元をつかんできたのだ。

東永代町《ひがしえいたいちょう》の源兵衛店《げんべえだな》の住人で、名はお勢《せい》。担ぎの醬油《しょうゆ》売りだという。

「今朝《けさ》からずっと姿が見えないし、部屋にもいない。商いに出た様子もないんで心配していたところです」

駆けつけた茂七たちに、源兵衛店の差配人《さはいにん》はこう言って、苦《にが》い顔をした。

「それで、相手の男は見つかりましたか」

「相手の男？」

「ええ、お勢は心中したんでしょう？　あれだけ熱をあげてたんだ、ひとりで死ぬわけがない」

醬油売りのお勢は歳は三十二、心中の相手だと思われる男は、お勢が醬油を仕入れていた問屋野崎屋《のざきや》の手代《てだい》で二十五になる音次郎《おとじろう》という男だという。茂七はすぐに、御舟蔵前町《おふなぐらまえちょう》にあるという野崎屋に糸吉を走らせた。

差配人の話では、お勢は七十近い父親の猪助《いのすけ》とふたり暮らしで、猪助は酒の担ぎ売りをしていたという。

「父娘《おやこ》で仲良く働いて、こつこつ稼いできたんですがね。去年の春ごろ、猪助が身体をこわしまして。はっきりした診立《みた》てはつかないんだが、熱が続いて飯も食えなくなって、とてもじゃないが酒の担ぎ売りどころじゃなくなった。一日寝たり起きたりでね。私も心配しまして、いろいろ手を尽くして、結局、ようよう秋口になって、小石川《こいしかわ》の養生所《ようじょうしょ》へ入れてもらえたんですよ」

「じゃあ、今もそこに」

「ええ。最初のうちはお勢もしょっちゅう見舞いに行ってたんですがね、音次郎さんとできちまってからは親父なんかほっぽらかし、音次郎さんのあとばかりつけまわしていたんです。先方は、いっときの気まぐれの色恋《いろこい》からさめると、あとはただお勢から逃げ回っていたようでしたが」

「差配さんは、音次郎さんと会ったことがあるのかい」

「いいえいいえ、ありません。音次郎さんてひとはここへ来たことさえないから、お勢の色恋沙汰《ざた》を知ってるここの連中も、誰も音次郎さんの顔を見たことはないんです。お勢の話じゃ、そりゃいい男のようだったけど」

あたしゃやめろって言ったんですよと、差配人は苦りきった。

「いっとき、どれだけ優しいことを言われたんだか知らないが、相手は問屋の手代、しかも野崎屋でも切れ者で通ってるひとで、そろそろ番頭にとりたてられそうだって噂もあるんだよ、それに引き換えあんたは担ぎ売り、しかも年上だ、まともに釣り合う仲じゃないし、音次郎さんにあんたと所帯《しょたい》を持つような気持ちがあるわけがねえってね。だけどお勢は耳を貸してくれなかった。もし捨てられたら死ぬだけだし、そのときはひとりじゃ死なない音次郎さんも道連れだって、目をつり上げて言ってました。怖いようでしたよ」

怖いと言いながら、差配人の顔は痛ましいものを見るときのように歪《ゆが》んでいた。

「お勢は働きづめで、たしかに娘らしい楽しみなんか何も持っちゃいなかった。あの娘は大柄で骨太で色黒でね。女だてらに担ぎ売りなんかやれたのはその身体があったからですが、その分、娘としちゃ損ばっかりしてきた、そんな女だ。いきなり甘い夢見せられて、頭がおかしくなっちまったんでしょう。遊びだったんだろうけれど、音次郎さんも罪なことをしなすったもんです。まあ、もう死んじまったひとのことを悪くは言いませんが」

なんまんだぶなんまんだぶと唱える差配人を、茂七は苦笑してとめた。

「念仏はまだ早いよ、音次郎がお勢と心中したと決まったわけじゃねえ」

茂七のにらんだとおりだった。野崎屋に馳せさんじて戻ってきた糸吉は、目をくりくりさせながらこう言ったのだ。

「音次郎って手代は、今朝早立ちして、川崎のおふくろのところへ帰ってるそうです。藪入りですからね、親分」

まだ手を合わせたまま目をむいている差配人に、茂七は「そうらな」と言った。

三

音次郎がもしお勢殺しの下手人《げしゅにん》なら、もう野崎屋には戻ってこないだろう。だが、もし関わりがないか、あるいは関わりがないとしらを切り通すつもりでいるのなら、今夜のうちには戻ってくる。どっちみち川崎まで追っかけることもない。糸吉を野崎屋に張りこませておいて、茂七は権三とふたり、源兵衛店のお勢の部屋を調べることからとりかかった。

源兵衛店は十軒続きの棟割《むねわり》だが、建物の裏は幅三間ほどの掘割に面している。お勢の部屋からもじかに掘割をのぞむことができ、土手を乗り越えればすぐに水面だ。

薄べったい布団《ふとん》に行李《こうり》がいくつかあるだけの、貧しい住まいだった。台所道具も使いこまれた古いものばかりだ。

「お勢はここから水に入りましたね」と、権三が言った。「殺しかどうかはわからねえけど、場所はここでしょう」

「どうしてだい」

「お勢は赤裸《あかはだか》でした。外には出歩けねえ」

「他所《よそ》で裸にむかれたのかもしれねえ。着物ぐらい、どうとでも捨てることができる」

「行李のなかに、袷《あわせ》の着物が二枚、腰巻きが三枚、じゅばんも三枚入ってます。帯だの紐だのの数と突き合わせると、たぶんそれが、お勢の持ってた袷の着物の全部でしょう」

「だろうな、それは俺もそう思う」

別の行李には、お勢が商いに出るときに着る衣服の一式がふた揃《そろ》い入れられていた。担ぎの醬油売りは、着物の裾《すそ》をまくり、下には股引《ももひき》をはく。頭には頭巾《ずきん》をかぶって商いものに髪の毛が落ちるのをふせぐ。それらのうち、ひと揃いは洗ってたたんだままの様子だったが、上のほうにのせられていたもうひと揃いは明らかに昨日まで着られていたもののようで、襟《えり》が薄く汚れ、足袋《たび》の裏にも土埃《つちぼこり》がついていた。

「昨日の何時《なんどき》か、お勢は商いから戻ってきて、ここで支度をとって、そのまま川へ入った――あたしにはそう見えます」

「どうして着物を脱いだんだろう」

「それはわからないですが」権三は顔を曇らせた。「女ってのは、ときどき思い切ったことをしますからね」

「そいつは俺も同感だ」茂七は首をめぐらせ、土間の水瓶《みずがめ》の脇《わき》に重ねてある醬油樽《だる》とてんびん棒に目をやった。「昨日、お勢が一度ここへ戻ってきたということにも同感だ」

土間に降り、醬油の匂《にお》いがしみこんだ樽に手を触れてみる。よく使いこまれたてんびん棒は、それだけでもちょっとした重さがある。すぐ脇には身体をこわすまで父親の猪助が使っていたものだろう、似たような担ぎ売りの道具一式が立て掛けてあったが、こちらは埃をかぶっていた。

「じゃ、やっぱりここで水に――」

権三を制して、茂七は続けた。「お勢は殺されたんだと、俺は思う。痕の残らねえ殺しかたはいくらでもあるからな。着物も履き物もそっくりここにあるところを見ると、場所もここだろう。昨夜《ゆうべ》、遅くなってからのことじゃねえかな。それなら、潮の具合や川の流れからいって、ひと晩で下之橋あたりまで行っててておかしくねえ。ただ、どうして裸にしたのかがわからねえがな」

そこのところはひっかかる。なんで裸にしたんだ？

お勢の部屋を出ると、茂七と権三は、源兵衛店の連中から、このところのお勢の様子と、昨日の彼女の出入りについて訊《き》き回ってみた。それによると、猪助が元気で商いをしていたころは、お勢も近所付き合いがよく、長屋のかみさん連中とも親しくしていたのだが、音次郎とのことが起こってからは、急に疎遠《そえん》になったという。

「あたしたちが、音次郎さんとのことでいい顔しなかったから、腹を立ててたんでしょう」と、かみさんのひとりが言った。

「あんた騙《だま》されてるんだよって、あたしはっきり言ったことがありますよ。相手は本気じゃない。お勢ちゃん、日銭稼《ひぜにかせ》ぎの暮らしは不安だからって、爪に火を灯《とも》すみたいにして少しばかりお金を貯《た》めてたけど、音次郎なんてひとは、その金ほどもあてにはできない男だよって」

茂七はその金のことを頭に刻みこんだ。調べた限りでは、お勢の部屋に蓄えらしきものはなかったからだ。

昨日のお勢の動きについては、商いに出ていったのが何時《いつ》ごろだったのかははっきりしなかったが、帰ってきたところを見ていた者が見つかった。向かいに住む新《しん》内節《ないぶし》の師匠が、昨日の夕方六ッ《む》（午後六時）に、てんびん棒担いだお勢が戸口を開けて部屋のなかに入ってゆくところを見かけたという。

「それって何も、昨日だけのことじゃありませんよ。あたしも毎日、だいたい夕方のその時刻に出稽古《でげいこ》から帰ってくるんです。お勢ちゃんが帰ってくるのを、今までも何度も見かけました。いつも六ッの鐘と一緒に帰ってきてました。そういう習慣だったんだね、きっと」

「後ろ姿を見たんだな？」

「ええ、だけど確かですよ。あれはお勢ちゃんでした。着物も頭巾もいつものやつでね」

「時刻は確かかい？」

「毎日のことだもの。それに、ちょうど六ッの鐘が鳴ってましたから」

となると殺しはそのあと、音次郎が——たぶん野郎が下手人だ——お勢を訪ねてあの部屋に入りこんだのもそれ以降ということになる。音次郎としては人目《ひとめ》を避けたいところだから、もっと夜が更けてからこっそり、ということが考えられる。

それはたぶん、お勢にも事前に報《しら》せていない訪問だったろうと茂七は思った。もし予告してあったなら、お勢がぽつねんとしていたわけがない。口止めされ、近所に言い触らすことはできなかったとしても、恋《こい》しい男の初めての訪問なのだから、食い物や酒ぐらいは用意しておきそうなものだ。だが、そんな様子はない。

もうひとつ、権三が耳寄りな話をつかんできた。源兵衛店の近所に、縫物の賃仕《ちんし》事《ごと》をしている家があるのだが、お勢はそこに、新しい小袖《こそで》の仕立てを頼んでいたという。

「お渡ししたのは、年明けです」と、そこのお針子《はりこ》は言った。「正月明けの藪入りに間に合わせてくれって、きつく頼まれましたよ。なんでも、言い交わした人がいて、藪入りには一緒にそのひとのおっかさんに会いに行くんだって。そのとき着る着物だからってね」

その着物のこと、お勢はきっと、頬を染めて音次郎に打ち明けたに違いない。彼はそれをどういう顔で聞いたろう。

「女から逃げようとしてる男としちゃあ、まずいなあ、まずいなあという話でしょうね」と、権三が平べったい顔で言った。「お勢も可哀相《かわいそう》な女だ」

「それよりも問題は、お勢のその着物がどこにも見あたらねえってことだな」と、茂七は言った。

源兵衛店の面々、とりわけお勢の隣《となり》に暮らしている者たちからは特に念を入れて話を訊いてみたが、誰も、昨夜のうちに怪しげな物音や女の悲鳴、掘割にものが投げ込まれる水音を聞いたという者は出てこなかった。だが、これはまあ、お勢を殺した側も細心の注意をはらっていたことだろうから、期待するほうが甘い。そもそもそんな騒ぎが起こっていれば、そのときすぐに誰かが気づき、お勢の部屋の戸を叩いていたことだろうし。

住人たちのなかには昼間は留守の家も多い。彼らを待っての調べはひとまず権三に任せることにして、夕暮れの近づく町を、茂七は急ぎ小石川に向かった。養生所に入っている猪助に会うためである。

急な坂道をのぼりきったところにある門を抜け、番小屋でことの次第を話すと、差配人のほうから話がいっていたらしく、猪助が待っているという。

「ただ、長居《ながい》は困ります。ここにいるのはみんな病人ですから」と、番人が言う。

「猪助の様子はどうなんです？」

「先生にうかがわないと、私にはわかりません。が、病人に手荒いことをされては困ります」

養生所は貧乏人にとっては有り難いところだが、岡っ引きに対しては、どうもこんなふうにつっぱらかっているところが厄介だ。俺たちお上《かみ》の御用をあずかる連中は、病に苦しむ貧乏人たちにとっては仇敵《きゅうてき》だと思いこまれているらしい、まあ、実際、そういう岡っ引きも多いんだがと思いながら、茂七は教えられた大部屋へ向かった。

　猪助は薄い布団の上に起き上がっていた。養生所のお仕着せにつつまれた身体は痩《や》せこけて、肩のあたりなど骨が浮き出て見えるが、思ったよりもしっかりしている。ここの先生には、あと半月も辛抱《しんぼう》すれば家に帰れると言われていると話した。

「お勢の情夫《いろ》のことは知ってました」と、猪助はしゃがれた声で言った。「差配人さんがときどき見舞ってくれてましたからね。あたしとしちゃあ、お勢が騙されてないことを祈るしかなかったけど、まさかこんなことになるとはね。ひと月前に、ちらっと顔を見たきりになっちまいました」

　がっくりと肩を落とし、充血した目をしばたたく。大部屋のほかの病人たちが、見ないふりをしながらも、ときどき、気の毒そうな視線を投げてきた。

「貧乏人は、働いて働いて、一生働くだけで生きていくんだ、特におめえはそのでっかい身体だから、まともな縁はありゃしねえ。自分で稼いでいい暮らしをするんだぞって、あっしはずっと言い聞かせてきたんですよ。それなのにね……」

「お勢だって女だよ」

「女でも、女みたいな夢見ちゃ生きていかれねえ女もいるんです」

　これには、茂七もぐっとつまった。

「音次郎には腹は立たねえのかい？」

「怒ってもしょうがねえ」猪助は口の端をひん曲げて笑った。「お勢はね、あたしが音次郎さんと一緒になれれば、おとっつぁんにも少しはいい暮らしをさせてあげられるようになるって言ってたんです。日銭で稼いでいくらの暮らしから抜け出せるってね。たしかに、音次郎ってひとはお店者《たなもの》だ。真面目《まじめ》に勤めてりゃ、その日暮らしのあたしらとは段違いの暮らしのできる人でしょう。お勢が分《ぶん》不相応の夢を見ちまったのも仕方ねえ。あっしはね親分さん、お勢が死ぬときまで、そういう楽しい夢を見ていられたなら、それはそれでいいと思います。ですから、そういうことじゃ、あいつが自分で水へ入ったんじゃなくて、いい夢見たまま殺されたってほうが、ずっと救われる。相手の男のことはどうでもいいんです。もともと、お勢が間違ったんだから」

諦《あきら》めきったような口調だった。

お勢の葬式の手配は、差配に任せてあるという。明後日《あさって》のことになりそうなので、その日は一日、ここを出してもらえそうだという。

「今夜は家に戻れねえのかい？」

「今さらそんなことして何になります？　今日帰ろうと明後日帰ろうと、お勢はもう生きかえらねえ」

養生所が帰宅を許さないというより、猪助本人が帰りたがらないのだろうと、茂七は思った。ひとり娘の死に顔を見るよりも、そこから目をそむけていたい。それほどに、猪助は弱っているのだ。

「お勢は稼いで小金《こがね》を貯めてた」と、茂七は言った。「今、それが見あたらねえ。あんたの今後のために、その金だけでも取り返してやるよ」

茂七の言葉にも、猪助は返事をしてくれなかった。ただ、頭をさげただけだった。

養生所を出て坂道を下りながら、茂七は考えた。もし、猪助が病にかからず、今もふたり一緒に元気で働いていたのなら、お勢もあんな無謀な恋に落ちこんだりはしなかったのではないか、と。父親に倒れられ、ひとり身の心細さ、日銭暮らしの先行きの危うさが急に身にしみた――そんな心の隙《すき》に、幸せの幻がすっと忍びこんできたのだ。お勢は音次郎に惚《ほ》れていたのだろうが、それと同じくらい、お店者の暮らしに憧《あこが》れていたのかもしれない。醤油を仕入れに行くたび、彼らを目の当《ま》たりに見てきたのだからなおさらだ。ああいうひとと一緒になれば、あたしだって毎日足を埃だらけにして歩きまわらなくても済むようになる。雨の日もずぶ濡れにならずに済む。担ぎ売りの男みたいな格好をせずに、手代さんの、いやじきに番頭さんのおかみさんと呼ばれるようになって、肩のてんびん棒の痕も消えるだろう――と。

（お店者の暮らしだって、そういいことばっかりじゃねえよ、お勢）

身体ひとつを頼りに働いて生き抜かねばならないことは、担ぎ売りの暮らしと同じだ。いや、岡っ引きだって似たようなものだ。みんな同じだよ、お勢。

芯から身体が冷えこんだ。坂を下り切ったところに出ていた屋台の蕎麦屋で夕飯を済ませると、とっぷりと日の暮れた道を茂七は足を早めて東へ向かった。もうそろそろ、川崎から音次郎が戻ってもいいころだ。

（もし、逃げたのではないのなら）

逃げたのではなかった。音次郎は野崎屋に帰ってきていた。

四

野崎屋では音次郎のために座敷をひとつ空《あ》け、主人が同席して、茂七の来るのを待っていた。一緒に待っていた糸吉はそれに不服そうな顔をしていたが、茂七はかまわないと思った。そもそも、若い手代が仕入れに出入りする担ぎ売りの女に手をつけたというのは、お店の不始末でもある。一緒に油をしぼってやりたいところだ。

音次郎は歳よりも若く見える。身体つきはがっちりして背も高く、お勢が自慢していたとおり、なかなか見栄《みば》えのする男だ。ただ、場合が場合とはいえ、始終きょときょとと動き回っている彼の目は、茂七にはどうにも気に食わないものに見えた。身体のわりに華奢《きやしや》な白い手をしているところも、遊び人ふうな匂いをさせている。

「お勢さんとは、半年ほどの仲になります」

あっさりと、音次郎は認めた。

「ただ、これだけは言っておきたいんですが、誘いをかけたのは私のほうじゃありません。それに私は、最初《はな》からはっきり言っていました。あんたと所帯を持つようなことにはならないよ、とね」

「そのとき限りの仲ってわけかい？」

「そういうこともあるでしょう、男と女には」きっと顔をあげて、音次郎は言った。

「そういう仲になったら、必ず所帯を持たなきゃならないなんて野暮《やぼ》なことは、親分さんだっておっしゃらないでしょう」

それだからこそ、自分はお勢の住まいに出入りしなかったのだ、会うときはいつも茶屋や船宿を使っていた、それも短い時間に——と主張する。

「あんたもお勢も、仕事の合間にぱっぱと逢《あ》いびきしてたってわけか」

「そうです」さすがに気がひけたのか、音次郎は主人を横目で盗み見た。「それでも、お店に迷惑をかけるようなことはしていません」

大きく吐《と》息《いき》をついて、野崎屋の主人が口を開いた。「それは、音次郎の言うとおりです。これは仕入れのほうの係でして、表へ出なければ仕事になりませんからな。遠出もしますし、時には付き合いで金も使う。だが、手間や金をかけただけのことは必ずしてきました。うちで卸《おろ》している品は、江戸じゅうでも一二《いちに》の折り紙つきの上物《じょうもの》です。それを、相場の七《なな》がけぐらいの値で仕入れている。これはみんな音次郎の手柄《てがら》です」

主人の口上《こうじょう》を聞き流して、茂七は音次郎に訊いた。「さいきん、お勢にはいつ会った」

「去年の暮れです。師走の半《なか》ばぐらいでした。勝手口のところで立ち話をしただけだったけれど」

「立ち話？」

音次郎は力をこめて言った。「私はお勢さんと別れようとしていましたからね。私は、お勢さんと深い仲になってすぐに、これは危ない女だと気づいたんですよ。あれだけ釘《くぎ》をさしておいたのに、所帯を持つ話ばっかり持ち出してきて、何を言っても聞く耳持たない。これじゃあ別れるほかないって思いました。そのことはお勢さんにも話しました。もう会えないとね。だがあのひとは諦めなかった。何度も私を訪ねてきたり呼び出したりしようとした。さすがに、お店で騒ぎを起こすことはしなかったけれど、あまりしつこいので私もほとほと閉口《へいこう》してたんです」

　お勢と顔を合わせたくないので、彼女が仕入れにやってくる明け方には、目につくところにいないようにしていた、という。

「まあいい、じゃあ師走の半ばにお勢と会ったとき、あんた、藪入りにはおっかさんのところへ帰るから一緒に行こうなんてことを言わなかったかい？」

　音次郎は冷笑した。「私がそんなことを言うわけがないでしょう」

　長年の勘《かん》で、茂七は、音次郎の言っていることが嘘《うそ》ばかりであることを悟ったが、面《おもて》には出さないでおいた。

「あんた、お勢のどこに惚れてた」

　突然の問いに、音次郎がひるんだ。「え？」

「惚れたところがあったから深い仲になったんだろう？」

「ええ、そりゃあ」音次郎は言いにくそうに、主人の顔をちらちら見た。

「あのひとはあのとおり、大柄で気性もはっきりしていて、歳も私よりずっと上だし……なんだか、姉さんと一緒にいるような気分になれました。そこですかね、良かったのは。だから、あのひとからすがりつかれるなんて、私は考えてもみませんでした」

とんだ甘ったれ男だ。お勢には男を見る目がなかった。

「昨日一日、どういうふうに過ごしてた。できるだけ細かく話してくれ」

昨日は午過《ひる》ぎからずっと外へ出ていたと、音次郎は言った。「新年ですから、お得意のところへ顔を見せたり、両替屋へ寄ったり」

ひとつひとつ、場所と、そこにいた大体の時刻をあげてゆく。

「ただ、夕方——そう日の暮れるころですが、四半刻《しはんとき》（三十分）ばかり大川端をうろつきまわっていました」

「なんで」

「考えてたんですよ」と、音次郎は腹立たしげに言った。「お勢さんとのことをどうするか。明日は藪入りで、おふくろのとこへ元気な顔を見せに行かないとならない、心配をかけるわけにはいかないと思うと、余計に滅入《めい》ってしまってね。あのままお勢さんにつきまとわれたら、私の将来はめちゃくちゃだ」

ずいぶんはっきり言うもんだと、茂七は驚いていた。普通、音次郎のような立場におかれたら、ちょっとでも疑いを抱かれないように、死んだ女に惚れていた自分が殺すはずはないというようなことを口にするものだ。

してみると、音次郎は本当にお勢を殺していないのか。それとも、女を殺したが、それについてはしらを切り通せる、尻尾《しっぽ》を摑《つか》まれたりしないと、よほどの自信を持っているのか。

「音次郎は、昨夜、六《む》ツ半《はん》（午後七時）にはここへ戻ってきておりました」と、主人が言った。「私のところに『ただいま戻りました』と挨拶《あいさつ》に来ましたから間違いありません」

「どうして六ツ半だとわかる」

「私の部屋には水時計があるのです。毎日、私がきちんと手入れして様子を見ていますから、けっして狂うことはありません。昨日、音次郎が戻ってきて、まもなくその時計が六ツ半をしらせました」

東永代町の源兵衛店にお勢が帰ってきたのが六ツ。そこから御舟蔵前町のこの店まで、男の足で半刻足らずのあいだに帰りつくことができるか。

ただ行って帰ってくるだけなら、できる。が、音次郎が、源兵衛店でお勢を殺し、裸にむいた死体を掘割に沈めて、それから帰ってきたとなると話は別だ。仮に、彼女が帰ってくるのを待ち受けていてすぐに殺したとしても、あたりをはばかってしなければならないことだし、どれほど急いでも四半刻はかかったとみなければならない。死人から服を剝《は》ぐというのは、案外手間のかかることなのだ。

そうなると、音次郎は残り四半刻でここまで帰ってこなければならなかったということになる。とても無理だ。

茂七は細かいものを見るときのように目をすぼめた。「夜はどうです？」

「夜は、音次郎はずっと私どものところにいました」

主人の言葉に、音次郎もうなずく。

「今日の藪入り、休みの前です。帳簿の突き合わせだのなんだの、細かい仕事が山ほどありました。夜業《よなべ》仕事になるほどでした」

「帰ってきてすぐに皆と湯に行った。外に出たのはそれだけです。あとはずっと、お店のなかにいましたよ。誰にでもいい、訊いてみてください。確かめてくださいよ」

音次郎が言って、まっすぐに茂七を見つめた。

言われるまでもなく、それから夜更けまでかかって、お店じゅうの奉公人たちから裏をとり、茂七は、野崎屋の主人と音次郎の言っていることに間違いがないことを確かめた。

なるほどこれかと、茂七は思った。これだから、野郎はてめえに疑いがかかっても怖くねえんだ。

今日はここまでと、茂七が野崎屋を引き上げるとき、音次郎は勝手口まで送り、床《ゆか》に手をついて挨拶をしてよこした。頭をあげるとき、不愉快だったやりとりを思い出したのか、ちょっとどこかが痛んだかのように顔を歪めた。何が痛いのか知らないが、お勢の死に心が痛んでいるわけではないことだけは確かだと、茂七は思った。

その晩――

一度は家に帰ったものの、茂七はどうにも腹が煮えてしようがなかった。酒も旨《うま》くないし、気が立ってしまって眠気《ねむけ》もさしてこない。音次郎の小生意気《こなまいき》な顔が目の奥でちらちらする。

何かからくりがあるはずだと思う。お勢を殺《や》ったのは野郎だ。だが、それがばれる気遣《きづか》いはねえと自信を持っている。だからこそのあの言いっぷりだ。

六ツから六ツ半。この時刻は絶対なのだろうか？

立ったり座ったりうろうろしても、何も浮かばない。かみさんは心得たもので、こういうときの茂七にはかまわないで放っておいてくれる。先に寝てしまっているはずだ。

知恵が出なくて腹が立つ。そうしているうちに腹がすいてきてしまった。

ふと、昼間の糸吉の話を思い出したのもそのせいだった。夜っぴて開いている稲荷寿司の屋台か。

出掛けてみるかと、履き物を足につっかけた。頭のなかを入れ替える足しにはならなくても、腹の足しにはなるってもんだ。

五

近くまで来てみると、たしかに、真っ暗な富岡橋のあたりに、明かりがぽつりと灯《とも》っていた。淡い紅色《べにいろ》の明かりだ。稲荷寿司の色に合わせているのだろうか。

実際には、富岡橋のたもとではなかった。橋から北へちょっとあがって右に折れた横町のとっつきだ。それを見て、茂七は思い出した。

つい半年ほど前まで、ここにはよくじいさんの二八《にはち》蕎麦の屋台が出ていた。この屋台もかなり宵っぱりで、閉めるのはいつも、いちばん最後だった。真っ暗闇のなかに明かりがひとつ灯って、蕎麦汁《つゆ》の匂いがする。そういうことが何度かあった。

このごろ見かけないのは、河岸《かし》をかえたのかと思っていたのだが……。

(するてえと、この稲荷寿司屋、あのじいさんの身内《みうち》だろうか?)

たいていの稲荷寿司売りは、屋台といっても屋根なしで、粗末な台の上に傘をかかげただけで商いをしているものだ。その場でつくって出すわけでもなく、つくり置きしたものを並べている。

だが、この屋台は違った。ちゃんと板ぶきの屋根つきで、長い腰掛《こしか》けもふたつ並んでいる。台の下で煮炊《にた》きできるようになっているのか、茂七が近づいてゆくと、そのあたりから真っ白な湯気《ゆげ》があがるのが見えた。

ほかに客はいなかった。茂七は、屋台の向こう側にいる、なるほど茂七よりもちょっと年下くらいの、口元がむっつりした親父に声をかけた。

「邪魔するぜ」

親父はちらと目をあげてこちらを見た。右手に長い箸《はし》を持ち、鍋《なべ》のなかをつついている。熱い味噌《みそ》の匂いがたちのぼった。

「稲荷寿司を三つ四つ。それと――なんだね、ここじゃ汁物も出すのかい？」

答えた親父の声は、茂七が思っていたよりもずっと張りがあり、どこか重厚な響きさえあった。「酒はございませんが、寒い夜ですので、蕪汁《かぶらじる》とすいとん汁がありますが」

すいとん汁は、葛粉《くずこ》を練ってこさえた団子をうどん汁で食べるもの。蕪汁は、旬《しゅん》の蕪を使った味噌汁だ。茂七のかみさんは、これに賽《さい》の目《め》に切った豆腐をいれる。

「蕪汁なら大好物だ。もらおうか」

へい、と低く返事をして、親父は脇からどんぶりを取り上げた。また鍋のふたを開ける。しばらくのあいだその手付きを見守ってから、茂七はゆっくりと言った。

「親父、このへんじゃ見かけない顔だね」

「店開きしたばかりでございますから」

「それにしちゃ遅くまでやってる」

親父は顔をあげ、湯気の向こうで薄い笑《え》みを浮かべた。「私の住まいはこのすぐ近くです。どうせ帰っても独り者《ひともの》ですからすることがない。それなら、できるだけ遅くまで商いしようと」

「寒いだろうに。それに、商いになるかい？　客がいねえだろう」

「いますよ。今夜だって旦那が見えたじゃないですか」

「ひとりふたりじゃあがったりだ」

「昼間も出ておりますから」

へい、お待たせしましたと言いながら、大ぶりのどんぶりに箸をそえたものと、小ぶりの艶《つや》のいい稲荷寿司ののった皿が出てきた。

まず、蕪汁をひと口すすり、茂七は思わず「ほう」と声をあげた。

「こいつはうめえ」

茂七が食べつけているものとは違い、ここの蕪汁は、小さい蕪を丸ごと使っていた。蕪の葉を少し散らしてあるだけで、ほかには具が入っていない。味噌は味も濃い色も濃い赤出汁《だし》で、独特の、ちょっと焦げ臭いような風味があったが、淡泊な蕪の味に、それがよく合っていた。

「かかあがこさえるのとは違うな。こいつはあんたの故郷《くに》のやりかたかい？」

親父は微笑した。「見よう見まねで」

「そうかい、浜町《はまちょう》あたりの料亭でも、なかなかこれだけのものは食わせねえよ」

稲荷寿司も、下手《へた》な屋台で売っている醬油で煮しめた油揚げに冷や飯を包んだようなな代物ではなく、ほんのり甘みのある味付けに、固めに炊《た》いた飯の酢《す》がつんときいている。たちまち四つ平《たい》らげて、茂七はかわりを頼んだ。

「以前、ここにはじいさんの二八蕎麦屋が出ていた。あんた知ってるかい？」

「存じています」台の下の七輪《しちりん》から炭火をいくつか拾いだし別の火鉢《ひばち》に移しながら、親父が答えた。「私はあの蕎麦屋からここの場所を譲ってもらったんでして」

「へえ」そうだったのか。「で、じいさんは」

「多少、身体がきかなくなったとかで、材木町《ざいもくちょう》のほうで隠居しているそうですよ」

「そんな優雅な暮らしができるのは、あんたがこの場所を高く買ってやったからかな」

親父はお愛想にほほえんだが、口は開かなかった。

「梶屋の連中とはどう話をつけたね」

親父は動じなかった。「みなさんと同じように」

「ふっかけられたろう」

「そうでもございませんよ」

落ち着いた物腰《ものごし》、話しかた。この親父、もともと、末は屋台の親父になります、それであがりですというような生まれではないようだ。おかわりの稲荷寿司を口に放りこみながら、茂七は考えた。

この親父の、ほんの少し、右肩が上がり気味の姿勢。

（これは――）

つと目をやると、明かりに照らされた親父の頭の月代《さかやき》の、肌のきめが粗いことにも気がついた。

「親父、あんた、もとはお武家さんだね」

茂七がそう言ったとき、それまでなにがしかやることを見つけて手を動かしていた親父が、ぴたりと止まった。

「いや、いいんだ、詮索《せんさく》しようというわけじゃねえ」茂七は急いで、そして笑顔をつくって言った。

「なぜおわかりですか」

静かに、親父は問い返してきた。

「二本差しをつづけてたお侍さんは、どうしても右の肩が上がり気味になるんだよ。それとあんたの頭。その月代な。毛穴の痕が見える。素《す》っ町人《ちようにん》なら、よほどの長患《ながわずら》いでもしたあとでないとそんなふうにはならねえ。ずっと剃《そ》ってるからな。だがあんたの頭は、しばらく月代を剃らずにいて、久しぶりに剃刀《かみそり》をあててまだふた月ばかりですってなふうに見える。つまり、あんたは浪人なすってた。で、刀を捨てて町人になった。違うかい？」

親父は手をあげて月代をさすった。感心したような顔をしている。「おっしゃるとおりですよ、旦那」

「早くつるつるに戻したかったら、糠袋《ぬかぶくろ》でこするといい」

「やってみましょう」

ごくおとなしく、折り目正しい親父であった。だから茂七も、今夜はそれ以上突っこんで訊くことはやめた。

おいおい、この親父についてわかってくることも多いだろう。もとは侍で、梶屋の勝蔵が小便ちびりそうな顔をするような男。そんな男が、どうして稲荷寿司の屋台なぞ出しているのか。

（これは探り甲斐《がい》がありそうだ）

寒風をついて出てきてよかった。それに、実に旨い寿司と蕪汁だ。

「汁物のおかわりもほしいんだが」笑顔で、茂七は言った。「そっちのすいとんも旨そうだ。でも、蕪汁のこの味噌味はおつだねえ。どっちにしようかね」

「この味噌味がお好みなら、蕪の代わりにすいとんを落としてお出ししましょうか」

「そんなことができるのかい？　いいねえ」

親父はどんぶりに蕪汁の味噌汁だけすくい、そこにやわらかいすいとんをいくつか落とした。ついで、蕪汁のなかから蕪の葉だけつまみだし、飾りにのせる。

どんぶりを手に、茂七は嬉《うれ》しくなった。

「こいつは旨い。俺はすいとんが好きでね。どうかすると、米の飯より好きなくらいだ」

熱い汁をすすり、はふはふ言いながらすいとんを口に運ぶ。

「しかし、こういうのも面白い。うどん出汁じゃなくて、味噌仕立てのすいとんか。けど、ぱっと見た限りじゃ、これも蕪汁に見えるな」

「丸い白いものが浮いてるだけですからね」と、親父も言った。「味わってみないと、蕪に見えるかもしれません。たいていの人は、すいとんはうどん出汁のなかに浮いてるものと思っているから」

「そうだな。外見《そとみ》でそう決めちまうだろうな」

そう言ったとき、茂七の頭のなかで、何かがはじけた。

外見で決めてしまう。すいとんはうどん出汁。味噌のなかに浮いているなら蕪だと。


茂七は、あんぐりと口を開けた。


朝いちばんで、茂七は権三と糸吉を連れ、野崎屋に走った。

「いいか、音次郎がはむかってきたら、押さえ付けてでもひんむいちまえ」

「合点《がってん》です」

朝の早い醬油問屋でも、起き抜けのこの訪問には驚いたらしい。主人が目をむいて出てきた。

「何事でございます、親分」

「ちょいと音次郎に会わせておくんな」

当の音次郎も、洗いたての顔をいぶかしげに歪めて、いかにも迷惑そうに出てきた。

「座敷にあがることはねえ。ここでいいんだ」勝手口のあがりかまちのところで、茂七は音次郎を手招きした。「これが済んだら、もうおめえには迷惑はかけないよ。ちょっとのことだ」

「なんです？」

「着物の襟をめくって、右肩を見せておくんな。昨日、おめえ、ここで俺を見送るとき、どこかが痛いような顔をしてたよな。あのときは気にならなかったんだが、昨夜《ゆうべ》稲荷寿司食ったら気になってきてな」

妙な申し出だと目をぱちくりしている主人のそばで、音次郎は目に見えて青ざめた。あとで糸吉が、「顔から血の気の引く音が聞こえたようでしたよ」と言ったくらいだ。

音次郎はためらった。言い抜けしようとしたのだろう。が、糸吉のほうが早かった。「ごめんよ」と言うが早いか音次郎の背中にまわり、着物の襟に手をかけた。

それで音次郎の分別の糸が切れた。彼は泡を食って逃げ出そうとした。そうなれば牛の権三の出番だ。この男は、ただ鈍重だから牛と呼ばれているだけでなく、捕り物となったら下手人を押し潰してでも逃がさないだけの体重をもっているのである。

茂七は、音次郎の洒落《しゃれ》た縞《しま》の着物をひんむいた。右肩の白い肌の上に、細長く擦《す》りむけたような赤い痣《あざ》がくっきりと残っている。

「これをごらん、野崎屋さんよ」と、茂七は言った。「音次郎、ご苦労だったな。てんびん棒担ぎで、肩の皮が擦りむけたか。てめえも、少しは力仕事に慣れておけば、ここぞってときにこんなことにはならなかったのにな」

茂七が考えた絵解《えと》きは、ごく単純なものだった。

「お勢はあの日の夕方、たぶん六ツよりは少し前に、音次郎にどこかの船宿に呼び出され、そこで殺されたんだ。大川へつながる掘割に面した、ひと目につかない船宿、金をつかませれば、多少の怪しいことには目をつぶってくれる船宿だ。音次郎が吐かなくても、探せば、そう手間もくわずに見つかるだろう」

お勢はそこで、背後から音次郎に腕で首を絞《し》められて殺された。こういうやりかただと、絞めた痕が残らない。

そして、裸にむかれた。音次郎は、船宿の近くでお勢の裸の死体を川に捨て、それからお勢の着物を着、商い道具を担いで源兵衛店に行った――

「音次郎がお勢の格好をして？」

「そうさ。そのために裸にしたんだ」

「じゃ、向かいの師匠が六ツに見かけたのはお勢じゃなくて……」

「音次郎だったんだよ。お勢は大女だった。音次郎がお勢の格好をしても、遠目じゃあわかるまい。しかも、醤油売りは独特の格好をして、頭には頭巾までかぶる。男髷《おとこまげ》と女髷《おんなまげ》の違いを隠すことができる。見掛けたほうは『あ、醤油売りだ』と思うし、そういう醤油売りがお勢の部屋の戸口を開けて入ってゆくところを見たら、『ああお勢ちゃんが帰ってきた』と思っちまう」

　たとえそれがすいとんであっても、味噌汁のなかに浮かんでいたら、食べずに見ているだけの者は、「ああ、蕪汁だな」と思いこんでしまう。それと同じだ。

「危ない橋だが、渡る甲斐はあった。もともと、お勢の貯めた小金を持ち出すためにはお勢の部屋をあさる必要があった。なにより、これがうまくいけば、音次郎は、羽でも生えてねえ限り、自分には、お勢を殺して四半刻以内に野崎屋に帰ることはできないと言い張ることができる。お勢の商いのなりをしているとき、源兵衛店の誰かと、まともに顔を合わせないように気をつけていればいいんだ。そんなに難しいことじゃねえ。こんなふうに寒い時季だ。あっちこっちで戸口や窓が開いてるわけもねえ。かみさんたちも、さすがに寒くて井戸端の長話もしねえだろう」

　そうして、ただひとり、いつもお勢と前後して六ツの鐘が鳴るころに源兵衛店に帰ってくる新内節の師匠だけに、お勢のいでたちを見せておきさえすればいい。

「音次郎にとっては、あの師匠に、醤油売りのいでたちを見せることが肝《きも》だった。そして、それもうまくいった」

　あとは素早く着替え、お勢の部屋をあさって金を奪い、野崎屋へと走るだけだ。着替えはあらかじめ、樽のなかへ隠して持っていったのだろう。

「え？　だけどそれじゃ、着替えが醤油で濡れちまうでしょうが」

糸吉は驚いた声を出したが、茂七は笑った。「あの野郎が、醤油でいっぱいの樽を担いで、殺しのあった船宿から源兵衛店まで行けるわけがねえ。お勢の死体を捨てるときに、一緒に醤油も川へ流しちまったとさ」

権三が呆《あき》れた。「なんだ、じゃあ野郎は空《から》の樽ふたつ担いだだけで、肩に痣をこさえたんですか」

「まあ、お店者のなかにはそういうのもいるさ。力仕事には向いてねえのよ」

お調べに、音次郎は泣いて白状し、川崎の母親にだけはこのことを報せないでくれと頼んだという。

「私が一人前の商人《あきんど》になることだけが、おっかさんの楽しみだったんですから」

お勢が仕立てた着物も、金と一緒に盗んだ。着物のほうは、川崎に帰ったとき、同じように藪入りで宿下がりしてきていた幼馴染《おさななじ》みの娘にくれてやったという。

今度のことを思いつくのに、それほど頭は使わなかったという。お勢は、音次郎が何も訊かなくても勝手に自分の暮らしぶりのことをしゃべって喜んでいたので、新内節の師匠のことや、お勢の暮らしの大体の時間割については、以前から知っていたという。

「だけど、藪入りのとき私についていて私のおっかさんに会いにゆく、嫁として挨拶するんだなんて、お勢があんなことを言い出しさえしなければ、私もこんなことはしませんでした。おっかさんには、死んでもお勢を会わせるわけにはいかなかった。あんな女が私の嫁になるだなんて、おっかさんの夢を壊してしまいます」

音次郎の話を聞いて、茂七はふと、古い句を思い出した。

——藪入りや母に言わねばならぬこと

お勢殺しが片付いたあと、茂七は、今度はかみさんを連れて、またあの屋台を訪ねた。最初のときよりは早い時刻だったのだが、驚いたことに長い腰掛けはふたつともいっぱいだった。茂七とかみさんは、立ったまま稲荷寿司にかぶりつき、熱い蕪汁をすすった。蕪が旬のあいだは、椀物《わんもの》にはずっとこれを出すというから楽しみだ。

それにもうひとつ、この親父の正体を探るという楽しみもある。

（まあ、のんびりやるさ）

蕪汁をすすりながら、茂七は心のなかで独《ひと》りごちた。

白魚の目

一

二月の末、江戸の町に春の大雪が降った。過ぎたばかりの冬のあいだも、ことのほか雪の多い年だったので、誰もそれほど驚かず、また珍しがりもしなかったが、そこここで咲く梅の花にとっては迷惑なことだった。

雪が降り始めたのは午《ひる》過ぎのことで、そのころちょうど、回向院《えこういん》の茂七《もしち》は下《した》っ引《ぴ》きの糸吉《いときち》を連れて、大川端《おおかわばた》にさしかかったところだった。御用の向きで八丁堀《はっちょうぼり》の旦那《だんな》のところを訪ね、深川《ふかがわ》へ帰る途中だったのである。

永代橋《えいたいばし》の上でふたりは立ち止まり、申し合わせたように橋の欄干《らんかん》に肘《ひじ》を乗せて、川面《かわも》をすかし、佃島《つくだじま》のほうをながめた。凍《こお》ったように凪《な》いだ川の上に、数えきれないほどの雪片が舞い落ちては消えてゆく。

降り始めの雪はにぎやかだ。下にいる人びとが、頭上を見あげては「おや、雪だ」「あら雪だよ」などと声をあげて迎えるので、雪のほうも嬉《うれ》しいのかもしれない。しんしんと音もなく——というふうになるのは、もっとたくさん降りつもってからのことである。

手の甲を空に向けて雪片を受け止め、茂七はひょいと思った。降り始めの雪は、雪の子供なのかもしれねえ。子供ってのは、どこへ行くにも黙って行くってことがねえから。やーいとか、わーいとか騒ぎながら降り落ちてくる。そうして、あとからゆっくりと大人の雪が追いついてくる――

そんなことを考えたのは、今しがたまで旦那から聞かされていた話のことが頭にあったからかもしれない。

このところ、大川から東側の町のほうぼうで、道端で暮らす子供らの姿を見かけることが多くなった。それを放っておくわけにもいくまいということで、いろいろと話を持ちかけられていたのである。

そういう子供の数は近ごろ急に増えたというわけではなく、以前からだんだんに増え始めていた。岡《おか》っ引《ぴ》きである茂七の目には、旦那がたが気にし始めるよりもはるかに以前から、その子たちの姿は気にかかるものとして映《うつ》ってきた。

子供たちがどこからやってくるものなのか、茂七にもよくわからない。彼らの大半は親無し子だ。あるいは親がいても、彼らを育て守るだけの力がないか、かえって彼らのためにならない親であるかのどっちかだ。それだから彼らは家を出て、仲間同士寄り集まり、自力で暮らすようになる。もの乞いをしたり、薪割《まきわ》りや水汲《く》みなどの半端《はんぱ》仕事をしたりしてどうにかこうにか日銭《ひぜに》を稼《かせ》ぐ者もあり、かっぱらいや掏摸《すり》まがいのことをして糊口《ここう》をしのぐ者もいる。夜は神社の境内《けいだい》、お寺の軒下《のきした》などにもぐりこんで過ごす。空《あ》いている長屋のひと部屋に、勝手に住み着いていたりして、ぼんくらな差配人《さはいにん》をびっくりさせることもある。

茂七としても、そういう子供らを、どうにも扱いかねていた。一人二人ならどうにかなる。自分のところへ引き取って、見込みがありそうなら下っ引きとして鍛えたり、しかるべき奉公先を探してやることだってできる。だが、昨日はあっちで三人、今日はこっちで二人など、ひんぴんと見かけるようになっては、どこから手をつけていいのかわからなくなってしまうのだ。だいいち、そういう子供らは、近づいてくる大人を見かけると、とたんに、呆《あき》れるような速さで逃げ出してしまう。

茂七が、折々に、日本橋通町《とおりちょう》や神田《かんだ》近辺を仕切る岡っ引きたちにあたってみたかぎりでは、大川を渡った向こう側では、まだそれほど、子供らのことを気にしてはいないようだ。大店《おおだな》や武家屋敷の多いところでは、木戸番《きどばん》も自身番《じしんばん》もうるさいし、町そのものの目も厳しいので、彼らも住み着きにくいのだろう。昼のうちは川のあっちとこっちを行き来して稼いでいても、日が暮れるとこっちへ帰ってくるというところだろうか。

そうしていよいよ、奉行所の本所深川方《ほんじょふかがわがた》の旦那がたが、彼らのことを気にし始めたというわけだ。

さすがの旦那がたも、子供相手に手荒な真似《まね》はできないという話だった。さりとて、彼らをひとところに集め、身の振り方が決まるまで養い育ててやることができるような余分な金は、御番所《ごばんしょ》には一文《もん》だってない。そこで相談ということになったのだ。

本所深川方の旦那の家に呼び集められたのは、茂七だけではなかった。大川からこっちの主立《おもだ》った岡っ引き連中のうち、こういう話に乗ってきそうな顔触れが、みな集められていた。話が始まると、それらの親分連中は、そろっと顔を見合わせてうなずきあった。なるほど、こういうことだから、俺《おれ》たちを集めたってぇわけかい。

旦那がたは、本所深川一帯の裕福な商人、地主連《じぬしれん》、町役人《まちやくにん》たちから一定の額の寄付を集めて、その日暮らしの子供らのためのお救い小屋をつくろうと考えているのだった。金がどこまで続くかはわからないし、どれぐらいの数の町役人たちがうんと言ってくれるかもわからない。が、とりあえず急場しのぎにでも、ああいう子供らに屋根と着物と食い物を与えてやるには、それしかないというのである。むろん、本所方のほうからも相応の口添えはするから、と。

集められた岡っ引きたちは、それぞれにその縄張《しま》の町役人たちから信頼されており、こういう話をもってゆくにはうってつけという面々ばかりだった。そして彼らの顔には一様《いちよう》に、やっぱりそれしか手がねえだろうという表情が浮かんでいた。闇《やみ》雲《くも》にやつらを追い払えなどと言いつけられるより、はるかにいい。同時に、いろいろと役得の多い本所深川方の旦那がたからも、いくらか寄付を出してもらわねえことにはなという顔もしていた。お上《かみ》というところには、出すのは舌を出すのもご免だというお人が多い。案外、町役人たちを説きつけるより、こっちのほうが難物《なんぶつ》かもしれない。

それでもなんでも、寺の軒下で筵《むしろ》をかぶって震えながらくっつきあって夜を過ごす子供らにとっては、これは吉報《きっぽう》だと言える。集められた岡っ引きたちは一様にうなずきあって、八丁堀をあとにしてきた――という次第だ。

雪はどんどん降り落ちてくる。茂七はぼんやりしたもの想《おも》いから覚《さ》め、こんな具合じゃ、一日も早くお救い小屋をつくってやらねえとなと思った。この春は気まぐれだ。梅の花を台無しにしただけじゃ気が済まず、桜のころにもやってくるかもしれない。取りかかるのは早いほうがいい。

糸吉を促《うなが》そうとして首を返すと、彼はまだ遠くを見るような目をして佃島のほうをながめていた。

「おい、行くぜ」と声をかける。糸吉は、ほうっとため息をもらしながら欄干から肘をあげた。

「これで、今夜の白魚漁《しらうおりょう》は一日休みですねえ」と言った。

この時季、大川下流の佃島近辺では、白魚漁が盛んに行われているのだ。毎夜、暗い川面に無数の蠟燭《ろうそく》を灯《とも》したような漁火《いさりび》が瞬《またた》き、大勢の漁師たちが、四《よ》ツ手網《であみ》を投げて白魚を獲《と》る。

「そいつはどうかな。白魚の旬《しゅん》は短《みじけ》えから、このくらいの雪じゃ漁は休まねえだろう」

糸吉は鼻の頭に雪をくっつけて、頭上を見あげた。

「たくさん降るなあ。こういう春の雪の粒がみいんな川へ落ちて、海に流れて、一晩たつと白魚になるんですよ、親分」

茂七はほうと言った。「おめえにしちゃあ洒落《しゃれ》た文句を考えたもんじゃねえか」

そういえば、糸吉は白魚を食わない。茂七もかみさんも、もうひとりの下っ引きの権三《ごんぞう》も、獲れたての白魚の生きてぴちぴちしたのに二杯酢《にはいず》をかけてつるりと呑《の》み込むようにして食うのが好きなのだが、糸吉だけは違っていた。

「なにかい、おめえはそんな洒落たことを考えちまうんで、白魚を食えねえのかい」

茂七の問いに、糸吉は照れて首を振った。

「そんなんじゃありませんよ。あっしはただ、あのちっこい真っ黒な目を見ちまうと食えなくなるってだけです。やつら、点々みたいな目をしてるでしょう。あの目で二杯酢のなかからこっちを見あげられると、箸《はし》をつけられなくなっちまう」

茂七は笑った。「存外《ぞんがい》、肝《きも》っ玉《たま》が小さいんだな。あんなのは、生きてる魚を食ってるんじゃねえよ。春を呑んでるんだ」

「よくそう言いますね。けど、あっしは駄目だ。どうしても駄目だなあ」

それから半月ほどして、夕飯に添えられた小鉢《こばち》のなかにぴちぴち動く白魚を見つけたとき、茂七はふと、糸吉とのそんなやりとりを思い出した。

「おや、これをどうしたい？」と、かみさんにきいた。

「魚寅《うおとら》の政《まさ》さんが持ってきてくれたんですよ。そろそろ旬も終わりだからって」

さすがの大雪もあとかたなくとけて消え、江戸の町の隅々《すみずみ》まで春の息吹《いぶき》がゆきわたっている。朝から夕暮れどきまで、例の寄付を求めてあちこちの町役人たちを訪ねまわり、商人《あきんど》を説き伏せることを続けている茂七にとっては、有り難いことだ。また、お救い小屋ができるまでは道端での暮らしを余儀なくされている子供らにとっても。

寄付集めは、思っていたよりも難航していた。

たしかに、本所深川の商人たちや町役人たちにしてみれば、何もああいう子供らがここらの堀や運河からわいて出てきたわけじゃなし、どうして我々が負担しなければならないのだと思うところだろう。それには一理も二理もある。

だから茂七は、もっぱら彼らの情にうったえた。理や利を前に出して進む話ではない。幸いここらには、その身一代で身代《しんだい》を築いたというような苦労人の商人が多い。それに、木場《きば》の材木問屋などはお店《たな》同士の横の繋《つな》がりが強いので、取りまとめ役のひとりに話をつければ、数珠《じゅず》つながりに皆が賛同してくれるということもある。

しかし、商人を口説《くど》いて利につながらぬ金を出させるというのは、尼《あま》さんを口説き落とすよりも骨の折れることだ。旦那衆の出した金で救われる子供らが将来一本立ちすれば、みんな客になってくれて、出した金が返ってくる、そういうのが生き金を使うっていうことじゃねえかなどという、気の長いたとえまで引いてくる始末だ。

古石場《ふるいしば》のある材木問屋の主人などは、金は出せないが、そういう道端の子供たちを何人か引き取ろうと言ってきた。うちで奉公させて仕込んで、一人前の川並《かわなみ》にして使うというのだ。茂七は、それはたいへん結構な話だが、そういう役に立ちそうな子供を引き抜くには、まず、あっちこっちに散らばって隠れ住み、盗み食いやかっぱらいもどきの後ろ暗いことをしている子供たちを、罰をくらわしたりしないから安心しろと説きつけて、ひとところに集めなくちゃならない、それにはやっぱり先におあしがいるんだと、繰り返し頼み込んだ。するとその主人は渋面《じゅうめん》のまま、そんならうちは、親分さんたちが子供らを集めたところから話に乗ろうと言い出した。こういうのをごうつくばりと呼ぶのである。

だが、逆に、芯《しん》から嬉しい返事を聞くこともないではない。海辺大工町《うみべだいくちょう》の勝吉《かつきち》という棟梁《とうりょう》は、自分のところの材木置き場の隅を空け、すぐにでも平屋《ひらや》をひとつ建てようと言ってくれた。そこに子供たちが集められてきたら、入り用なだけの炊《た》き出《だ》しもしよう、という。茂七は、勝吉の頭に後光《ごこう》がさして見えた。

勝吉は多くを語らなかったが、どうやら自分も子供のころ、誰かにそういう恩を受けたことがあるようだった。まことに、人というのは、貧《ひん》の苦労を一度は味わってみるものだと、茂七はしみじみ考えた。

頑固に寄付を出そうとしない連中には、一度、ああいう道端の子供らがいったいどんな暮らしをしているものか、首《ま》ったまをつかまえて連れていって見せてやるのも手かもしれねえ、そうやって日の当たりに、ああいう子供らがどれほどひどいところにいるかをわからせないと、金曇《かねぐも》りの目から鱗《うろこ》の落ちねえ連中だ――などと茂七が思案しているところに、とんでもないことが起こった。

二

亀久橋《かめひさばし》の近く、冬木町《ふゆきちょう》の俗にいう「寺裏《てらうら》」に、小さなお稲荷《いなり》さんがある。ここのお狐《きつね》さんの顔が怖いというので、茂七の姪《めい》が小さかったころ、通りかかるといつも泣いて嫌がった。本所深川一帯にはそれこそ無数のお稲荷さんがあるのに、どうしてここのだけそんなに怖いと思うのか、いまだに不思議で仕方がない。が、それはあながち姪ひとりの気分だけのものではなかったようで、近隣の住人たちも、このお狐さんを怖《おそ》れており、夜など、間違っても近づかないという。

　道端で暮らす家のない子供らは、敏感にそのあたりのことを察したようだ。去年の秋ごろから、おおよそ四、五人の、下は七つぐらいから上は十四、五ぐらいの子供たちが、夜になるとここをねぐらとするようになったという。そのなかには十《とお》くらいの歳《とし》の女の子もひとり混じっており、その子の着ている色あせた赤い着物を見て、お狐さんが化けたと騒いだ酔っ払いも出たそうだ。

　家のないその子らにとっては、この怖いお稲荷さんは居心地《いごこち》満点のところだったようだ。隣の蛤町《はまぐりちょう》や冬木町、大和町《やまとちょう》などに暮らす町人たちは、この怖いお稲荷さんをなだめるため、交替で掃除をしたり、稲荷寿司《ずし》だの握り飯だの、時には大福《だいふく》餅《もち》などをお供物《そなえもの》にあげてゆく。むろんそれは昼間のうちのことなので、子供らは稼ぎに出ている。で、日が暮れてからここへ戻ってきて、お狐さんの上前《うわまえ》をはねてそれらのお供物をちょうだいすることができるというわけだ。今日一日の飯をどうするかということがいちばんの心配のたねである子供らにとっては、これほど有り

って しまえば風も当たらない。

近隣の住人たちは、鳥居の内側に子供らの顔を見かけると、そんなことをしとるとお稲荷さんの罰《ばち》があたるぞとか、お狐さんに憑《つ》かれるぞなどと叱《しか》って威《おど》していたようだが、踏み込むのが怖いのと、関《かか》わると面倒《めんどう》だとも思ったのか、それ以上のことはしていなかったらしい。子供らのほうも心得たもので、無用に周囲を刺激するようなことはせずひっそり隠れていたものだから、それで済んできたのだろう。

その寺裏のお稲荷さんで、ざっと五人ばかりの子供らが倒れている——と知らせてきたのは、いつもながら早耳《はやみみ》の糸吉だった。

「あのへんじゃえらい騒ぎです。いよいよお稲荷さんの罰があたったんだって」

茂七は履《は》き物をつっかけて飛び出した。

寺裏のお稲荷さんの鳥居のまわりには、二重三重の人垣ができていた。女たちは袖《そで》で顔や口元を覆《おお》っている。誰もが目を見張ったり、目を閉じて念仏を唱えたりしていた。

「医者は呼んだか」と怒鳴ると、誰かが答えた。「高橋《たかばし》の良庵《りょうあん》先生を」

人垣を割って前へ出たとき、茂七も瞬時、息がとまるような思いをした。

せいぜい一坪ほどの広さのお稲荷さんの境内に、五人の子供が折り重なるようにして倒れていた。彼らのまわりには、吐いたものの放つすえたような臭《にお》いが立ちこめていた。

みなこの季節に袷《あわせ》一枚の格好、しかもその袷はつぎはぎだらけだ。裸足《はだし》の足に、泥がこびりついている。以前に聞いていたとおり、女の子がひとり混じっている。その子がいちばん手前に倒れていた。よくよく顔を近づけてみるとかろうじて牡丹《ぼたん》の柄《がら》だとわかる赤い着物を着て、髪には薄汚れた櫛《くし》をさしていた。

茂七は手早くその女の子の脈を診《み》た。茂七の手首の半分ほどの太さもないその手首の皮膚は冷たく、なんの動きも感じられなかった。

次の子、その次の子と、手首を握ってたしかめてゆく。いちばん年長らしい男の子。顔にひどい切り傷の治った痕《あと》のある十二歳くらいの男の子、ひょっとすると兄弟なのか、その子と手を握りあって倒れている七歳くらいの男の子。みな駄目だ。冷たくなっている。が、最後に握った、縞《しま》の元禄《げんろく》を着た十ぐらいの男の子の手首には、まだかろうじて脈があった。

「この子は生きてる！」

茂七が抱きあげ顔を上に向けさせると、子供のまぶたがほんの少し動いた。白目をむいた目が見えた。息遣《いきづか》いは浅く速く、小鼻がぴくぴく震えている。

「おい坊ず、坊ずしっかりしろ、おい！」

声をはりあげて呼びかけると、子供のまぶたがまた動いた。半目になり、うわずっていた瞳《ひとみ》がほんのつかのま白目の真ん中に戻って、茂七を認めた。

「坊ずがんばれ、今お医者の先生がくるからな」

抱き支えてそう話しかけてやる。子供はそれが聞こえたのか聞こえないのか、口を開いて何か言おうとする。耳をくっつけると、息を吸ったり吐いたりする音にまぎれて、ほんのかすかな声を聞き取ることができた。

「……ごめんしてね、ごめんしてね」

そう言っていた。

おそらく、食い物を盗んでつかまりそうになったり、ここにたむろしているところを大人に叱り飛ばされたりするたびに、この子はそう言ってきたのだろう。向かってくる大人を見るたびに、そう言ってきたのだろう。

目の奥が熱くなってきそうなのをこらえて、茂七は静かにその子をゆすってやった。

「心配するな、誰も怒りゃしねえ。今先生が診てくださるからな」

子供の半目が閉じた。もうゆすぶっても返事をしてくれなかった。口元に耳をつけてみる。息が絶えていた。

茂七はゆっくりとあたりを見回した。お稲荷さんのこぢんまりした社《やしろ》の手前に、小さな燭台《しょくだい》とお供物の入れ物だろう、白い皿がぽつんと乗せられていた。

茂七は、腕のなかの子の手を握ってみた。てのひらをさぐると、わずかにべたべたしたような感触が残った。

もう一度、白い皿のほうへ目をやった。その皿に、醤油色《しょうゆいろ》のものがくっついているのが見えた。

三

子供らの骸《むくろ》は、勝吉からのたってての申し出を受けて、海辺大工町の棟梁の家に運びこまれた。そこで湯灌《ゆかん》をし、ささやかな葬式も出すと、勝吉はいう。

「間に合いませんでしたね、親分」

勝吉は肩を落として言い、隣で勝吉のかみさんが、酷《むご》いよ……と呟《つぶや》きながら目を真っ赤に泣きはらしていた。

普段なら、冬木町で起こったことの後始末《あとしまつ》は、ここを仕切る町役人の手に任される。が、今度ばかりはそうはいかないので、勝吉の好意は有り難いものだった。

寺裏のお稲荷さんの子供らに何があったのかは、火を見るより明らかなことだった。それは、往診に出ていたとかであわてて駆けつけてきた良庵という医師の言《げん》を待つまでもなく、茂七にはわかりすぎるほどに明白なことだった。

昨日、まだこの子らが町へ食い扶持《ぶち》を稼ぎに出ているうちに、何者かがこのお社に、稲荷寿司をいくつか持ってきたのだ。そしてお供物として捧《ささ》げておいた。

そのなかに、毒がしこまれていた。

「石見銀山《いわみぎんざん》ですね」

ねずみ捕りの猛毒である。そのことは、良庵に言われるまでもなく、子供らのまわりに漂っている臭いをかいだだけで、茂七にも見当がついた。

毒入り稲荷寿司を持ってきた者が、ここの怖いお狐さんを退治しようなどと考えていたわけはない。この子たちがここをねぐらにしており、お供物をあげておけば必ず食べるだろうことを知っていて、そうしたのだ。そしてはらわたが煮えくり返ることに、その企《くわだ》ては首尾よくいった。

五人の子供らの手は、みんな少しばかりべとべとしていた。地面の上には油揚げの食いかけや飯粒がいっぱい落ちていた。

この子らは、きっと仲よく助けあって暮らしていたのだろう。もしも、先に帰ってきた者が、あるいは力の強い者が、よりたくさんの稲荷寿司を食べるというようなことだったら、食べ損ねた子供は命を拾ったはずだ。だが、彼らはそうではなかった。いくつだったか定かではないが、皿の大きさからしてそうたくさんはなかっ

たであろう稲荷寿司を、仲よく分けあって、みんなで揃《そろ》って食べたのだ。だから、ひとりも残らなかった。

運悪く、昨夜は春の嵐が吹き荒れた夜だった。窓を叩《たた》く風の音にまぎれて、子供らの苦しげなうめき声や、助けを呼んだであろう声を聞きつけた者はいなかった。いや——と、茂七は考える。あるいは、それを聞いていて、それが聞こえてくるのを知っていて、知らぬふりをしていた者もいたかもしれない。

このことで、真っ先に疑いの目を向けられるのは、このお稲荷さんに詣《もう》でていた、近隣の町の住人たちだ。だから、ここの町役人には、何があっても手を借りることはできなかった。

取り調べは峻烈《しゅんれつ》をきわめた。

茂七はむろんのこと、この件を扱うことになった本所深川方の同心も、頭から湯気が出るほど腹を立てていたからだ。この旦那は、子供らのためのお救い小屋をつくるという件に、いちばん熱心な人でもあった。

「情けない、俺は情けないぞ、茂七」

自身番のなかで地面を踏みならして、旦那はわめいたものだ。

「いつから、この町の人間はこんな非道なことをできるようになった。いつから、こんな犬畜生でもやらないことをするようになった。教えてくれ、茂七」

この旦那は、名を加納新之介《かのうしんのすけ》という。歳はまだ二十三、四。去年の暮れ、茂七がその手札《てふだ》を受けていた、本所深川方のなかではいちばんの古株だった伊藤という年配の同心が病で急死し、急遽《きゆうきよ》そのあとにまわされてきた若者だった。茂七も、まだ馴染《なじ》みは薄い。

加納の旦那が怒るのはよくわかるし、怒る旦那であってくれて嬉しいと思ったが、反面、五人の子供が一度に殺されるというとんでもない事件を、まだ経験の浅い同心ひとりに任せてすましているというやりかたには呆《あき》れた。本音《ほんね》を言えば、本所深川方の旦那がた――いや、御番所そのものが、家のない子供らのことなど、あまり本気で考えたくはないのだろう。ただ、あまりにむさ苦しいし、いろいろと苦情なども出てくるので、寄付を出させて――つまりは人のふんどしで相撲をとって――お救い小屋を建てることでお茶を濁《にご》そうとしていただけだったのだろう。それを思うと、気が重くなった。

それに、お調べが進むにつれて、この近隣の者たちのなかには、これほど酷いことをやって平気な顔をしていられるようなタマはいないようだ――とわかってきた。

茂七は当初、頭の半分ほどで、もしかすると毒入り稲荷寿司を持ってきた者は、子供らを殺すつもりはなかったのではないか、と思っていた。ちょっと具合を悪くさせて子供らを震えあがらせ、それで追っ払おうと思った――ということだったのではないかと。もしそうなら、結果がこんなおおごとになって、誰よりも震えあがっているのは当の本人のはずだ。それなら、ちょっとつつくだけで容易に見つけることができるだろう。

だが、ことの子細がわかってくると、そんな甘い考え方は見込みちがいだと思えてきた。

良庵は、毒入りの稲荷寿司は、よほどよく考えてつくられたものだろうと言う。子供らの吐いたものなどを調べてみると、毒の匙加減《さじかげん》が、ちょうど子供ひとりを害するのにぴったりの量だったように思われるというのだ。

「なにぶんにも、もとの稲荷寿司が残っていないのでしかとはわかりません。が、石見銀山は、身体《からだ》のなかに入ればすぐに効いてくるものです。苦みもある。たくさん入れ過ぎれば、いくら子供だって、噛《か》んだとたんにこれは変だと吐き出してしまうでしょう。だから、子供とはいえ五人もが揃ってなんの疑いも抱かずに口に入れてしまったというのは、たぶん、稲荷寿司そのものが小さめで、一口ぐらいで食べてしまえるものだったからではないかと思います。しかも味付けが濃く、多少の苦みぐらいは隠してしまうことができるもの——」

茂七もそれにはうなずいた。それに、ここの子供らは、たとえば一日雨ざらしになっていたような供物でも口にしていたのだ。多少味が悪かろうが堅かろうが、頓《とん》着《じゃく》しないで食べたことだろう。

そこまで周到に考えて毒を手に入れ、仕込む——そんな芸当が、果たしてここらの住人たちにできただろうか？

なるほど彼らは生業《なりわい》を持ち、薄い厚いの差はあっても屋根のある家に住み、どうにか暮らしをたてている。だがそれもひと皮めくれば、お稲荷さんで殺された子供たちと変わらないような、かつかつの暮らしだ。彼らが子供らを目障《めざわ》りだと思ったり、あるいは見て見ぬふりをしてきたのは、彼らにも他人にかまう余裕がなかったから、あるいは、子供らの哀れな境遇に、他人《ひと》ごとでないようなものを感じて、かえって目をそむけたくなったからかもしれない——びくびくしながらこちらの問いに答える冬木町や蛤町の住人たちの顔を見続けているうちに、茂七はそう考えるようになってきた。

そうなると、非道な下手人《げしゅにん》を探す範囲を、もっと広げなければならない。茂七は糸吉を走らせ、大川のすぐ向こうの岡っ引きにも働きかけて、このあたり一帯の薬《やく》種《しゅ》問屋から近ごろ石見銀山を買っていった者を、手当たり次第に調べあげることに取りかかった。

これは根気の要《い》る大仕事だ。薬種問屋には、大勢の担《かつ》ぎの薬売りたちが出入りする。店によっては素人《しろうと》相手に小売りをするところもあるし、医者だけを上客にしているところもある。石見銀山は猛毒であるが、反面、実に簡単に手に入れることのできる薬でもあるから、そのすべてを洗い出すとなったら、とにかくこつこつと足で歩き回るほかに手がない。

一方では、権三とふたりで、ことが起こった日に、寺裏のお稲荷さんで何か見かけた者がいないかということも、範囲を広げて調べ始めた。つかみどころのない調べごとだが、最初の一歩はそれしかない。

それでも、気が急《せ》いた。もし、こんなことをやった下手人が、たまたま寺裏の稲荷の子供たちを選んだというだけで、この土地や住人たちそのものとはまったく関わりがなかったとしたら、恐ろしいことになるからだ。

そいつは次に、いつ、どこで、何人の子供らを狙《ねら》って、毒入りの食い物をばらまくかわからない。

胃の腑《ふ》の底が焼けつきそうになるほど、気が急いた。

四

事件が起こってちょうど十日後の夜、茂七はひとりでぶらりと、富岡橋《とみおかばし》のたもとの路地に出ている稲荷寿司屋台を訪れた。茂七の投網《とあみ》にはいっこうに魚がかからず、ただ焦《じ》れるだけの毎日に、少しひとりになって休みたいと思ったとき、足がそちらに向いたのだ。

どうにも正体の知れない、だがどうやら武家あがりであるらしい親父《おやじ》がひとりで切り回す、小さな屋台である。地元の俠客《きょうかく》、梶屋《かじや》の勝蔵《かつぞう》さえもが、この親父の顔を見て小便をちびりそうになり、所場代《しょばだい》を取り上げることさえしていない。そのくせ、当の稲荷寿司屋は、いっこう、強《こわ》もてのする顔をしてもいなければ、肌に彫り物があるわけでもない。

すでにこの親父とは、茂七は顔馴染みになっている。しばしば通《かよ》っているからだ。この親父の正体に興味があるし、またお役目柄それを知っておきたいという気持ちもある。が、それ以前に、稲荷寿司はもちろん、ここで出される料理がめっぽう旨《うま》いので、ついつい常連になってしまったということもある。

ふつう、稲荷寿司の屋台は椀物《わんもの》など出さないものだが、ここではそれも出すし、焼き物、煮物、時には甘いものの類《たぐい》まで揃えてある。おまけに安い。そして、夜遅くまで明かりをつけて商売している。馴染みになったのは茂七ばかりではなく、夜半になると、屋台のまわりは、商《あきな》いをしまって帰る途中の二八蕎麦屋《にはちそばや》とか、夜回りの連中とか、木戸番の男たちとか、今日はちょっと稼ぎがよかったという夜鷹《よたか》の女たちなどでいっぱいになってしまう。

今夜も同じような具合だった。茂七は親父に目で挨拶《あいさつ》をし、入れ代わりに腰をあげて路地を出て行った遊び人ふうの若い男の占めていた席へ腰をおろした。

「しばらくお見限りでしたね、親分」と、親父は言った。今夜も、稲荷寿司の並んだ台の向こうから、白い湯気があがっている。

茂七は少し、声をひそめた。「例の寺裏の殺しがあったからな」

茂七より少し年下のはずだが、額のしわはずっと深く刻まれている親父は、かすかに顔を歪《ゆが》めた。

「酷《むご》い話があったもんです」

「本当にな」

実を言えば、あの件以来ここへ寄りつかなかったのは、はっきりした理由《わけ》があった。稲荷寿司を見ると、あの子らの顔を思い出すからだ。ここだけではない。道を歩いていて稲荷寿司屋の屋台に出くわすと、思わず目をそらすようになってしまっていた。

だから今夜も、ちょっとあの屋台にでも行ってみるかと思いついたとき、最初はためらいがあった。だが、思い直して家を出てきた。ひょっとしたら、稲荷寿司を見てみたほうがいいのかもしれない。それであの子らの顔を思い出して、弱気になりかかっている自分に活《かつ》を入れてやったほうがいいのかもしれないと思ったからだ。

「稲荷寿司だったそうですね」と、親父が言った。ひょいと目をあげてみて、茂七はこれまでで初めて、親父の眉毛《まゆげ》のあたりに、怒ったような筋《すじ》が浮かんでいるのを見つけた。これまで、自分の心の内を外に出すような親父ではなかっただけに、茂七は親父の顔をじっと見つめてしまった。

「あんたも腹が立つかい」

「立ちますとも」と、親父はすぐに答えた。「私の商売ものですよ」

言葉といっしょに、稲荷寿司が三つ乗った小皿が出てきた。茂七は皿を受け取り、渋茶《しぶちゃ》の入った湯飲みを取りあげた。ここでは酒は出さない。茶か、白湯《さゆ》だけだ。

「今夜はほかに何がある？」

「白魚蒲鉾《しらうおかまぼこ》はどうです」

聞いたことのない食い物だ。

「なんだい、そりゃあ」

「まあ、召し上がってみておくんなさい」

しばらくして出てきたのは、椀のなかに入った、なにか白くて小さなものだった。たしかに、型をつけてない蒲鉾のような見てくれだが、葛《くず》あんがたっぷりかけてあり、てっぺんにちょこんと山葵《わさび》が乗せてある。

味わってみると、ほのかに魚の旨味《うまみ》があり、うっすらと塩味で、口のなかで雪のようにすうっと溶けてゆく。

「こりゃ旨い」

「でしょう？　親分はついていなすった。たくさんはできないものですから。それで最後のひと椀でした」

それを耳にしたのか、うしろのほうで女の声が「あら、つれないわねえ」と言った。茂七は振り返らなかった。夜鷹だろう。こっちの顔を見せて怖がらせることもない。

「白魚蒲鉾ってえんだ、白魚を使うんだろう？」

「そうですよ。白魚を、たとえば一升《しょう》あったら同じだけの一升の水につけるんです。朝から晩までね。すると水が濁るでしょう。その水を鍋《なべ》でよく煮詰めて、固まってきたものをすくったやつがそれですよ」

茂七は驚いた。「えらい手間がかかるんだな。それにもったいないような気もしねえか？　白魚は、二杯酢をかけて、そのまま食うもんだと思ってた。ちっとばかしの量をな。一升なんて、高価《たか》いだろう」

親父は口元に微笑を刻んだ。「それはおっしゃるとおりですがね。でも私は、白魚を生のまま食うのがどうも嫌いでして」

「ほう、うちの糸吉と同じだ。どうにも可哀相《かわいそう》だ、あの点々みたいな目を見ちまうとって言ってるよ」

「そんなことを言い出したらきりがないんですがね」と、親父は笑った。「鰹《かつお》だって鰆《さわら》だって、みんな同じなんだから。しかし、どうも白魚は苦手なんですよ。ああ俺は生き物を食ってる、殺生《せっしょう》をしてるってことを、まともに感じちまうんです。たしかに、糸吉さんの言うとおり」

「それでも、蒲鉾になっちまえば……」

「まあ、目がなくなりますからね」

茂七と親父は、声をあわせて笑った。久しぶりに笑ったなと、茂七は思ったものだ。

このとき、こうして気をとり直したのがよかったのかもしれない。それがツキを呼んだのかもしれない。寺裏の子供殺しの下手人が割れたのは、その数日後のことだった。

考えようによっては、これは茂七の手柄だと言えた。いや、権三などは、頭から「親分の仕掛けが効いたんですよ」と言った。

茂七は糸吉と権三に、縄張の内の薬種問屋には、残らず、そして何度も何度も足を運べと言い付けていた。うるさがられても、何度でも行けと。そうしているうちに向こうが思い出すことがあるかもしれない。また、こっちのそういう熱の入れかたが、問屋の口を通してその顧客たちのあいだにも広まる。また、嫌でも広まるくらい、凄《すご》みをきかせてしつこく足を運べと命令しておいたのだ。

石原町《いしわらちょう》にある呉服屋尾張屋《おわりや》の女中おこまという娘が、寺裏の自身番をおずおずと訪ねてきたのは、お店の言い付けで彼女が何度か足を運び、石見銀山を買って帰ったことのある薬種問屋に、お上の手の者がしつこくしつこく訪ねてきては、石見銀山を買っていった客のなかに様子のおかしな者はいなかったかとか、客の顔を思い出せないかとか、ねちこく聞き出そうとしているというのを知ったからだそうだ。そして、いつか自分が石見銀山を買ったことがあるとばれたら、自分はきっとおろおろしてしまって嘘《うそ》などつきとおせないし、そうなると、尾張屋の旦那はすべておこまがひとりで勝手にやったことだと、彼女に罪をおっかぶせようとするかもしれないとも思えて、それも怖くなった。

茂七は、震えるおこまを宥《なだ》めたり、ときには叱りつけたりしながら話を聞き出した。

尾張屋には、今年十六になるひとり娘のおゆうというのがいる。透《す》けるほどきれいな白い肌に、ぱっちりとした瞳。縁談の話がひきもきらないほどの器量よしだそうだ。

　だが、このおゆうには困った性癖があった。生き物をいじめたり、殺したりして喜ぶというのである。

「あたしは子供のころからお嬢さん付きの女中でしたから、よく存じています」と、おこまは瘦《や》せた肩をぶるぶる震わせながら言った。「尾張屋のお店では、金魚とか猫とか子犬とか、飼っても長もちしたためしがないんです。みんなお嬢さんが殺してしまうから」

　おゆうのこの性癖は、悲しいことに生まれながらのものだったようだ。尾張屋の人びとも、それはもちろん心を痛めてあれこれ手を尽くしてきたそうだが、どうすることもできなかった。

　それでもある程度大人になると、おゆうのこの性癖も、日ごろはきれいな顔の下に隠れているようになった。ときどき――半年に一度くらいの割合で、まるでもの狂いになったかのように子猫をいたぶったり、野良犬《のらいぬ》に毒団子《どくだんご》を与えて、苦しみもがいて死んでゆくのをじいっと見つめたり――というふうになる。が、それ以外のときは、大方《おおかた》おさまっている。それだから、尾張屋としては、おゆうの「発作《ほっさ》」が起こったとき、早く彼女の気が済むようにしてやることが肝心だった。

「半月前も、それでした」と、おこまは力なく語った。

おゆうに例の虫が出て、血が騒ぎ始め、おこまに石見銀山を買ってくるようにと言い付けたのだそうだ。

「お嬢さんがそんなふうになってるとき、うっかり逆《さか》らったりすると、ぶたれたりひっかかれたり、そりゃひどい目にあわされます。だから、言うとおりにするしかなかった」

それに、尾張屋の人たちは、「発作」の嵐が過ぎればおゆうも静かになるだろう、野良犬か、野良猫か、それとも雀《すずめ》か烏《からす》か、一匹二匹殺せば彼女も気がおさまるだろう――という考えかたに慣れていたので、たかをくくっていたのだと、おこまは話した。

ところが、ふたをあけてみたら、子供が五人も死ぬおおごとになっていた――

「お嬢さんは、三日に一度、寺裏の裁縫のお師匠《ししょ》さんのところにお針の稽古に通ってるんです。送り迎えは、あたしがしています。あのお稲荷さんのことは、お嬢さんもよく知っていました。いっぺん、『ここには、夜になると、野良猫みたいな子供がいっぱいいうようよしてるんだって話だよ』って、あたしに言ったことがありました」

殺しのあった前日に、台所女中が、おゆうの言い付けで稲荷寿司をたくさんつくっていたことも、おこまは知っていた。

「だからあの子たちが死んでからってものは、あたし、生きた心地《ここち》もしませんでした」

「で、お嬢さんのほうはどうなんだ。五人も殺したら、気が済んだようかい」

「はい、今はすっかり落ち着いてます。また半年は、もつでしょう」

おこまの話を聞きながら、茂七はしきりと、おゆうという娘の頭のなかはどうなっているのだろうと考えていた。

世の中には、あの親父や糸吉みたいに、小さい点々みたいな目で見つめられるというだけで、白魚さえ食べることのできない者がいる。それなのに、子供を五人も殺しておいて、てめえは涼しい顔で飯を食ったり習いごとをしたり枕《まくら》を高くして寝たり——

ふと、背筋の寒くなるようなことを考えた。

おゆうという娘の目には、あの寺裏のお稲荷さんに隠れるようにして住んでいた子供たちが、二杯酢につけられてまだぴちぴち動いてる白魚みたいにしか見えなかったんじゃねえだろうか。たとえば彼らに見つめられたり、彼らを見つめたりしても、俺が白魚の点々みたいな目に見つめられたときと同じくらいのことしか感じなかったんじゃねえだろうか。

だから、生きたままひょいと呑んじまっても平気なんだ。

おこまが帰ったあと、権三が訊《き》いた。「どうなさいます、親分」

おゆうを磔獄門《はりつけごくもん》にしてやりたい。が、今度のことでは、そうなる見込みは薄いだろう。

石原町の尾張屋は分家である。本家は通町のまん真ん中にあり、熊手《くまで》でかき集めるようにして金を稼いでいる。お上のなかには、そういう大商人から金を融通してもらっている輩《やから》も少なくない。となると、ことを表沙汰《ざた》にしても、最後にはいくばくかの金を見せられ脅《おど》しをかけられて、引き合いを抜けと諭《さと》されるのがおちだ。本所深川方の旦那衆も、加納新之介を除いては、賄賂《わいろ》にころりといってしまうだろうし。

だったら——

茂七はひょいと立ち上がった。「権三、ついてこい」

「へい」権三は目を輝かせた。「尾張屋に、ですね」

茂七はにやりと笑った。「お店者《たなもの》を威しつけるこつは、お店者あがりのおめえがいちばんよく心得てるだろう」

さて尾張屋からいくらしぼりあげてやろう。向こう四、五年のあいだは、家のない子供らを住まわせて着させて食わせてそれでもおつりのくるくらいの金……その上、海辺大工町の勝吉に頼んで、もう一軒家を建てることができるぐらいの金。

そうしてむろん、二度とおゆうにあんな真似をさせないように、今度あんなことが起こったら尾張屋はどうなるかと、骨身にしみてわからせてやらねばならない。そういうはったりならこっちは大得意だ。

「出かけるか」と、茂七は言った。

五人の子供が殺されてから一年足らずのちに、寺裏の怖いお稲荷さんのすぐ脇《わき》に、小さな地蔵堂が建てられた。ちゃんと瓦《かわら》ぶきの屋根の下には、小ぶりなお地蔵さんが五つ、肩を寄せあうようにして並んでいる。

この地蔵堂は、寺裏や蛤町あたりの住人たちが、寄進を集めて建てたものだ。尾張屋の金は一文《もん》も使われていない。

隣のお稲荷さんと違って、この地蔵堂を怖がる者はいない。だが、風の強い夜など、ここから子供の笑い声が聞こえると、噂《うわさ》しあう者はいるそうだ。

それから、これは大方の者には関わりのないことだけれど、回向院の茂七のかみさんにだけは、不思議なことがひとつある。寺裏の事件以来、茂七親分は、白魚を二杯酢でぴちぴち食うことがなくなった。誰がどう勧めても、それだけは勘弁《かんべん》してくれと、断るそうである。

鰹《かつお》千両

一

糸吉《いときち》が来客を知らせてきたとき、茂七《もしち》は台所に立っていた。風の香りもかぐわしい五月といえば、鰹《かつお》である。茂七自ら包丁を手に、鰹の刺身をつくろうというのであった。

いつもの年なら、かみさんが半身《はんみ》のそのまた半分くらいの切り身を買ってきて刺身につくる。だが今年は、まるまる一本そっくりを、他所《よそ》からもらってしまったのである。

つい半月ほど前、商人相手のたかり屋にひっかかって往生《おうじょう》していた相生町《あいおいちょう》の袋《ふくろ》物《もの》問屋を、内々《ないない》で助けてやったことがあった。こちらはもうそんなことなど忘れていたのだが、助けられたほうは律儀《りちぎ》なもので、生きのいい鰹が手に入りましたからと、届けてきたという次第だ。

「あたしがのろのろいじくりまわして生《なま》あったかくしちまうより、おまえさんにつくってもらったほうがいいわね」

かみさんが、そう言って茂七に下駄《げた》を預けてしまったのには、ちょいと理由《わけ》がある。以前、かみさんが鮪《まぐろ》の赤身をおろしていたとき、その手元がのろついていたと

いうので、茂七がからかい半分文句半分で、

「これだから、女のつくる刺身ってのは生あったかくて困るんだ」などと言ってしまったことがあるのだ。

その場はかみさんがむくれにむくれた結果、茂七親分が謝《あやま》ることでおさまったのだが、謝ってもらったからといってしゃらりと忘れることができないのが、女の性分《しょうぶん》というものであるらしい。

鮪の敵《かたき》を鰹で討たれ、実を言えば包丁片手に往生していた茂七は、お客と聞いて、天の救《たす》けと思ったことだった。

「誰が来たっていうんだい？」

台所から大声で呼ばわると、糸吉が呑気《のんき》な声で返答した。

「角次郎《かくじろう》さんですよ、三好町《みよしちょう》の」

ますますの天恵《てんけい》である。三好町の角次郎は棒手振《ぼてふ》りの魚屋なのだ。

「あがってもらえ。ずっとこっちまで来てもらいな」

大声で命じておいて、茂七はかみさんに言った。

「玄人《くろうと》の目の前で一丁前《いっちょうまえ》の面《つら》をして包丁をふるうなんて、野暮《やぼ》の極みだ。ここは角次郎に頼むとしようぜ」

かみさんは横目で茂七を見た。

「おまえさんも悪運の強い人だこと」

さすがは商売人である。角次郎は茂七たちの見守る目の前で鰹をおろし、炭火で切り身の皮に焦げ目をつけて冷水でしめ、三角形の鮮やかな赤い切り口が美しく見えるように皿に盛りつけるところまで、とんとんと手ぎわよく片づけていった。

「あたしはいつも、鰹を食べるときは、この餅網《もちあみ》を使って切り身を焙《あぶ》るんだけど。これでいいものかしら」

かみさんは、角次郎に言った。

「本当は、串《くし》に刺して焙るものなんでしょう?」

「なあに、これでかまいませんよ」

餅網を七輪《しちりん》の上にかざし、まんべんなく皮に焦げ目がつくように時折傾けたりまわしたりしながら、角次郎は答えた。

「あっしもこういう餅網を使ってます。ただこの餅網を、ほかの料理に使っちゃいけませんよ。魚の匂《にお》いがうつっちまいますからね」

「ええ、そんなことはしてないわ」

「そんならいいですよ。もともと、鰹をこうやってさっと火を通して食うのは、漁師が始めたやり方ですよ。そのときは、藁《わら》を燃して魚を焙ってたんですから」

ふたりのやりとりを脇《わき》で聞いていた茂七は、そういえば角次郎は江戸へ出てくるまで、川崎のほうで細々《ほそぼそ》と漁師をしていたのだと言っていたことを思い出した。この江戸の町の、無数のその日暮らしの人びとと同様、角次郎もまた、故郷では食ってゆくことができずに江戸へ流れてきた口なのである。

鰹まるまる一本分の刺身となれば、大変な量である。水屋《みずや》のなかの皿の類《たぐい》は全部使い尽くしてしまい、茂七のかみさんは、さあ今度はどことどこにこれをおすそわけしようかと悩み始めた。その相談相手には糸吉をあてがっておいて、茂七は角次郎を座敷のほうへ招き入れた。

「ありがとうよ。おかげで大助かりだ」

「お安い御用でござんす」

ぺこりと頭をさげ、角次郎は首に巻いていた手ぬぐいで額《ひたい》をぬぐった。歳《とし》は三十半《なか》ば。がっちりとした身体《からだ》つきに、鰹節色に焼けた肌。いかにも漁師あがりという風情《ふぜい》の男だ。大きな手はごつく、節《ふし》くれだっているが、角《かく》ばった爪《つめ》の並ぶその手が、どれほど器用に手早く仕事をやってのけるものか、たった今見せられるまでもなく、茂七はよく承知している。

「まあ、かしこまらねえで楽にしてくんな」

茂七はあぐらをかきながら、気楽な口調で切り出した。

「わざわざ俺《おれ》のところに足を運んできてくれたのは嬉《うれ》しいが、おめえにしては珍しい。何か困り事かい？」

　茂七が角次郎と顔見知りになってから、かれこれ三年ほどになるが、今まで彼のほうから訪ねてきたことは一度もない。商《あきな》いに来たことさえない。それは角次郎が怠け者だからではなく、茂七には贔屓《ひいき》にしている魚寅《うおとら》という魚屋がいることを承知しているので、そちらの顔を立てているのである。

　角次郎は、もう汗は浮かんでいないのに、また手ぬぐいで額をぺろりとやった。

「なんとも……話しにくいことなんです、親分さん」

「ほほう」茂七はにやりとした。「なんだ、おめえに情女《いろ》でもできたかい？」

「とんでもねえ」

　角次郎は小さい目を真ん丸にして、あわてて手を振った。

「そういうことじゃねえんで。ただ、親分さんに信じてもらえるかどうかわからねえから。まったく妙ちきりんな話なんですよ」

　角次郎の困惑ぶりは本物である。彼が真面目《まじめ》な男であることは茂七にもわかっているから、からかうのはそこで止《や》めにした。

「まあ、言ってごらんよ。俺はたいていのことじゃ驚かねえから」

　手ぬぐいを握りしめ、くしゃくしゃにしてしまい、それで鼻の頭をひょいと拭《ふ》いてから、ようやく角次郎は顔をあげた。

目つきは真剣だが、どういうわけか口元が緩《ゆる》んでいた。今にも笑いだしそうだ。

「この季節ですからね、親分さん。あっしも鰹を仕入れて売ってます」

「うん、そうだろう」

「もっとも、あっしみたいな棒手振りの魚屋についてる客は、みんなあっしと同じくらいの貧乏人ですよ。まるまる一本とか、半身の鰹なんてもんには、とてもじゃねえが手が出ねえ連中ばっかりだ」

「うちだってそうさ。あの鰹はもらいもんだよ」

「そうですか。まあそんなことはいいんだけど——えーと」

「おめえも鰹を売ってるって話だ。客はつましい暮らしの連中だってところまで来た」

「そうそう」

角次郎はまた汗をかき始めた。顔はへらへら笑っている。

「あいすみません。あっしは馬鹿だから。差配《さはい》さんにいつも言われてるんですよ、角次郎おめえは——」

茂七は途中でさえぎった。

「余計なことをしゃべるとまたわからなくなるぜ。それで、鰹がどうした」

「そうだ、鰹、鰹なんですけどね」

　角次郎のごっつい顔に浮かんでいる汗や、きょろきょろと落ち着きのない目玉の動きを見ていると、こっちまでそわそわしてきそうだと茂七は思った。

　どうしたというんだろう。わざわざ俺のところへやってくるくらいなのだから、確かに何やら困ったことを抱えているのだろうに、これではむしろ、いいことがあって浮かれているようにさえ見える。「情女でもできたか」とからかったのも、彼の様子が、それほど深刻なものには見えないからなのだ。

「あっしのところでは、鰹はおろして、刺身にして売ります」

　ようやく本筋に戻って——戻ったのかどうか、しかとはわからないが——角次郎は続けた。

「冊《さく》で売ることもしません。全部刺身につくっておいて、お客に頼まれた分《ぶん》だけ売ることにしているんです。ほんの二、三切れを売ることだってありますよ」

　女房を質《しち》に入れてでも食いたいと言われる旬《しゅん》の鰹である。角次郎のような棒手振りの魚屋がいてくれれば、貧乏人にも楽しみが増えるというものだ。

「そいつは大いに結構なことだと思うよ」

　ありがとうございますと、角次郎は頭を下げた。

「そいですから、鰹の旬のこの時季には、あっしは毎朝、河岸《かし》で小ぶりの鰹を一本買うことにしています。それをうちに持って帰ってさっきみたいな刺身につくって、それから担《かつ》いで売りに出るんです」

「まっとうな商いじゃねえか」

へい、と角次郎はうなずいた。

「それでもって、今朝《けさ》のことです」

角次郎はどうしたのか、ここでごくりと唾《つば》を呑《の》んだ。

「今朝のことですよ、親分さん」

「聞いてるよ、今朝何があったんだ」

角次郎のがっちりした肩が、わずかに震え始めている。茂七は身体を起こし、相手のほうに身を乗り出した。

「何があったんだい？」

角次郎は今は汗びっしょりだ。ようやく口を開いたとき、その声は割れていた。

「あっしが今朝、いつものように鰹を刺身につくろうとしていたときです。人が訪ねてきました。日本橋の通町《とおりちょう》の呉服屋の、伊勢屋《いせや》ってところの番頭さんだっていうんです」

「その番頭がどうした」

「あっしの鰹を買いたいって。お店に持って帰るから、一本まるまる、刺身につくってくれっていうんです」

「そいつが妙な話だっていうのかい？」

角次郎はうかがうような目つきで茂七を見た。

「妙じゃありませんか？」

「通りがかりにおめえの鰹を見かけてさ、ああいい鰹だ、ぜひあれをと、まあそんなところじゃねえのかい？　日本橋の呉服屋といったら金持ちには違いねえ。もっとも、番頭がてめえひとりの采配《さいはい》でそんなことを言うのは出過ぎたことだが……。おめえも、そのへんが気になるんだろう」

角次郎は首を振った。

「そうじゃねえんです。だってその番頭さんは、はっきり言ったんですよ。私は旦《だん》那《な》さまの遣《つか》いで来た。角次郎さん、うちの旦那さまは、どうしてもあんたから鰹を買いたいと言っておられる、売っておくんなさいって」

「じゃあ、結構なことじゃねえか。売ってやったらどうだ。金持ちの気まぐれだよ、角次郎。せいぜいふっかけて売ってやって、おめえの商いの分には、また別に鰹を仕入れればいいじゃねえか」

茂七の言葉に、角次郎は黙りこんだ。くちびるはぎゅっと閉じているが、目元は笑ったような緩んだような妙な具合になっている。

どうもおかしい。茂七もようやく本気で心配し始めた。

「おめえ、大丈夫か、角次郎」

「わからねえ」と、角次郎は正直に答えた。

「あっしにもこんなことは初めてだから」

「鰹をまるまる一本売ることがか？」

「そうじゃねえ。いくら貧乏な棒手振りだって、それくらいのことなら先《せん》にもあった」

「それじゃあ、いったいなんだっていうんだ？　おめえは何を気に病んでるんだよ」

茂七もいささか焦《じ》れてきて、声が高くなった。その声の余韻《よいん》にまぎれてしまうような小さなささやき声で、角次郎は言った。

「――千両」

「え？」

「千両出すっていうんです」

茂七はじいっと角次郎の顔を見た。彼も鼻の頭に汗を浮かべたまま、茂七を見返した。

「そうなんですよ。あっしから鰹を買う。その買値《かいね》に、千両とつけてきたんです。どうしても千両出すって言ってきかねえんです。それ以下の値じゃ買わねえ、なんとしても千両受け取ってくれって」

二

午《ひる》近く、角次郎が商いに出たあとを見計らって、茂七は三好町の彼の住まいを訪ねた。

角次郎には同じ歳のおせんという女房と、十三歳になるおはるという娘がいる。おせんは腕のいいお針子《はりこ》だ。角次郎と所帯《しょたい》を持つ以前から、仕立物を生業《なりわい》の道としており、今も亭主とは別に立派に看板をあげて商いをしている。実は、茂七のかみさんも仕立物商売をしているものだから、その線からも、茂七はおせんの噂《うわさ》をよく聞いて知っている。

おせんが扱うのは、芸者衆が座敷で身に着ける高級な品物ばかりである。お得意先は、辰巳《たつみ》芸者と呼ばれる深川永代寺《ふかがわえいたいじ》の門前町の芸者たちだ。

芸者の着物はもともと、袖付《そでつ》けをゆったりととってある。踊りを踊るからだ。髷《まげ》を大きく結《ゆ》うから、襟《えり》の抜きも深い。そもそも反物《たんもの》を裁《た》つときから、町の女たちの着物とは違っているのだそうだが、おせんの仕立てはそのうえさらに工夫《くふう》がされており、それを着る千差万別の体形の芸者のひとりひとりが、それぞれいちばん美しく見えるように、微妙に裾《すそ》の長さをかえたり、身幅《みはば》を調節したりしてあるのだという。

所帯を持ったばかりのころ、おせんと角次郎は柳橋《やなぎばし》に住んでいた。つまりそのころは、柳橋の芸者衆がおせんのお得意先だったわけだ。何かと張り合うことの好きな芸者衆のことだから、辰巳芸者におせんをとられて、柳橋の姐《ねえ》さんたちも、当時はさぞかし悔しがったことだろう。

今、角次郎夫婦の住んでいるこの三好町の棟割長屋《むねわりながや》は、つくりとしてはどこにでもある形のものだ。木場《きば》のまん真ん中だから、周囲は木置場《きおきば》と掘割ばかり。日当たりも風通しもいい。そこにこの夫婦は、おせんの仕事の都合があって、この長屋のなかではいちばん広いところを借りていた。棒手振りとはいえ魚屋の住まいだというのに、生臭い匂いなどまったくしない。台所の脇の日当たりのいい場所に、角次郎が商いものをおろすときに使う大きな俎板《まないた》と、おせんが飯の支度《したく》に使う小さな俎板が、きれいに洗って並べて干してあった。

表の障子戸《しょうじど》にも、一枚には「さかなや　かくじろう」と、もう一枚には「おしたてもの　せん」と、おそらく差配の字であろう、なかなか重々しい手跡《しゅせき》で書いてある。

自らそれだけの職を手に持ち、しっかり稼いでいるおせんにとっても、やはり千両というのは目の回るような大金である。茂七の顔を見ると、彼女のほうから飛びつくようにして話を持ち出してきた。

「じゃ、今朝うちの人がうかがったんですね。あいすみませんでした」

「謝ることはねえよ。確かに面妖《めんよう》な話だ」

心なしか、おせんの頰《ほお》が紅潮しているようだ。そういえば角次郎もそうだった。

鰹を千両で売ってくれなどと、にわかに信じられる話ではない。まともな取引ではない。何かよくない裏がある。そう思うのは自然の感情だ。だが反面、こつこつと働いて暮らしている庶民には、千両という言葉の重みもまた物凄《ものすご》い。

江戸の町では諸式《しょしき》が年々高くなるいっぽうなので、いちがいには言えないが、一両あれば、大人ひとりが一年食ってゆくことができるだけの量の米を買うことができる。千両あれば千人が、何もしなくても一年間、米の飯を食うことができるという計算だ。角次郎のところは三人家族だから、それぞれがこの先三百数十年、働かなくても米の飯にはありつけるということになる。千両とは、それほどの大金なのである。おかしな話だと思いつつも、角次郎の顔が変なふうに緩み、おせんのほっぺたが赤くなってしまうのも、無理からぬことだ。

「親分さんのところには、あたしが行けってすすめたんです」とおせんは言った。

「こんな話、おっかなくって乗れません。だけどやっぱり肘鉄《ひじてつ》くわせるには惜しいし……」

「そりゃそうだ。あたりまえだよ」

「とにかく親分さんに相談してみようと思って。伊勢屋さん……いったい、どうしたもんでしょうね」

今朝のところは、角次郎が今日仕入れた鰹を売りに来るのを楽しみに待っている客がいるから、とりあえず引き取ってもらったという。すると伊勢屋の番頭は、では明日、明日は必ず、あんたの仕入れた鰹を千両で売ってくれと念を押して帰っていったという。

だが、なぜ角次郎の鰹を買いたいのか、しかもなぜ千両という大金と引き換えでないといけないのか、その理由については、夫婦でどれだけ食い下がって尋ねても、頑《がん》として答えてくれなかったという。

「お金はきちんと用意してきたんだっていって、見せてくれたんですよ」

持参していた木箱を開け、切餅《きりもち》四十個できっちり千両、角次郎夫婦の目の前に並べてみせたのだそうだ。

「とりあえず俺は、日本橋の通町に本当に伊勢屋という呉服屋があるのかどうか、それを確かめてみたいんだ。あったとしても、その次には、ここへ来た番頭が、本当にその伊勢屋の番頭であるかどうかも調べねえと」

「じゃ、あたしがいっしょに出向いたほうがいいですよね？」

「そうしてくれねえか。先方にはさとられないように、そっと遠くから見るだけだから、面倒はないよ」

おせんは大きくうなずいた。「わかりました。でも、ちょっと待ってもらえますか。はるを遣いに出したところなんです。おっつけ戻ってきますから、そしたらあの子に留守を頼んで出かけられます」

「おはる坊も、今度の話は知ってるんだろう？」

「ええ、あの子も起きてましたからね」

おせんは言って、うふふと笑った。

「あの子がいちばん落ち着いてましたよ。子供はまだ、おあしの有難味《ありがたみ》を身にこたえて知らないからでしょうね」

そんなことを言っているうちに、おはるが帰ってきた。

「あ、親分さん」と、にっこり笑った。「こんにちは」

「おう、こんにちは。ちいと見ないあいだに大きくなったな、おはる坊」

「やだなぁ、もうおはる坊なんて呼ばないでちょうだい」

「そうかい、そりゃ悪かった。おっかさんの手伝いをしてるのかい？」

おはるは誇らしげにうなずいた。「あたしこのごろじゃ、裁《た》ち物《もの》もできるのよ」

角次郎はあの鰹節顔だし、おせんもお世辞にも色白とはいえないほうだが、娘のおはるは肌も真っ白、目元の涼しい可愛《かわい》い娘だ。あと二、三年すれば三好町小町《こまち》——いやいや深川小町と呼ばれるようになることだろう。

おはるに留守を預けて日本橋へと向かう道中、おせんはよくしゃべった。今度のことで嬉しいやら不安やらで気が転倒している角次郎に比べて、おせんはずっとしっかりしている。

「千両って聞いたときは、ただもう馬鹿ばかしくって」と、おせんは笑う。

「けど、あの番頭さんが帰ったあと、じわじわ考えるようになっちまったんですよ。もしもあの話が本当だったらどうだろう。お金持ちが粋狂《すいきょう》で、なんだか知らないけどうちの鰹が縁起《えんぎ》がいいとかで、どうしても千両払って買いたいっていうだけのことだったらどうだろうって。そしたら、あたしたちは千両手に入れることができる」

茂七は黙って聞いていた。目の先をついと燕《つばめ》が横切っていっても、おせんの目は遠くを見ている。

「そしたらあたしたち、念願の店が持てます。あの人も、もう棒手振りなんかしないで済む。真夏に汗だくだくになって歩き回ったり、雪の日にしもやけをこさえて干物《ひもの》を売って歩いたりしなくてよくなるんです」

「だけど、あんたは角次郎の店を手伝うことはできまい」と、茂七はゆっくり言った。「あんたが仕立物をやめちまったら、辰巳の芸者衆がみんな困る」

「魚屋のほうには、人を雇いますよ」おせんは大らかに言った。「あの長屋を出て、表店《おもてだな》に住むんです。おはるにだって、もっと楽な暮らしをさせてやれる」

だがあの娘《こ》は今だって、けっして不幸せには見えねえよ——口には出さず心のなかで、茂七は呟《つぶや》いた。

ほとんど探すまでもなく、通町の伊勢屋はすぐ目についた。白地に紺で染め抜いた大暖簾《おおのれん》が、五月の風にひるがえっている。

茂七はおせんと連れ立って、さりげない足取りで、伊勢屋の前を二往復した。そのあいだにおせんの目が、反物を積み上げた棚の向こう、相当な年代物であろう帳場格子《ちょうばごうし》の内側に座っている男の顔を見分けた。

「間違いない、あの人です。今朝うちを訪ねてきたのは」

「えらい繁盛《はんじょう》しているお店だな」

千両ぐらい、右から左かもしれねえ。

「出鱈目《でたらめ》じゃなかったんですね、親分」

おせんの声が、わずかに上ずっている。両手を拝《おが》むようにそろえ、口元にあてている。

「だけど、こんなことってあるものなのかしら」

今のおせんの心のなかには、金座《きんざ》の大秤《おおばかり》よりも大きな秤があって、右の皿には彼女の夢が、左の皿には警戒心が乗せられている。秤はふらふら揺れ続け、右があがったり左があがったりしている。茂七にはその様子が目に見えるようだった。

おせんの心の大秤の、目盛りを狂わせたくはない。茂七は努めて冷静に言った。

「なあ、おせん。水をさすわけじゃねえが、それでもやっぱり、この話は妙だよ」

彼女は目を伏せた。「そうですよね……」

「得心《とくしん》がいくまで、俺にこの話、預けてくれねえか。先方にどういう言い分があるのか、じっくり聞いて、調べてみてえんだ。なるほどこれならいいだろうと思ったなら、俺はそう言うよ。そしたら鰹千両、売ってやるといい。なあに、富《とみ》くじに当たったと思えばいいことだ。だがな、おせん」

おせんを見おろし、彼女が目をあげて視線をあわせてくるのを待って、茂七は続けた。

「この話に待ったをかけたほうがいいと思ったときには、俺は遠慮なくそうするぜ。だから今は、今朝がたのことは夢だと思っていたほうがいい。そして、夢の金はあてにできるもんじゃねえ」

呼吸ひとつほどの間をおいて、おせんは小さく答えた。

「はい、わかりました」

三

おせんを三好町に送り届けると、茂七はいったん、回向院《えこういん》裏の住まいに帰った。かみさんと権三《ごんぞう》が雁首《がんくび》そろえて茂七の帰りを待っていた。むろん、鰹の刺身を食べようというのである。

「お昼っからこんな贅沢《ぜいたく》、罰《ばち》があたりそうなもんだけど」

飯をよそりながら、かみさんが言った。

「早く口に入れたほうが、鰹のためにもいいってもんでしょう。そのかわり、今夜はおこうこでお茶漬けですよ」

「糸吉は？」

「おすそわけに出たまま、まだ戻らないんだけど、そろそろ帰ってくるでしょうよ」

鰹の刺身は、今の茂七の舌には、なんともやるせない味がした。千両の味がした。

食べながら、権三にことの次第を説明した。お店者《たなもの》あがりのこの下《した》っ引《ぴ》きは、伊勢屋のことを調べあげるのにはうってつけだ。

「半日ももらえれば、あらかたのことは調べられましょう」

権三はしっかり請け合った。そうして昼飯があらかた済んだころ、糸吉があわてた様子で帰ってきた。

「急がなくても、糸さんの分ならとってあるよ」

笑ってかみさんが声をかけたが、糸吉は履き物を脱ぎ飛ばして座敷にあがると、

「そうじゃねえんだ、親分、梶屋《かじや》がとうとうやりやがった」

と、息を切らせながら茂七に言った。

梶屋とは船宿《ふなやど》の名前だが、実は地元のならず者の巣である。梶屋の主人であり、ならず者たちの頭《かしら》の勝蔵《かつぞう》は、茂七にとっては目の上のたんこぶだ。

もっとも、商売屋から所場代《しょばだい》をとりあげたり、春をひさぐ女たちから用心棒代をとったり、博打場《ばくちば》を開いたり——と、裏の手を使って町から金を吸い上げる族《やから》は、どんな土地にもいる。そういう族のなかでは、梶屋の勝蔵はずいぶんと扱いやすいほうではある。茂七も勝蔵とは長い付き合いになるが、これまでに、梶屋と本気でやりあって、彼らを叩《たた》き出さねばならぬと感じたことは一度もない。

「何をやりやがったんだ」

「ほら、あの富岡橋《とみおかばし》のたもとの稲荷寿司屋《いなりずしや》の親父《おやじ》ですよ」と、糸吉は言った。「あ

の親父に、梶屋の若いのがからんだんです」

　富岡橋の稲荷寿司屋というのは、半年ほど前からそこに屋台を出している、正体の定かでない男のことだ。この男が現れ商売を始めたとき、例のごとく梶屋の若いのが早速出かけていって、なんだかんだと因縁《いんねん》をつけた。ところが何があったのかほうほうのていで引き上げて、以来、近寄ろうとしていなかった。

　その稲荷寿司屋に、とうとう梶屋が手を出したか。

「どういうことだ」

「富岡橋の近くに、磯源《いそげん》て魚屋があるでしょう。そこであの親父が鰹の切り身を買おうとしているところへ、梶屋の若いのが因縁をつけたんです。その切り身は、俺が買おうとしてたんだとか言ってね」

「冊《さく》よ」と、茂七のかみさんが糸吉に言った。

「へ？　なんですかおかみさん」

「お刺身にする魚の切り身のことは、冊というのよ」

　糸吉はへどもどした。「へえ、わかりました。でもとにかく親分、そういうことなんで」

「それで、騒ぎになったのかい？」

「そりゃもう、大騒ぎ」糸吉は唾《つば》を飛ばしてしゃべった。「梶屋の若いのは、こいつ名前は新五郎《しんごろう》っていうんですけどね、気の短い野郎ですぐに匕首《あいくち》を抜いたんです。ところがね、稲荷寿司屋も負けちゃいねえ、抜く手も見せずってな感じで新五郎の匕首を叩き落として、その場にのしちまいました」

茂七と権三は顔を見合わせた。

「稲荷寿司屋はそのまま帰っちまいましたから、あっしは新五郎をふんづかまえて、一応、番屋にぶちこんでおきました。野郎、まだそこで伸びてるはずです」

「寿司屋は素手《すで》でやったのかい？」

「そうです。いやあ、見事なもんでしたよ」

飯を終えると、茂七は着物を着替え、羽織を着込んで家を出た。暑いくらいの陽気だったが、日本橋の大店《おおだな》の主人を訪ねようというのだから、仕方がない。

伊勢屋に向かう前に、糸吉が新五郎をぶちこんだという番屋に寄ってみた。新五郎は目をさましていた。小柄だが眉《まゆ》が太く、きかん気そうな若者だ。両手を後ろ手にくくられ、顎《あご》のところに見事な青痣《あおあざ》をこしらえて、ふてくされた顔をしていた。

危ない匕首は、番屋の書役《かきやく》が糸吉から預かっているという。

「あの稲荷寿司屋が所場代を払わねえから、面白くなくてからんだのかい？」

尋ねても、新五郎はフンと鼻を鳴らすだけで返事をしない。

「食い物をネタに人様《ひとさま》にからむなんざ、情けねえとは思わねえか」

新五郎はぎろりと目をむいた。

「稲荷寿司なんて子供の食い物を売ってるくせしやがって、一丁前《いっちょうまえ》に鰹を食おうなんて生意気だ」

「おめえこそ、ちゃんとした生業《なりわい》もねえくせして鰹を食おうなんて了見違《りょうけん》いだ」

極《き》め付けておいて、茂七はしゃがみこみ、新五郎の目に目をあわせた。

「勝蔵に命令されてやったのか」

新五郎は吐き捨てるように答えた。「親分は何も知っちゃいねえ」

たぶん、そうだろうと思っていた。

「それどころか、あの親父には手を出すな、放っておけと言われてるんじゃねえのか？」

そうでなければ、今まであの稲荷寿司屋が、梶屋に痛めつけられずに商いを続けていられるわけがない。

ことの始めから、茂七には、梶屋の勝蔵とあの稲荷寿司屋の親父のあいだに、なにがしかの因縁があるように思えてならなかった。今度のことで、その因縁がどういうものであるか、少しはわかってくるかもしれない。

「どうだ？　親分はなんと言ってる？」

新五郎は、床にぺっと唾をはいた。

「親分は、何も知らねえ」

ふふんと、茂七は思った。どうやらこの新五郎は、所場代も払わず商いをしている稲荷寿司屋を放っておく勝蔵に、歯がゆいものを感じているようだ。

「そうか。だったら、おめえは勝手に騒ぎを起こしちまったわけだな。梶屋にこのことが知れたら、大目玉をくうだろうな」

新五郎の目に怯《おび》えの色が浮かんだが、くちびるは動かなかった。

「おめえ、今どれぐらい持ち合わせがある？」

新五郎が答えないので、茂七は彼のかたわらにしゃがみこみ、懐《ふところ》をさぐって財布を取り出した。小粒がいくつかと、一両小判が一枚あった。

「金持ちだな」

中身を抜き出して自分の懐に移し、茂七は言った。

「これは、迷惑をかけた磯源への詫《わ》び料だ。俺が代わりに届けておいてやる。おめえは親分に叱《しか》られに、梶屋へ帰るといい」

新五郎の縄をほどいて番屋から追い出すと、茂七は書役から匕首を受け取った。そのまま富岡橋のほうへ向かった。

磯源で金を渡したあと、いつも稲荷寿司屋が屋台を出している場所をのぞいてみた。親父はいた。もう商いを始めていた。お客が数人、立ったまま稲荷寿司を食っている。包んでもらうのを待っている女もいる。

声をかけず、茂七はそこをあとにした。匕首は、永代橋の上から捨てた。

四

今度の千両の鰹のことで、角次郎以外の者、それも十手《じって》持ちが訪ねてくるなど、伊勢屋の側では夢にも思っていなかったらしい。茂七がおとないを入れ用件を告げたときの先方のあわてぶりと言ったら、たいへんなものだった。

とにかく奥へどうぞということで、あの番頭が自ら先に立ち、長い廊下を案内した。たくさんの唐紙《からかみ》の前を通り抜けた。途中で、線香の匂いがぷんと鼻をついた。

通されたのは広い座敷で、床《とこ》の間《ま》には大きな達磨《だるま》の絵が掛けられている。庭にはさつきの木があり、薄紅色《うすべにいろ》の花がいっぱいに咲いていた。茂七はそこで、煙草《たばこ》を一服つけながら待った。

茶菓《さか》が出された。色も香りもいい玉露《ぎょくろ》だったが、茂七の舌にはいささかぬるすぎた。番茶のキンキンに熱いのが旨《うま》いと思うのは、こちらが貧乏人のせっかちだからだろうか。

やがて、四十そこそこの小柄な男が、待たせた詫びを言いながら現れた。伊勢屋の主人だった。小作りだがなかなかの美男で、頭も切れそうだと茂七は思った。目が鋭い。

すぐ後ろに、あの番頭が付き従っている。無言で茂七に頭をさげると、そのまま置物のようにじいっと座り込んだ。

「このたびは、わたくしどもの番頭の嘉助《かすけ》がとんでもないご迷惑をおかけしまして……」

「申し訳ございませんでした」と、嘉助が平伏する。

茂七は笑った。「棒手振りの角次郎も、迷惑をしてるわけじゃねえ。ただびっくりしてるんですよ。あたりまえの話だが」

「それもこれも、わたくしの言葉が足らなかったからでございます」と、嘉助が小さくなって言った。

「ぜんたい、いくら旬のものとはいえ、どうして鰹一本に千両も払わないとならねえんですかい？」

伊勢屋の主人の顔をじっと見つめて、茂七は訊《き》いた。主人は小さく咳払いをすると、

「信じていただけないかもしれませんが」と前置きして、始めた。

「わたくしどもには、先代のころから懇意にしている、占いをよくする方がおられます。その方のお勧めにしたがって、鰹に千両払うことになったのでございます」

実はこのところ、伊勢屋の商いの風向きが芳《かんば》しくないのだという。それを打開するには、何かの形で一時に大金を散財し、金と商いの流れに風穴を開けるがいいと言われたのだそうだ。

「散財と言われましても、さて困りました。これと言ってほしいものなど見当たりませんし、金の使い途《みち》がございませんのでね。そこで季節柄、鰹を買うことにしたのです。買い叩くなら文句も言われようが、高く買う分ならそれもあるまいと」

「じゃ、角次郎を選んだのは偶然だと？」

これには番頭がうなずいた。「はい。わたくしがたまたま見付けたというだけのことでございます。あの魚屋の鰹は確かに品もよさそうだし、それにどうせ高く買うのなら、大きな魚屋よりも、棒手振りから買ったほうが相手にも喜んでもらえると思ったものでございますから」

茂七はゆっくりと煙草を吹かした。

占いに凝《こ》る者なら、それなりに筋の通った話だと思うのかもしれないが、茂七には、逆立ちしてもはいそうですかと受け入れることのできる筋書ではなかった。なんだってこんな出鱈目を並べてまで、鰹に千両払おうとするのだろう？

伊勢屋の主人は、懐から紫色の袱紗《ふくさ》を取り出した。ゆっくりと開く。なかから切餅――二十五両の包みがふたつ現れた。

「些少《さしょう》ではございますが、親分さんにはこれをご迷惑料としてお受け取りくださいますでしょうか」

おしいただくようにして、茂七に金を差し出す。茂七は煙草を吹かしながら、黙っていた。

そして、唐突に言った。「誰だか知らんが、盗み聞きはいけませんな」

伊勢屋の主人と番頭がはっと身じろぎした。茂七は素早く立ち上がり、座敷の唐紙をからりと開けた。そこには、驚きのあまり動くこともできず、身を強《こわ》ばらせて顔青ざめた、女がひとり座っていた。

だがその顔を見たとき、今度は茂七のほうが、すっと血の気の引く思いを味わった。

「これは失礼を」と、伊勢屋が謝っている。

「わたくしの家内の加世《かよ》でございます。どうぞお気を悪くなさいませんようにお願いいたします」

伊勢屋の声など、右から左に通過してしまっていた。ただ、「家内」という言葉だけがひっかかった。なるほどこの女はもう三十も半ばすぎの年代だ。

だが――歳のことをさておけば、その顔は、茂七がごく最近見たある顔に、生き写しと言っていいほどよく似ていた。肌の白さも、目元の涼しさも。
その顔とは――おはるの顔である。

もちろん金など受け取らず、俺がいいと言うまでは、角次郎一家には近づかないようにと厳重に釘《くぎ》をさして、茂七は伊勢屋をあとにした。

家に戻ると、権三が待っていた。

「これと言って、怪しいところなどないお店ですよ」と言った。「商いのほうも順調ですし、奉公人に不始末があったという噂も聞かない。鰹一本に千両、ぽんと出せるくらいの身代《しんだい》はあるでしょう」

茂七はゆっくりうなずいた。

「廊下を歩いているとき、妙に線香の匂いが鼻についたんだが、家のなかの誰かがなんまんだぶに凝ってるとかいうことはないかい？」

権三は微笑した。「さあ、そこまでは、今日の調べじゃわかりません。でも、その線香は、きっと娘のためですよ」

「娘？」

「ええ、ひとり娘のおみつというのが、半年ほど前に亡くなっているんです。疱瘡《ほうそう》だったそうで」

茂七はぐっと考え込んだ。

「なあ、権三。伊勢屋ってのは、相当な老舗《しにせ》かい？」

「はい、今の主人で六代目ですからね」

「先代夫婦はまだ元気なのか？」

「いえ、ふたりとも、もう亡くなっています。先代の主人のほうは三年前に、お内儀《かみ》のほうは、おみつが亡くなるほんの少し前に。ですから、葬式が続いたという意味では、このところ伊勢屋はついてなかったということになりますな」

ここでちらりと、権三は苦笑した。

「先代のお内儀はなかなか気性の激しい女だったようですよ。すぐ裏の雑穀問屋で話を聞いたんだが、今のお内儀、つまり嫁の加世を怒鳴りつける声が、一日中聞こえていたそうです。もともと加世は、伊勢屋に出入りしていた染め物屋の娘でしてね。加世にしてみれば玉《たま》の輿《こし》ですが、伊勢屋の側から見れば、庭先からもらった嫁ということになる。先代のお内儀は、それが面白くなかったようで、ことあるごとに加世をいじめていたらしい」

無言のまま腕組みをして、茂七は何度もうなずいた。

おおかた見えてきた。しかし、嫌な話だ——

五

その晩、茂七はひとり、富岡橋のたもとの路地に出ている稲荷寿司屋台を訪れた。

客の切れ目であるらしく、親父がひとりでぽつねんとしている。茂七が声をかけると、

「おや、親分。今夜はお茶をひいているところです」と、薄い笑みを浮かべた。

近づいていって、茂七は驚いた。親父の屋台のすぐ後ろに、大きな酒樽《さかだる》をふたつ並べて、老人がひとり座っている。升《ます》がいくつか積んであるところを見ると、量《はか》り売りをしているらしい。

稲荷寿司屋の親父が、笑いを含んだ声で言った。

「私は酒を売りません。酒の扱いがわかりませんのでね。でも旨い料理にはやはり酒がほしいというお客さんの声が多いんで、こうして手を組むことにしたんですよ」

親父の声をよそに茂七は酒売りの老人の横顔を、じっと見つめていた。頬《ほお》かぶりをして顔を背《そむ》けているので、すぐにはわからなかった。が、よく見ると――

「おめえ、猪助《いのすけ》じゃねえか。そうだな？」

老人はゆるゆると頬かぶりをとると、茂七に向かって深く頭をさげた。

「身体のほうはもういいのかい？」

「おかげさんで、元気になりやした」

今年正月の藪入《やぶい》りに、大川端《おおかわばた》で女の土左衛門《どざえもん》があがった。調べてみるとこれは担ぎの醤油《しょうゆ》売りのお勢《せい》という女だった。

猪助は、そのお勢の親父である。お勢が殺された当時は、身体を損ねて小石川《こいしかわ》の養生所《ようじょうしょ》に入っていた。

元気なころには酒の担ぎ売りをしていた男だ。では、こういう形で商いに戻ったというわけか。なるほどこれなら、病み上がりのじいさんが一日酒を担いで歩かなくても、この屋台のそばにいるだけで、充分な商いをすることができる。

（それにしても……）

茂七は稲荷寿司屋の親父を横目で盗み見た。

なんでこんなことを思い付いたのだろう？　どうやって猪助とつながりを持ったのだろう？

「なんになさいます、親分」

親父が声をかけてきた。茂七は彼の目を見返し、そこに手強《てごわ》そうな壁を見いだ

し、ため息と共に言った。

「あっちのじいさんから酒をもらうよ。おめえさんからは、鰹の刺身だ。昼間、たいそうな立ち回りをして買った鰹だそうだから、俺にも馳走《ちそう》してくれよ」

親父は眉毛《まゆげ》一本動かさず、「へい」と答えると仕事にかかった。稲荷寿司屋でありながら、椀物《わんもの》焼き物刺身何でもございがこの屋台の売りである。

「今夜の親分は、いくらかふさいでいなさるね」

茂七が升酒を一杯あけたころ、親父が声をかけてきた。

「ここへ来るときは、俺はいつだってふさいでるんだよ」

このところ茂七は、考えごとにゆきづまったり、あるいは、考えごとの答えは出たが、それが気の滅入《めい》るような落ちであったりした場合、決まってこの屋台に来るようになってしまった。

今夜は、そのあとのほうだ。明日になれば、嫌《いや》な役目が待っている。今頭のなかにあることに間違いがなければ、とてつもなく辛《つら》いことになる仕事が待っている。

「あまり酒をすごさないでくださいよ」

親父は言って、それきり黙った。

黙々と飲みながら、角次郎夫婦とおはると伊勢屋夫婦のことを頭から追い払うためにも、茂七はしきりと考えていた。この親父は何者だろう？　梶屋とどんなつながりがあるのだろう？
　元は侍だったらしい。今日、糸吉が見た立ち回りなどからも、それは当たってい
るだろう。だがしかし、それと梶屋が、どうつながる？
　頭のなかがふくれてきて、酔いのせいで舌も軽くなり、思わず、（なあ親父、あ
んた梶屋の勝蔵とどういう関《かか》わりがあるんだい？）と、口に出してしまいそうにな
ったそのとき、稲荷寿司屋の親父が、
「おや」と声をあげた。屋台の向こう側で、手元に視線を落としている。
「なんだい？」
　茂七は立ち上がって親父の手元をのぞきこんだ。
「めずらしいものですよ」と、親父が言う。
　どんぶり鉢のなかに、卵がひとつ、割り入れてある。ひとつなのに、黄身がふた
つある。双子の卵だった。
「卵汁をこしらえようと思いましてね」と、親父が言った。「稲荷寿司によくあい
ますから」
「そいつは嬉しいな」と、茂七はうわのそらで言った。双子の黄身を見たとたん、
明日こなさなければならない役目を思い出したのだ。
　茂七はそそくさと稲荷寿司を食べ、卵汁をのんだ。どうも気勢があがらない。ほ

かの客たちがやってきて、長い腰掛けがにぎやかになってきたのをしおに、立ち上がった。

金を払って屋台を離れ、富岡橋に向かって路地を出ようとしたとき、右手の暗がりのほうに、何者かの気配を感じた。足を止めて目をこらすと、格別工夫をこらして隠れている様子ではないその者は、茂七に気づいてちらりとこちらを見た。

梶屋の勝蔵だった。

いかつい顔に猪首《いくび》、手の甲にまで彫り物がある。顎のところには、昔よほど鋭い刃物で切られたのだろう、肉が一筋《ひとすじ》盛り上がった醜《みにく》い傷跡《きずあと》が斜めに走っていた。

「こんなところで何してる」

茂七の問いに、勝蔵は視線をそらしただけで答えなかった。

「稲荷寿司を食ってきたらどうだ。うめえよ」

それにも、何も言わない。

「なあ、勝蔵。あの親父、何者だ？　おめえはあいつを知ってるのか？」

ややあって、死にかけた犬が、それでも縄張《しま》を荒らそうとする新参者《しんざんもの》の犬に向かって唸《うな》るような低い声で、勝蔵は答えた。

「俺は知らねえ」

「じゃあ、なんであいつから所場代をとらねえんだ？」

勝蔵は答えない。ただじっと、屋台の親父を見つめている。と思うと、いきなりくるりと踵《きびす》を返して、橋を渡って行こうとする。

「おい、勝蔵」

茂七の呼びかけは、空《むな》しく闇《やみ》に吸い込まれてゆく。


翌朝《よくあさ》夜明け前に、宿酔《ふつかよ》いで少しばかりぼうとした頭を抱えて、茂七は三好町の角次郎夫婦の住まいを訪れた。

これから河岸《かし》へ行くという角次郎を引き止め、夫婦ふたりを長屋の木戸の外に連れ出して、茂七は言った。

「俺がこれから訊くことに、正直に答えてくれ。おめえたちが素直に返答してくれて、そのうえで俺の頼みを聞いてくれたら、俺はこの先、すべてを忘れて聞かなかったことにするから」

夫婦は不安そうに顔を見合わせ、寄り添った。

「なんでしょう?」

茂七は、斬《き》って捨てるような勢いで言った。

「おはるは、おめえら夫婦の子じゃねえな?　拾った子だろう。たぶん、生まれたばっかりの赤ん坊のころに。きっと、おめえらがまだ柳橋にいたころに」

おせんが見る見る真っ青になり、角次郎は彼女の肩を抱き支えた。

「正直に答える約束だぜ。どうだ？」

つっぱっていた肩をがっくりと落として、角次郎がうなずいた。

「……そうです」

「そうか」

「今までずっと隠してきました。おはる本人も、このことは知りません。柳橋のたもとに、古着《ふるぎ》に包《くる》まれて捨てられていたのを見つけたんです。可哀相《かわいそう》で……思わず連れて帰ってきちまいました」

泣くような声で、おせんが言った。「あたしらのあいだには子供ができなかったし、おはるは本当にあたしらの娘と同じです。こっちに移ってきたのも、あの子が捨て子だったってことを知ってる近所の人たちから、あの子を引き離したかったからら……。だからうちの人には商いの縄張をかえてもらって、あたしも柳橋のお得意を全部捨てて」

「それでよかったんじゃねえか」

茂七は強くうなずいた。

「訊きたいのはそれだけだ。で、俺の頼みってのはこうだ。あの千両のことは忘れてくれ。あれはただの、金持ちの粋狂《すいきょう》だ。まともな話じゃなかった」

夫婦はびくりと身体を震わせた。が、それは、金惜《お》しさから生まれた反応ではなかった。おせんが茂七に詰め寄った。

「それ、どういうことです、親分さん。おはるのことと、あの千両が何か関わりがあるってことですか？」

茂七は彼女の目を見据《みす》えた。それから訊いた。

「もしもそうだと言ったら、おめえはどうする？」

「どうって？」

「おはるをとるか、千両をとるか」

いきなり、おせんが茂七の横面《よこつら》を張った。やってしまってから、彼女自身が驚いたらしい。ふらふらと倒れかかった。角次郎があわてて支える。

「それでいいよ、安心した」

ぶたれた頬がひりひりするが、茂七はにやりと笑った。

「おはるを大事にな」

言い置いて、背を向けた。

伊勢屋でも、昨日《きのう》茂七が去ったあと、ちょっとした騒ぎが起こったらしい。訪ねてゆくと嘉助が出てきて、お内儀さんが具合が悪くなられてお目にかかれないという。

「旦那だけでもいい。ぜひ会いたいと伝えてくれ」

昨日と同じ座敷で、今度はあまり待たされずに済んだ。伊勢屋の主人はむくんだような顔つきで、まぶたが少し腫《は》れていた。

「てっとり早く言おう」と、茂七は切り出した。「棒手振りの角次郎の娘のおはるは、その昔——十三年前に、あんたら夫婦が柳橋に捨てた赤ん坊だな?」

伊勢屋の主人は答えなかった。しきりとまばたきばかりを繰り返す。

「おはるは、半年前に疱瘡で死んだ、あんたらの娘のおみつの双子の妹だ。あんたのお内儀さんは、双子の娘を産んだんだろう」

まばたきをやめて、伊勢屋は小声で訊いた。「なぜわたくしどもが赤ん坊を捨てねばならないんでしょう」

「あんたら夫婦は捨てたくなかっただろう。だが、捨てないわけにはいかなかった。あんたの親——とりわけ気の強いあんたのおっかさんが、身分の低い娘を嫁にするからこんなことになるんだ、加世は畜生腹《ちくしょうばら》だったじゃないかと言って、相当騒ぎたてたろうからな」

伊勢屋の主人は首うなだれた。

「お武家さんや商人の家では、双子を嫌うもんだ」と、茂七は続けた。「子宝《こだから》が一度にふたつ授《さず》かることを、どうしてそんなに嫌がるのか、俺にはさっぱりわからねえがな」

「わたくしだって辛かった」

書かれたものを読むように、平たい声で伊勢屋は言った。

「この十三年、わたくしも加世も、どれだけ苦しんだことか」

「ところが、その怖いおっかさんはもういない」と、茂七は言った。「おまけに、あろうことかおみつも死んでしまった。あんたらは寂しくなり、捨てた赤ん坊を取り返したくなった。それでおはるを探し出した。よくまあ、半年足らずであの子を見つけることができたもんだな」

「居所はずっと以前から知っていました」と、伊勢屋は言った。「捨てたときに、どんな人が拾ってくれるかと、物陰《ものかげ》に隠れて見ていたんです。あとを尾《つ》けて、身元も確かめていました。わたくしどもにも、そういう親心はあったんです」

茂七は声を厳しくし、伊勢屋の顔を見据えた。

「じゃあ、あの千両はどういうつもりだった？　おはるの家に恵んでやるつもりだったのか？　それとも、そういう妙なことをやらかして、あの家とつなぎをつけたかったのか？　いきなり訪ねていって、おはる、おまえの本当の親はわたしたちだよと言って謝る勇気はなかったのか？　だから小細工しようとしたのか？」

伊勢屋は声を絞りだした。「あの子に幸せになってほしかった。棒手振りの魚屋の娘じゃ、あまりに可哀相だ――」

「棒手振りのどこがいけねえ。今でも充分に幸せだよ、おはるは。あの子はあんたらの子じゃない。あんたらの赤ん坊は、十三年前捨てられたときに死んだんだ。何千両払ったって、買い戻しはきかねえ」

伊勢屋は顔を伏せてしまった。

「諦めるんだな」茂七はつっぱなすように言った。「それで相談だ。なあ伊勢屋さん、あの千両、角次郎に払ったと思って俺にくれないものかね?」

伊勢屋はさっと顔をあげた。顔面が紅潮していた。

「どういう意味です?」

「そうさな、口止め料だ」

「払わなければ、わたくしたちがしたことをおはるに話すというんですか?」

茂七は黙っていた。しばし無言で茂七を睨《にら》んでから、伊勢屋ははじかれたように立ち上がり、座敷を飛び出した。

しばらくして足音も荒く戻ってきた。昨日も見せられたあの袱紗をひっつかんでいた。

「そら、これだ」

金を茂七の目の前に投げ出した。

「持って帰るがいい。この野良犬《のらいぬ》め！」

茂七はゆっくりと金を拾った。それから、それを袱紗に包み直した。伊勢屋はずっと、肩で息をしながらそれを見つめていた。

「じゃあ、伊勢屋さん」

茂七は包んだ袱紗を伊勢屋の前に滑らせた。

「俺はこれを、あんたに払う。俺からあんたへの、口止め料だ」

伊勢屋の口が、がくんと開いた。

「二度と、おはるにちょっかいを出すな。あの子が捨て子であることを、この世の誰にも口外するな。いいな？」

それだけ言うと、茂七はさっさと立ち上がった。

廊下を歩いていると、昨日と同じように線香の匂いがした。茂七はそこで足を止め、軽く合掌《がっしょう》した。

それから数日後、おはるが茂七の住まいを訪れた。

「今度のことのお礼ですって、おとっつぁんとおっかさんが」

彼女が差し出したのは、一本の見事な鰹だった。

「もしもよろしければ、おとっつぁんがこれをおろしにうかがいますけどもって言ってました。どうします、親分さん？」

にっこり笑って、茂七はおはるに言った。

「頼むよって、おとっつぁんに伝えてくれ。おっかさんによろしくな」

脇でかみさんが呆《あき》れている。

「よくわからないわねえ。あの鰹を千両でどうのこうのってことでしょう？　おまえさん、何もしなかったじゃないの」

いいや、一発張り飛ばされたと、茂七は心のなかで思った。

太郎柿次郎柿

一

回向院《えこういん》の茂七《もしち》の住まう二階家には、子猫の額《ひたい》ほどの広さの庭がついている。今年、その庭に立つ柿《かき》の木が、初めて実をつけた。

茂七とかみさんがこの家に住みついて、足かけ十五年になる。柿の木は、前の借家人が植えていったものだそうで、茂七夫婦が越してきたときには、まだ茂七の頭の高さほどの丈《たけ》しかなかったが、一人前に枝を伸ばし葉を繁らせて、いっぱしに柿の木の渡世《とせい》を張っていた。この分なら、二、三年もすれば最初の実をつけるんじゃないかと、楽しみに思ったものだ。

ところがこの柿の木は、年々歳々、丈ばかりは見あげるほどに生長してゆくものの、幹はひょろひょろとして、葉の繁り具合なども、どうも他所《よそ》の柿と比べると薄いようだった。地味《ちみ》が悪いのか、日当たりがよくないのか、いずれにしろ、もうこいつが実をつけることはないんじゃないかと、十年を越えたあたりで、茂七も諦《あきら》めをつけた。

そんなところへ、十五年目にして、ぽっかりと青柿がぶらさがったのである。俗に桃栗三年柿八年というが、世間様の柿の倍近い年月をかけてようやっと大人にな

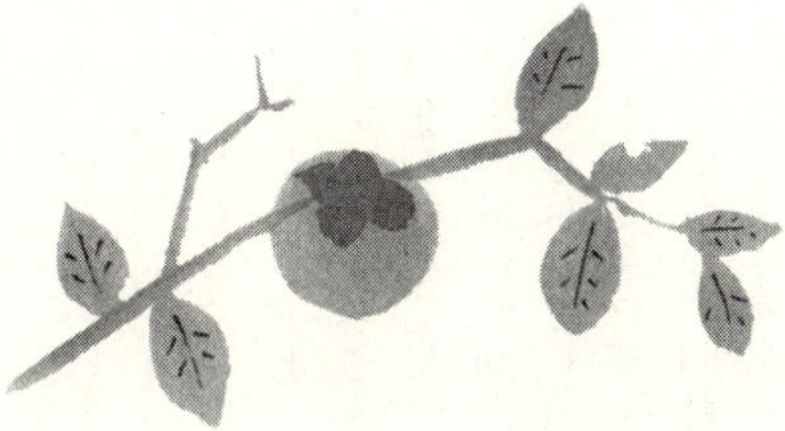

ったというわけで、

「どうもこいつは、えらく晩稲《おくて》の柿だったようだな」

「その分、きっと甘いわよ」

などと、毎日毎夕、枝を見あげる茂七夫婦であった。

この秋、茂七の身辺は、凪《なぎ》のように平穏な日々が続いていた。岡《おか》っ引《ぴ》き稼業《かぎょう》には、時々こういうことがある。有体《ありてい》に言って、暇《ひま》である。

たいていの岡っ引きがそうであるように、茂七のところでも、かみさんが茂七とは別の生業《なりわい》を持っている。かみさんは若いころからお針子《はりこ》として身を立てていて、今もそちらのほうがなかなか忙しい。とりわけ、単衣《ひとえ》から袷《あわせ》にかわる前の秋のこのころは、仕立物の仕事の多い時期だ。自然、家でお茶をひいている茂七親分は、かみさんの指図に従ってしおらしく糸巻きを手伝ったり、仕付け糸を抜いたり、忙しいかみさんにかわって水汲みや掃除をしたり、庭に七輪《しちりん》を出して秋刀魚《さんま》を焼いたりと、すっかり隠居気分になっていた。

もっとも、あまりに暇で呑気《のんき》な暮らしにも、ちょいと飽きがきてはいた。それだから、かみさんが仕事をしながらひょいと口にした、日ごろなら聞き流してしまうような町の噂《うわさ》が、心にひっかかったのかもしれない。

二

「霊感坊主《れいかんぼうず》だと？」

かみさんは、持ち込まれた渋《しぶ》い藤色《ふじいろ》の鮫小紋《さめこもん》に、どの胴裏《どううら》と裾回《すそまわ》しをあわせようかと、座敷いっぱいの反物《たんもの》の海の真ん中に座って首をひねっているところだった。茂七はかみさんの仕事部屋の敷居《しきい》近くにあぐらをかいて、柱にもたれ、かみさんの試《ため》す色の取り合わせに、ときどき半畳《はんじょう》を入れていた。

そこへいきなり、霊感坊主とやらの話である。正確には、かみさんは、「あら、この取り合わせだと、こないだの霊感坊主のときに上総屋《かずさや》のお内儀《かみ》さんが着てたのと同じだわ」と言ったのだ。

茂七は柱から背中を離して身を乗り出した。

「なんだい、そりゃ」

「これですよ」と、かみさんは鮫小紋に濃い紫の裾回しをあわせてみせる。「これじゃあねえ、無難だけど面白くないでしょう。だいいち、派手《はで》だわね。上総屋のお内儀さんは若づくりが好きだから――」

上総屋は深川西町《ふかがわにしちょう》にある大きな糸問屋で、かみさんはそこから糸を仕入れるし、そこのお内儀はかみさんの上得意客のひとりである。しかし、陰では何を言われるか知れたものじゃない。

「着物の話じゃねえよ。その、霊感坊主とかいうほうだ」

「あらまあ」と、かみさんは笑った。「あたし、そんなこと言いました？」

「言ったとも。どこかの寺に、霊験《れいげん》あらたかな坊さんが現れたとか、そんな話かい？」

かみさんは笑いながら首を振った。「違いますよ。坊主ったって、お寺さんのことじゃあないの。子供です。子供」

「坊やのほうの坊ずかい」

「そうなの。ほら、ついこのあいだ、上総屋さんに振《ふ》り袖《そで》を届けにいったでしょう？」

上総屋のひとり娘がこの秋見合いをするとかで、新しい着物の仕立てを頼んできたのである。

「開けてびっくりの歌舞伎《かぶき》模様だったなあ」

「そうよ、あれには往生《おうじょう》したわ」

今、かみさんが頭をひねっているのもそういう口なのだが、かみさんのところに頼んでくる金持ちの客は、たいていい呉服屋をいっしょに連れてくる。客あしらいの巧《うま》い番頭が、小僧に山ほどの反物を担《かつ》がせてやってきて、ここでぱあっとお座敷を広げ、表地から裏地、帯、羽織など、反物の段階で選んで決めてゆくのである。客が決めかねるときはかみさんに判断を任せ、呉服屋のほうでも、候補にあがった反物をいくつかかみさんの手元に預けてゆく。呉服屋の立場からすれば、証文《しょうもん》一枚で商売物を預けてゆくという思い切ったことができるのは、相手が回向院の茂七のかみさんだからであろう。

先《せん》に上総屋に頼まれた振り袖も、そういう手順で受けた仕事だが、呉服屋が担いできた反物を見るなり、上総屋の娘が指さして選んだのは、地が海老茶《えびちゃ》色の菊寿染《きくじゅぞ》めのそれだった。今よりひと時代前に、歌舞伎役者の二代目瀬川菊之丞《せがわきくのじょう》の人気にあやかって流行《はや》り始めたもので、菊花《きっか》と寿《ことぶき》の字を交互に染め出した、一見してわかる派手な柄《がら》である。

「あれは、たしかにずっと流行りではあるけど、今はもっぱら帯の柄になってるものよ。それをよくもまあ、染めて売るほうも売るほうだけれど、買うほうも買うほうだと思ったわねえ」

上総屋の娘は、人目に立つ美貌《びぼう》だし、派手な着物がよく映《は》える大柄だから、娘はぜひにもこれをと言うし、呉服屋はもみ手して勧めるし、母親もまんざらではない顔だし、さあ困ったのはかみさんである。そんな派手な着物に、どんな帯や胴裏をあわせよう。

「まあ結局、ほかのところは地味に抑えてなかなかいいものにはなったから」と、かみさんは続けた。「あたしも、届けに行くのに気が重いってことはなかったの。上総屋のお嬢さんの派手好きは先からのことだしねえ。なんせ、衣装比べが道楽なんだから。母親譲りなんでしょうけど」

ところが、勝手口でいくらかみさんがおとないを入れても、上総屋はうんともすんとも応じない。あがりかまちに乗り出すようにして何度も呼びかけて、ようやく走って出てきた女中にどうしたのと訊《き》いてみると、今お内儀さんもお嬢さんも、着物どころではないようですという。

「それがね、霊感坊主だったわけですよ」

着物の仕立ての依頼が来たのは梅雨《つゆ》明け早々のことだったのだが、上総屋では、そのすぐあとから、屋敷のなかでひんぴんと鬼火《おにび》が飛び交い、畳が焦《こ》げたり障子《しょうじ》が焼けたりと、えらい騒ぎが起こっていたのだという。

文字どおり、茂七はふふんと鼻で笑った。かみさんも笑った。

「そりゃあおまえさんは、商人《あきんど》の家で変事が起きたら、それは、十《とお》のうち九つまでは奉公人の仕業《しわざ》だって言ってる人だからね」

「そういう変事の起こる商人の家は、奉公人に辛《から》い家だってこともな」

人に使われる身の者——とりわけ商家の奉公人などは、主人一家に生殺与奪《せいさつよだつ》の権を握られて、何をされても文句を言えない立場にある。だが、身体《からだ》は従っても、心は生きているものだ。奉公人たちは時として、主人の家の財物をわざと損《そこ》ねて、それによって積もり積もった鬱憤《うつぷん》を晴らすことがある。むろん、わざと言っても、本人はそれと承知してやっているのではなく、心が勝手にそうするのであるが。

それだから、茂七は、商人の家の些細《ささい》な小火《ぼや》や小さな盗難などは、あまり目くじらたてて追いかけないようにしている。茂七自身はてんからそんなことを信じていなくても、なんぞ憑《つ》き物《もの》のせいかもしれませんよと言ったりすることもある。憑き物を払うには、徳を積むのがいちばんだ、商《あきな》いを正しく、目下《めした》の者に篤《あつ》く優しくって具合にね——という方向に持ってゆくのである。

「だからあたしもね、ははあ、上総屋さんにもとうとう鬼火が出たか、そりゃあ、だいぶ恨《うら》まれてるもんねえなんて、頭のなかでは考えてたんだけど」と、かみさんは続ける。茂七はうんうんと頷《うなず》く。上総屋は、娘には衣装比べの道楽をさせても、女中には日に二度の飯さえ食わせないような商人なのである。このことはつとに有名だ。

「でも、上総屋さんのほうは大騒ぎなわけよ。鬼火が出るのは何かの祟《たた》りに違いないってわけでね。お寺さんを呼んだり呪《まじな》いさんを頼んだり……」

が、いろいろやってもいっこうに鬼火はおさまらない。

「で、頭を抱えてるときに、どこからか知らないけどお嬢さんが、この深川に、とても霊感が強くて、憑き物をよく落とすし、失せ物《うせもの》は探すし、人の寿命まで言いあてる子供がいて、えらく評判になってるってことを聞きこんできたのよ。それで早速お呼びしたっていうことだったのね」

「なんていうんだい、その餓鬼《がき》は」

「日道《にちどう》」

「へえ?」

「日道さまって呼ばれてるのよ。あたしはちらりと見ただけだけど、白装束《しろしょうぞく》を着てたわね。まだ十にもなってない男の子よ。ふた親が付きそって、それこそおひいさまみたいに大事に大事に扱ってたわ」

ふうんと唸《うな》りながら、茂七は腕組みをしなおした。あまり、気に入る話ではない。

「どれぐらいの見料《けんりょう》をとるんだ、その日道ってえ餓鬼は」

「占い師じゃないから、見料ではないだろうけど、さて……」かみさんは首をかしげる。

「そこまでは聞かなかったけど、一両二両じゃないでしょう。もともと、拝み屋は高価《たか》いものね」

茂七は黙って頷いていた。ぜんたい、面白くない話だ。場合によっては、ちょっと上総屋に顔を出してみたほうがいいかもしれない。

煙草《たばこ》が吸いたくなって、茂七は立ち上がりかみさんの仕事部屋を出た。呉服屋から預かり物はするし、仕事が仕事だから、この座敷ではいっさい煙草は厳禁である。

煙管《きせる》を片手に庭へ出てみた。見あげると、枝の柿の実に、西日が照り映えて光っていた。いちばん上の枝のやつは、火事見舞いまであと半丁のところにいる金時《きんとき》——というぐらいの色合いになってきている。

その夜。

かみさんが今夜は夜業《よなべ》をするというので、茂七は富岡橋《とみおかばし》のたもとまで出かけることにした。一杯ひっかけるついでに、かみさんに稲荷寿司《いなりずし》を買ってきてやろう。

深川富岡橋のたもとに、かれこれ十月《とつき》ほど前から、稲荷寿司屋が屋台を出している。正体の定かでない、茂七と同年配の親父《おやじ》がひとりで切り回し、稲荷寿司だけでなく椀物《わんもの》焼き物まで客に出し、しかもそれがなまなかな料亭では太刀打《たちう》ちできないようないい味だ。

この屋台の唯一《ゆいいつ》の欠点が、酒が出ないということだった。ところが、この夏の初めに、猪助《いのすけ》という担《かつ》ぎの酒売りの老人が、稲荷寿司屋の隣に腰を据《す》えて商いをするようになり、この欠点も埋められた。茂七は、昔は侍だったらしい——それも、ひょっとするとかなりの身分だったかもしれない——稲荷寿司屋の親父に興味をひかれ、先からたびたび足を運んでいたのだが、そのうえ酒まで飲めることとなって、今ではすっかり常連客となってしまっている。

それに、茂七がお役目のことで頭を悩ましているとき、この親父がぽつりともらす呟《つぶや》きに、はっと目から鱗《うろこ》が落ちたような気分にさせられることが、ままあるのだ。また、この屋台はすっかり近隣の名物となっており、いつ出かけても腰掛けが空《あ》いていることがないというほどの繁盛ぶりで、そのために町の噂や風聞《ふうぶん》がよく集まる。茂七にとっては、これも有り難いことであった。実を言えば今夜も、「日道」とかいう餓鬼の噂を、屋台の親父も知っているかもしれないと思ったので、来てみる気になったのだった。

富岡橋のたもと、橋から北へちょっとあがって右に折れた横町のとっつきだ。稲荷寿司の色に似た、淡い紅色《べにいろ》の掛行灯《かけあんどん》がともされている。冴《さ》えた月の丸い夜、提《ちょう》灯《ちん》無しでも足元は明るく、茂七は懐手《ふところで》をしてぶらぶら歩いていったのだが——

今夜は、明かりが見えない。

いくぶん風の強い夜だったから、横町の奥のほうへ引っ込んだのかと近づいていってみたが、やはり明かりはなく、誰もいない。むろん長い腰掛けも出ていないし、そこらの地面を探ってみても、火を焚《た》いた跡も、水を使った跡も残っていない。猪助も、老人ひとりでは商いにならないからだろう、姿が見えなかった。

（今夜は休みか……）

知り合いになってからこっち、今までこういうことは一度もなかった。茂七は常連ではあるが、決まった日にちに来る客ではない。思いついたときにぶらりと寄るのだ。それでも、屋台の休みにぶつかったことはなかった。

何かあったのだろうかと、ちらと思った。それと同時に、梶屋《かじや》の勝蔵《かつぞう》の顔を思い浮かべた。

梶屋とは黒江町《くろえちょう》の船宿《ふなやど》の名前だが、実は地元のならず者の巣であり、主人の通称「瀬戸《せと》の勝蔵」は、茂七にとっては、懐に呑《の》んだ両刃《もろは》の剣《つるぎ》のような存在である。あれば重宝《ちょうほう》なこともあるが、剣呑《けんのん》なことには違いない。

ところがこの両刃の剣は、稲荷寿司屋の親父のことにからんで、近ごろ、別の意味で茂七の腹をちくちくと刺激する。深川一帯の大小の商人たちから所場代《しょばだい》を取りあげて世渡りしている梶屋の連中が、この稲荷寿司屋に限っては手を出そうとしない。一度など、お先っ走りの子分がひとり、親父に叩《たた》きのめされて逃げ帰っているのに、勝蔵はその仕返しさえしようとしない。

おまけに、ちょうど初鰹《はつがつお》のころ、茂七は屋台を訪れたとき、物陰からじっと親父を見つめる勝蔵の姿を見かけてしまった。喧嘩《けんか》を売るような目つきをしていながら、身体の両脇で拳《こぶし》を握りながら、勝蔵は一歩も動かず、闇《やみ》のなかで固まってしまったかのように突っ立っていた——

謎もあれこれあるけれど、とりあえず今夜の酒は惜しいことをした。かぶりをひとつ振り、かみさんへの土産《みやげ》はどうしたものかと思いながら、茂七は踵《きびす》を返した。

三

翌日、朝飯を食うとすぐに、茂七は北森下町《きたもりしたちょう》のごくらく湯へと出向いた。この湯屋では、茂七の下っ引きのひとりである糸吉《いときち》が厄介《やっかい》になっている。

糸吉はまだ二十歳《はたち》の若者だ。普段は、ほとんど住み込み同然の形でいっしょに暮らしている。茂七の家には糸吉の部屋もちゃんとある。だが、今のように暇なときは、糸吉本人が、そういうぶらぶら暮らしに気がひけるらしい。どこからどう手づるをたどったか知らないが、最近になってこのごくらく湯を見つけてきて、暇なときにはここで働くと言い出したのである。

「湯屋なら、釜焚《かまた》きだの薪割《まきわ》りだの、やることはいろいろあるでしょう。男湯の階《う》上《え》で寝起きさせてもらえば場所もいらねえし。それに、お役目の役にも立ちそうだしね」

たしかに、湯屋もまた町の噂が集まるところだ。特に男湯の二階は公然たる遊興場所だし、身分に関係なく大勢の人びとが出入りする社交場だ。茂七が打診してみたところ、ごくらく湯のほうでも糸吉に顔を出してもらうことを望んでいるらしい。一種の用心棒というところだろうか。

という次第で、茂七がぶらりと寄ってみると、糸吉は、男湯の階上にいて、寝転《ねころ》がって黄表紙《きびょうし》を読んでいた。八丁堀《はっちょうぼり》の旦那衆《だんなしゅう》が朝湯をつかいにきたあとの、この時刻は暇である。

「女子供の読むようなもんを読んでるじゃねえかい」

茂七が声をかけると、糸吉はへへえと笑いながら起きあがった。「あれ、親分、どうしたんですこんな時分に」

なに差し迫ったことじゃねえんだがと前置きして、茂七は日道の件を切り出してみた。早耳の糸吉なら、何か知っているかと思ったのだ。

「ああ、それなら」と、糸吉は目を輝かせた。「凄《すげ》えって、もっぱらの噂ですよ」

「何が凄えんだい」

「日道ってのは、御舟蔵《おふなぐら》の裏の三好屋《みよしや》って雑穀問屋の倅《せがれ》なんですよ。たしかまだ十だったかな」

「うん、うちのやつもそう言っていた」

「本当は長助《ちょうすけ》って名前なんですがね、三つになるかならないころから不思議なことをいろいろおっぱじめて、親もびっくりして、それでとうとう日道って名前までつけちまったんで」

「白装束ってのは本当か？」

糸吉はくすくす笑った。「金をもらって憑き物落としや失せ物探しを始めるようになってからのことですがね。まああれは、役者の舞台衣装みたいなもんでしょう」

茂七は周囲を見回し、煙草盆を見つけて引き寄せると、懐から煙管を取り出した。煙草盆はきれいに灰を捨て掃除をしてある。これも糸吉の仕事かもしれない。

「親がびっくりしたことってのは、どんなのだ？　俺は、日道って餓鬼がどういう離《はな》れ業《わざ》をやってのけるのか、詳しいところは知らねえんだよ」

糸吉は座りなおすと、口上《こうじょう》を述べる読売《よみう》りのように、身振り手振りで話しだした。

「最初は、その年の小豆《あずき》や大豆の出来不出来を、半年も前に言いあてたっていうんですよね」

雑穀問屋の倅らしい話だ。

「おめえはどうしてそんなことがわかるんだって訊いたら、どういうわけかわかるって。十日先くらいまでだったら、天気だってあてられるってね。実際、本当にあててみせたそうです」

茂七はふうと煙を吐いた。「まぐれじゃねえのかい？」

「夕立だの、雷まであてるっていうんだから。そうそう、三年くらい前に、浅草寺《せんそうじ》の山門のところの並木に雷が落ちたでしょう。あれも、日道は言いあててたそうです。前の日の昼飯時に、明日の夕方浅草寺の並木の門から数えて四本目の桜に雷が落ちるよって」

茂七は苦笑した。「ほかには？」

糸吉はぐいと指を突き出した。「これが凄《すご》い。火箸《ひばし》を曲げる」

「そりゃあ、相撲取りならできるだろう」

「力で曲げるんじゃねえんです。指先で撫《な》でてるだけで、こう——ぐにゅうと曲がっちまうそうなんで」

「憑き物落としはどうなんだい？」

「三好屋の取引先のお内儀が、狐《きつね》に憑かれたってね。座敷牢《ろう》に入れられてたのを、ひと晩拝んで治しちまった」

「失せ物探しは？」

糸吉は興《きょう》にのってきた。「さる直参《じきさん》旗本の屋敷から、代々伝わる家宝の掛け軸が失《な》くなった。お家の一大事とばかりに探しまくったが出てこねえ」

「ふんふん」

「日道の評判を聞きつけて、藁《わら》にもすがる思いで頼んでみると、なんてことはない、若い奥方がしまい場所をかえて忘れちまっただけのことだったたんですが、それでも、日道は家に入るなり迷わずそこへ歩いていって指さしたって。天袋《てんぶくろ》ですけどね。この話にはおまけがあるんで。この奥方は元は町人で、かなりの身代《しんだい》の商人の娘なんですけど、いったんこの旗本の親戚筋へ養女にいってから嫁入りしてきた人なんです」

侍の家では、町人の社会から嫁をとるとき、よくこういう手順を踏む。一度養女に入れれば、その娘は武家の娘となるからだ。

「もともと、勝手向きの苦しい家だったたんで、持参金欲しさに商人の娘をもらったんでしょう。けどね、その騒ぎで、命にもかえ難い家宝を天袋に押し込めるとは何事かって、隠居が怒りだして、結局離縁になっちまったんです。手討《てう》ちにされないだけ幸せに思えって、着の身着のままで追い出されてね。若夫婦の夫婦仲はよかったんで、可哀相《かわいそう》だったたって噂ですよ」

茂七は煙管をひねくり回しながら、ゆっくりと頷いた。糸吉が、目ざとく言った。

「親分、日道みてえな族《やから》は嫌いでしょう？」

「気にくわねえな」

「でも、さっきの狐憑きのお内儀みたいに、助けられた連中もいますからね」

「たんまり、金をもらうんだろう、日道は」

「三好屋は、今じゃ商いのほうは番頭に任せて、ふた親とも日道に付きっ切りですよ。代替わりしたばっかりだっていうのにね。それでも、お店が傾いてるって噂は聞かないし、日道はいつ見てもしみひとつない白装束で、どこへも駕籠《かご》で乗りつけるっていうんだから、儲《もう》かってることは確かでしょう」

ますます、茂七は嫌な気分になってきた。煙草の灰を落とし、煙管をしまいながら、糸吉に言った。「これからしばらくのあいだ、気をつけて日道に関わる噂を集めてくんなよ。まだ餓鬼なんだから、操《あやつ》り手《て》はふた親なんだろうがな。日道が失敗したという話、日道に騙《だま》されたという話があったら、突っ込んで聞き出しておいてくれねえか」

糸吉はふたつ返事で請け合った。たまにはうちに飯を食いに戻ってこいと言い置いて、茂七は階下《した》へ降りた。

ごくらく湯を出て掘割へ向かい、北之橋の手前まで来たところで、右手のほうから「親分、親分」と呼ぶ声がする。権三《ごんぞう》の声だった。着流しの裾《すそ》をひるがえしながら、急ぎ足でこちらへやってくる。

「おかみさんに訊いたら、糸吉のところだというので」

権三も茂七の下っ引きだが、歳は四十半ばを越えている。元は大店《おおだな》の奉公人あがりで、普段は茂七の住まいのすぐそばの長屋に一間《ひとま》を借り、気楽な独《ひと》り住まいをしている。この権三も、そろばんはできるし帳面付けはできるし人あしらいは巧《うま》いしで、住まっている長屋の差配《さはい》にすっかり頼りにされ、お役目が暇なときにはそちらのほうを手伝って暮らしの足《た》しにしていた。

「どうしたい?」

「殺しです」と、権三は短く答えた。「亀久橋《かめひさばし》のそばの船宿で、男がひとり殺されました。楊流《ようりゅう》って宿ですが、どうでも内々《ないない》に収めて欲しいってんで、女将《おかみ》が気がふれたみたいな勢いで親分を探しまわってますよ」

亀久橋なら仙台堀《せんだいぼり》にかかる橋で、北森下町よりももっと南だ。茂七はくるりと向きをかえ、権三と連れ立って歩き出した。

「気の毒だが、殺しとあっちゃそうはいくめえ。下手人《げしゅにん》をあげねえことには話にならないしな」

「それが」権三は、持ち前の滑らかな声で言った。「下手人はもうあがってるんです」

茂七は思わず立ち止まった。「なんだって？」

「早い話が、殺しをしたあと、下手人が自分から帳場へ降りてきて、今人殺しをしたからって言ったそうなんです。そのままおとなしく待ってるそうで」

船宿「楊流」は、亀久橋を渡ってすぐの、大和町《やまとちょう》の一角にあった。堀に面して、宿の名前の由来なのか、二階家の屋根まで届くほど丈が高く、ほっそりとした柳の木に囲まれて建っている。青葉のころなら、この柳もさぞかし美しいのだろうが、枯れ葉の舞い散る今の季節では、血色《けつしょく》のよくない幽霊がよろよろしているのを見るようで、なんとも興醒《きょうざ》めに、茂七には思えた。

楊流の女将は、小柄で勝ち気そうな目元のきりっとした女だったが、たぶん四十を越えているだろう年齢に似合わぬ甲高《かんだか》い声の持ち主で、茂七の顔を見るなりしゃべりだした。

「お願いですよ親分さん、うちとしちゃこんなことに巻き込まれちゃ商売あがったりだしあたしは借金しょってる身だし亭主は行方《ゆくえ》知れずだし――」

まあまあと両手で女将をなだめて、茂七は訊いた。「で、仏さんと下手人はどこだい？」

「階上《うえ》です。階段をあがったすぐ右手の座敷で、うちじゃいちばんいい部屋なんですよ。畳替えだってしたばっかりだし……」

どうでも、女将は愚痴《ぐち》をこぼしたいらしい。

「今は、誰がいっしょにいる？」

「うちの船頭がひとりついてます。逃げる気遣いはなさそうだけど、やっぱり心配ですから。いちおう、しごきで手首だけしばったけど、文句も言わないし、眠ったみたいに目をつぶってじいっとうなだれてます」

茂七は二階にあがる階段の一段目に足をかけた。権三を促して、先に階上にあがらせる。権三も心得たもので、足音もたてずに階段をのぼっていった。

「ここのほかには、階上にあがる階段はねえんだな？」

「ええ、ありません」

「じゃあ、しばらくは大丈夫だな。先に訊かせてもらおう。女将、殺された客はどこの誰だい？」

女将は一瞬ぐうと口をつぐみ、それから「知らない」と言おうとした。が、茂七は笑ってそれを止めた。

「俺はここへ足踏みするのは初めてだが、評判は聞いて知ってる。楊流は、一見《いちげん》の客を入れるようなところじゃねえ。少なくとも女将、おまえさん、仏か下手人のどっちかを知ってるはずだ」

女将は目を伏せた。わずかに顔をしかめながらくちびるをなめていたが、やがてほっと息を吐いた。

「嘘をついたってしょうがありませんね。ええ、知ってますよ。仏さんはよろずやの清次郎《せいじろう》さんです」

「よろずやってのは？」

「猿江《さるえ》神社の近くにある、小間物《こまもの》問屋です。清次郎さんはそこの手代《てだい》さんですけどね、商いのできる人なんでしょうね、旦那さんにも可愛《かわい》がられてるみたいですよ」

手代風情《ふぜい》が、昼日中《ひるひなか》お店《たな》を抜けて船宿にしけこむなどとは、たしかに、よほど旦那の思《おぼ》えがめでたいか、よほど図々《ずうずう》しいか、どちらかでないとできないことだ。

「ここへ来るのは初めてかい？」

「いえ、もう四度目くらいです」

「いつもこの時刻かい？」

「そうですね、たいがいは」

「相手は決まった女かい？」

女将はちらりと微笑した。「いつもね」

「じゃあ、その女が清次郎を殺したというわけか」

すると女将は目を見開いた。「とんでもない。清次郎さんを殺したのは女じゃありませんよ」

「女じゃねえ？　じゃ、男か？」

「ほかにあります？」

「ふたりきりかい？」

「はい」

落ち着き払って、女将は言う。

「清次郎さんは、今日は兄さんを連れてきたんですよ」

「兄弟か――」

女将は頷く。「清次郎さんは、もとは川越《かわごえ》の出なんです。次男坊だから江戸へ奉公に出されて、兄さんが家を継いだんだって。水呑《みずの》み百姓だから、奉公に出されてかえってよかったって、言ってたことがありますよ」

「じゃ、貧乏な兄貴が弟を訪ねて出てきたわけか」

「そうでしょうね。兄さんて人は、見るからに粗末な身形《みなり》だったもの。髷《まげ》のなかまで泥水が染《し》み込《こ》んでるようなね」

おお嫌だ――というように、女将は身震いをしてみせた。江戸の船宿の女将にとっては、近在の百姓など、そんなものでしかないのかもしれない。

あとは本人にじかに訊いたほうが早い。茂七は一段抜かしで階段をあがっていった。目的の部屋は唐紙《からかみ》が開け放してあり、廊下からもよく見えた。出入口のところに権三が正座し、窓にもたれて若い船頭がひとり、困ったような顔をしている。そして座敷のほぼ真ん中に、羽織をきちんと着た町人髷の男が、座った姿勢のまま上半身を座卓の上にうつ伏して倒れている。この姿勢では頭の後ろと背中しか見えないが、前に投げ出された両手の指が、座卓をひっかこうとするかのように歪《ゆが》んでいることが、死に際《ぎわ》の苦悶《くもん》のほどを物語っていた。

ひとつ、茂七の目をひいたことがある。死体のすぐ脇に、小ぎれいな箱がひとつ、ふたをとられてひっくり返っているのだ。どうやら菓子折りであるらしい。中身が飛び出して畳の上に散らばっている。色も形もとりどりの干菓子《ひがし》であった。

目を転じてみると、弟を殺した兄である男は、押し入れの唐紙の前に両足を投げ出して座り込み、両手を後ろ手にくくられたまま、首をうなだれて目を閉じていた。権三が黙って茂七に頷きかけた。

茂七は若い船頭に礼をいい、彼を部屋から出した。唐紙を閉め、男のそばまでかがんで近づくと、目の高さをあわせて呼びかけた。

「おいおめえ、名前はなんていう？」

男は目を開けた。白目《しろめ》の濁《にご》った、生気《せいき》の感じられない目だった。

「俺はこの土地の岡っ引きで、茂七という者だ。おめえがここで弟を殺《あや》めたというから、駆けつけてきた。ここで死んでいるのは、たしかにおめえの弟、よろずやに奉公している手代の清次郎か？」

男は、のろりと首を動かして頷いた。

「おめえは清次郎の兄貴で、川越から弟に会いに出てきたらしいな。ここで会う約束だったのか？」

また、頷く。たしかに女将の言ったとおり、垢《あか》じみて擦《す》り切《き》れかかった着物と股《もも》引《ひき》、首に掛けた手ぬぐいの端はぼろぼろだ。身体からは汗の匂いがする。

「おめえの名前は？」

すう……と音をたてて息を吸い込み、乾いたくちびるをひきはがすようにして、ようやく男は答えた。「朝太郎《あさたろう》」

「おめえが弟を殺したというのは確かか？」

「へい」

「殺したあと、女将に、人を殺めたと知らせにいったのもおめえか？」

「へい」

「どうして弟を殺したりした？」

朝太郎の瞳《ひとみ》が、とろんと脇に動いた。大儀そうに首を動かすと、いやいやをした。

「わからねえのか?」

朝太郎は首を振り続ける。

「言いたくねえということか?」

朝太郎は頷いた。そして、言った。「あっしがやりました。理由《わけ》は訊かねえでくだせえ。あっしがやりました。ひっくくっておくんなせえ」

彼の口調は、のし棒でのしたみたいに、平たくて抑揚がなかった。茂七はひと膝《ひざ》乗り出した。

「そうはいかねえんだ。おめえがどうしてこんなことをやったのか、その理由がわからねえことにはどうにもならねえ。おっつけ検視のお役人さまもおいでなさる。俺のようなやわらかい訊き方はしてくれねえぞ。今のうちに、有体に話しておいたほうが身のためだ」

朝太郎には、茂七の言葉が聞こえていないかのように見えた。視線はどろりと下《か》方《ほう》にさがったまま、譫言《うわごと》のように繰り返す。

「あっしがやりました。ひっくくっておくんなせえ」

ちょうどそのとき、階段の下のほうから、かしましい女の声が聞こえてきた。女将と誰かが言い合いをしているらしい。権三に合図を送ると、彼はつと立って階段のほうへ向かったが、すぐに階段を駆けあがってくる軽い足音が聞こえ、権三が後《あと》退《ずさ》りながら座敷のなかに引っ返してきた。

権三を突き飛ばしかねない勢いで座敷のなかに飛び込んできたのは、若い娘だった。茂七は最初、誰だかわからなかった。黒襟《くろえり》をかけた半四郎鹿《はんしろうか》の子《こ》の小袖《こそで》の裾から、派手な京友禅《きょうゆうぜん》の腰巻をぞろりとのぞかせている。こりゃまあ洒落娘《しゃれっこ》だと思っていると、彼女が大きく口を開いて、

「清次郎さん！」

と叫《さけ》ぶなり、うつ伏せの男に飛び付いた。その声を聞いた瞬間、茂七は彼女が上総屋の娘おりんであると気がついた。

「上総屋のお嬢さんじゃねえか」

どうしてあんたがここに――と言いながら、茂七が彼女に近づいたそのとき、ほんの一瞬の隙《すき》をついて、朝太郎が素早く立ち上がった。さっきまでの、牛のような鈍重な仕種《しぐさ》からは想像もつかないような身軽さで、さあっと窓のほうへと飛んでゆく。

しまったと思う間もなかった。茂七より一瞬早く、権三が朝太郎に飛びついて着物の裾を捕らえようとしたが、薄い布地は軽くはためき、権三の指は空《くう》をつかんだ。

「兄弟でなけりゃ、よかったのに」

表の空に向かって、朝太郎は吠《ほ》えるようにそう言うと、開け放たれた窓から外へと躍り出た。茂七の目に、揺れる柳の枝を背景に、秋の日差しのなかへと飛び出した朝太郎の姿が、くっきりと黒い影になって焼きついた。

どすんと、鈍《にぶ》い音がした。

茂七は窓に駆け寄った。二階の高さだ、死ぬとは限らねえと思ったが、一目《ひとめ》見るなり、無理とわかった。朝太郎は頭から落ちたのか、生身《なまみ》の人間なら到底できない格好に首をねじ曲げて、さっきまでと変わらないうつろな目を、茂七のほうへと向けていた。

駆け降りた権三が、朝太郎のそばに跪《ひざまず》く。すぐに顔をあげて、駄目だと首を横に振った。

茂七の傍《かたわ》らで、おりんがわあっと泣き出した。

四

楊流での殺しは、結果的には、女将が望んだように、内々のこととして片付けられた。多少、時間が前後しただけで、無理心中みたいなものだと言えば言える。

上総屋のおりんは、涙の嵐《あらし》が収まると、茂七の尋ねることに、はきはきと答えた。あれこれ工夫してお洒落に熱を入れるくらいの娘だから、頭はいいのである。

「それじゃ、清次郎が、おまえさんが秋に見合いをすることになってた相手だっていうのか？」

　おりんはこっくりと頷いた。「おとっつぁんとおっかさんから話を聞いたとき、お見合いまで待つなんて気の長いことは嫌だと思って……こっそり、よろずやへ会いに行ってみたんです」

　幸い、清次郎もおりんを気に入り、密《ひそ》かな逢瀬《おうせ》が始まった。

「どうせ所帯を持つふたりなんですから」と、おりんはえらくあっさりしている。

「しかつめらしくいい子ぶって、お見合いまで待ってることなんてないと思って。清次郎さんは、商いのことで外へ出る用も多かったから、わりと気ままにできたんです」

　そもそも、この縁談を上総屋に持ち込んできたのは、よろずやの主人だったという。清次郎は、奉公人たちのなかでも優秀で、早くから頭角を現していたのだそうだ。が、よろずやには跡継ぎにいい息子がいる。そこで主人夫婦は、清次郎を商人としてある程度鍛えたら、どこかに婿《むこ》に出すか、暖簾《のれん》分けさせてもいいという腹でいたらしい。

「よろずやのご主人はうちのおとっつぁんと商いの仲間で古い付き合いだし、それであたしの婿にどうかってことになって……」

おりんにしてみれば、相手がどんな男かと興味がわくのも無理はない。跳《は》ねっかえりの娘のことだから、相手を気に入れば、黙ってもじもじ離れているはずもない。あつらえられた見合いの席で、実はもうとっくにできちまっている相手の男に目配《めくば》せをしながら、澄ましこんでいる母親の脇にしおらしく座ってみせるのもまた面白いなどとも、おりんは考えていたかもしれない。

「しかし、それで得心《とくしん》がいったよ」と、茂七は言った。「いくらおきゃんなお嬢さんでも、見合いの席にいきなり歌舞伎模様の着物というのは度がすぎている。相手に断られたら嫌な思いをするだろうにと、あんたがうちのやつに着物を頼みに来たとき思ったもんだ。しかし、清次郎があんたのそういう好みをわかってくれると知っていたからこそ、あんな思い切ったことができたんだな」

おりんは頷きながら、涙をふいた。

「清次郎の家《うち》や、兄さんのことは聞いていたかい?」

「少しだけ。兄さんから手紙が来て、近々《ちかぢか》会いに来るってことは知らされてました」

「それが今日、楊流だってこともかい?」

「ええ。部屋のなかに散らばってたお菓子のこと、親分さん、覚えてますか?」

「ああ、覚えてるよ。あれは土産だな？」

「そうなんです。兄さんに持たせて帰したいから、買って持ってきてくれないかって。だからあたし、時刻を見計らって、楊流の前で待っていたの。そしたら、清次郎さんもお兄さんも、ちょうど同じころあいにやってきて……。楊流の前の掘割のところで、あたしも挨拶《あいさつ》だけはしました」

「で、菓子折りを渡したと」

「ええ。あがっていきたかったんだけど、清次郎さんから、身内の恥になる話だから来ないでくれって言われてたから、菓子折りを手渡したらすぐに帰りました」

「兄さんをどう思った？」

　おりんは返答を渋った。何度か首をひねり、ひねり、黙っている。

「まあ、いいよ」と茂七は言った。きっと、楊流の女将と同じようなことを言うのだろうと思った。生まれは同じでも、清次郎はもうれっきとした江戸者になっているのに対して、朝太郎は、おりんにとっては馴染《なじ》みのないところからやってきた異人でしかなかった。しかも、この異人は、江戸者の知らない貧しさをふりまきながら歩いていた。

「ひとつだけ教えてくれ。清次郎さんは、兄さんが何のために江戸へ出てくると言っていた？　それとも、何も言わなかったか？」

おりんは赤いくちびるを嚙《か》んだ。「無心だって」

「金かい?」

「はい。兄さんところの田圃《たんぼ》が、この夏、いもち病とかいうのですっかり駄目になってしまって、食べるものにも困ってるんですって。だけど清次郎さんだって、まだ奉公人の立場ですからね。貸してあげるお金なんかないって、こぼしてました」

清次郎の言葉を思い出そうとしているのだろう、おりんは少し首をかしげた。そうしているうちに、また目がうるんできた。

「清次郎さん、子供のころから、兄さんとは仲が悪かったんだって言ってました。兄貴はいつも威張《いば》ってばっかりいて、俺を邪魔者《じゃまもの》扱いしてたって。おめえは米食い虫だって言われて、頭に来て殴《なぐ》りかかったこともあったって。兄貴ってもんは、自分は我慢しても弟たちに優しくして、食い物が少なければ自分は我慢しても目下のもんに食わせて、着るものがなければ自分が着てるものを脱いで着せて、それでこそ初めて威張れるもんだろう、俺の兄貴はそうじゃない、先に生まれてきた、親父の跡を継ぐってことだけをかさに着てたってね」

片口だけの話だから、全部を鵜呑《うの》みにすることはできない。朝太郎にも言い分はあろう。が、米食い虫とさげすまれ、追い出されるようにして江戸に出てきた清次郎の心のなかに、生家と長兄に対する恨み辛《つら》みが深く根を張っていたことだけは確かなようだと、茂七は思った。

足許《あしもと》に目を落とし、茂七は考えた。座敷に散らばっていたあの干菓子……あれは何を示しているのだろう。清次郎の朝太郎に対する嫌味か。それとも、食い詰めかけている兄貴の目に、あの干菓子がどう映るかわからないほど、清次郎が豊かな江戸のお店者《たなもの》になりきっていたということか。

どっちだ。そのどちらが、朝太郎の心のなかに、弟の首を絞めさせるに至るほどの猛烈な怒りを生み出したのだろう。皮肉の棘《とげ》か。それとも無頓着《むとんじゃく》か。

ありがとうよと言って、茂七はおりんを帰した。権三をつけて、家まで送らせよう。

「あの着物、無駄になっちゃうわ」立ち上がりながら、おりんがぽつりと呟いた。

「また、機会があるさ」

「清次郎さんのお弔《とむら》いのときに着てあげようかしら。あの人、あたしがああいう派手な着物を着ると、とても喜んだんです」

それから数日後のことである。

糸吉が久々に家に顔を出し、とんだ知らせを持ってきた。船宿の梶流が、厄払《やくばら》いのために日道を呼んだというのである。

「殺しの汚《けが》れを祓《はら》うんだっていう話です」

茂七は糸吉を連れ、楊流に走った。着いたときには、お祓いはもう終わっていた。白装束の日道が、深々と頭をさげる女将に見送られ、めかしこんだふた親にはさまれて、駕籠《かご》に乗り込むところだった。

「おい、日道」

道の反対側から、茂七は大声で呼ばわった。駕籠の覆《おお》いを下げようとしていた日道は、呼び捨てにされた驚きをまともに顔に現して、きゅっと振り返った。

「あなたはどなたです?」

取り澄ました口元。無表情な目。とても、十歳になるやならずの雑穀問屋の小倅《こせがれ》のそれではない。両脇に控える父親も母親も、険しい顔でこちらを睨《にら》みつけている。

「俺は本所《ほんじょ》深川一帯を預かっている岡っ引きの茂七という者だ」

日道はじっと茂七を見つめている。父親のほうが、駕籠ごしに言い返してきた。

「岡っ引き風情《ふぜい》が日道さまに何の用だ」

「日道さまときたか。てめえの倅だろう」

茂七がせせら笑うと、楊流の女将が青くなった。

「親分、日道さまはうちの悪因縁《あくいんねん》を祓いに来てくださったんですよ。失礼なことを言わないでくださいよ」

　茂七は取り合わなかった。日道――十歳の少年ひとりに向かって話しかけた。

「おめえは霊力を持っているとかいう噂だ。そんなら、楊流のあの座敷で、どういういきさつで殺しが起こったのか、全部お見通しだろうな？」

　日道は、小生意気な感じに顎《あご》をあげた。

「男が、別の男の首を、うしろから腕で絞めたんだ」

　それぐらいのことは、検視のお役人のお調べでわかっている。

「どうしてそんなことになったかわかるか」

　日道は、昼間のうちに、月がどこにあるか指さしてみろと言われたかのような、ちょっと面食らったような顔をした。

「あの座敷には、憎しみの気が漂っていました」と言った。丁寧《ていねい》な言葉遣いに、わずかなひるみの色が見えた。

「どういう憎しみだったかわかるか」

　日道は、ますます困惑顔になった。すかさず、母親がかばうように近寄って、日道を駕籠のなかに押し込もうとする。

「そんなことはどうでもいいことでしょう。日道さまは悪気《あっき》を祓いに来ただけですから」

「人の心がわからねえ餓鬼に、何の悪気がわかるもんか」と、茂七は言い放った。

朝太郎が清次郎を殺したとき、そこにどういう思いがあったか。食うや食わずの百姓の目に、江戸娘のおりんのあの派手な衣装がどう映ったか。明日の飯にも窮《きゅう》して頭を下げにきた兄貴に、貸す金はないと言いながら、食べ物とは思えないような精緻《せいち》な細工をこらした干菓子の箱を土産に差し出す弟を、朝太郎がどんな思いで見つめたか。

(兄弟でなけりゃ、よかったのに)

そういう思いが、たかだか十歳の餓鬼にわかってたまるか。

「参りましょう」

母親が促して、日道は駕籠に乗り込み、一同は静々《しずしず》と出立《しゅったつ》した。駕籠かきの後《あと》棒《ぼう》が、途中で振り向いて茂七を見た。

「親分」糸吉が、恐々《きょうきょう》という口調で声をかけてきた。「大丈夫ですかい？　あんまり腹を立ててもしょうもないような気がしねぇでもないなぁ。ああして見ると、まだホントに小さい子供じゃねえですか」

子供だからこそ始末が悪いんだと、茂七は腹のなかで思った。

「これからも、日道の動きには気をつけておいてくれ」

遠ざかっていく駕籠から目を離さずに、茂七は低く、そう言った。

　その晩、茂七は再び、富岡橋のたもとへ出かけていった。今夜は、屋台が出ていた。

「このあいだ、休んでいたな」

　声をかけながら前に腰をおろした茂七に、いつもながら厳しい顔に不思議な微笑をたたえた親父は、うやうやしく頭をさげた。

「空足《からあし》を踏ませちまいましたか。あいすみません。ちょいと修業に出ていました」

「修業？」

「ええ。菓子づくりを習いに」

　今夜は猪助も酒売りに出ている。半分居眠《いねむ》りしながらも、客が声をかけるとちゃんと升《ます》を取り出す。親父はそんな猪助を横目で見て、

「ここで酒も飲めるようにしたら、今度は下戸《げこ》のお客さんのなかに、甘いものが欲しいという方々が出てきましてね。でも、そうそう都合のいい菓子の振り売りがいるわけじゃない。それで私がこしらえようと」

「どこへ行っていたんだい？」

　親父は言葉を濁した。「多少、伝手《つて》をたよって」

　その夜は、脂《あぶら》の乗った秋刀魚を肴《さかな》に、茂七はちくちくと酒を飲んだ。稲荷寿司は

土産にして、締めには渋茶と、

「親父の菓子をもらってみようか」

まだ修業中なのでと、遠慮がちに親父が差し出したのは、羊羹《ようかん》のような寒天《かんてん》のような、薄い海老茶色のものだった。

一口食べてみる。ほんのりとした甘さと、覚えのある味が広がった。

「こいつは……」

「柿ですよ。柿羊羹と呼んでいます」

旨かった。柿など、そのまま食べたほうがよさそうなものだが、これにはこれの味わいがある。

「羊羹とは名ばかりで、作り方は全然違うんですがね」

「家でもできるかね。いや、うちの庭の柿の木が実をつけてね。熟れるのを待ってるところなんだ」

親父は目元にしわを刻んで笑った。「そういう柿なら、細工をしちゃあもったいない。日持ちのするものですから、少し包んでおきましょう。このあいだの空足のお詫《わ》びです。おかみさんにどうぞ」

嬉《うれ》しくなって、茂七は、家の柿の木の話をいろいろとした。親父は静かに聞いていたが、途中で、

「花木《はなぎ》だけでなく、実のなる木が庭にあると、楽しいものですよ。昔、私が住んでいた屋《や》——家《うち》にも、大きな次郎柿の木がありました。子供らが、よく取りにきたものだ」

茂七は親父が、「私の家」ではなく、「私の屋敷」と言おうとしたと気がついた。

「へえ、柿には次郎柿ってのがあるのかい」

「ありますよ。甘みの強い、旨い柿です」

「太郎柿はねえのかな」

「ないようですねえ」親父はちょっと考える。「もしあれば、次郎柿よりもっと旨いのかもしれないが」

いや、太郎柿は渋柿だろうと、茂七は心のなかで思った。巡り合わせで、そうなっちまうんだ。

兄弟なのに。同じ柿の木なのに。渋柿と甘柿に。

勘定を済ませ、柿羊羹と稲荷寿司の包みを手に立ちあがり、富岡橋のほうへ戻りかけたとき、数歩先の暗がりに、茂七は人の気配を感じた。もしやと思って近づくと、案《あん》の定《じよう》、梶屋の勝蔵が立っていた。

五月のときと、同じだった。どてらを羽織《はお》った勝蔵は、手下《てか》のひとりも連れず、九月の夜風に吹かれて闇《やみ》のなかで固まっている。

茂七が傍《かたわ》らを通り過ぎようとするのに、目もくれない。茂七は足を止め、屋台の明かりと勝蔵の黒い横顔を見比べながら、ひと声かけた。

「おめえも、一杯やってきちゃどうだ」

勝蔵は応じない。

「あの屋台の寿司はうめえぞ。酒もうめえ。所場代を取る気なら、うまいことやってもらいたいもんだな。あの親父が居づらくなって深川を出ていっちまったら、俺が困る」

勝蔵は、大きなどんぐり眼《まなこ》をしばたたき、無言で拳を握っている。

「なあ、梶屋。おめえ、あの親父と知り合いなんだろう？　そんなふうに睨みつけるのは、よほど訳ありの間柄だからか？」

勝蔵は、頑として前を向いたままだ。岩のようだ。だがその横顔に、にわかに、あたかも不動明王が足を踏み出して、小さな赤子《あかご》を踏んでしまったとでもいうかのような、えも言われぬ悲しみの色が浮かんだ。

「血は汚ねえ」

唐突に、吐き捨てるように、勝蔵はそう言った。そして、啞然《あぜん》としている茂七を置いてけぼりに、くるりと身体を返し、夜の町の向こうに歩み去っていってしまった。

たった今耳にした言葉を、茂七は判じかねていた。血は汚ねえだと？　去って行く勝蔵の背と、薄紅色の明かりのなかにぼんやりと浮かぶ屋台の親父の顔。見比べて——

（兄弟か？）

これまで考えてもみなかった言葉が、茂七の心を突風のようによぎった。

凍る月

一

今日は朝から、髷《まげ》が飛ばされそうなほどの強い木枯らしが吹き荒れている。回向院《えこういん》の茂七《もしち》は、長火鉢《ながひばち》の前に腰を据《す》え、ぼんやりと煙草《たばこ》をふかしながら、屋根の上や窓の外で風が鳴る音を聞いていた。こうしていても、凍《こお》るように冷たい外気のなかを、風神が大きな竹箒《たけぼうき》に乗って飛び来《きた》り、葉が落ちきって丸裸になった木《こ》立《だち》の枝をざざあと鳴らしたり、道ゆく人たちの頭の上をかすめて首を縮めさせたりしては、また勢いよく空へと駆け昇ってゆくのが目に見えるような気がしてくる。

師走《しわす》に入って十日ほどのあいだは寒気《かんき》がゆるみ、日差しも春先のそれを思い出させるような暖かな橘色《たちばないろ》になっていたのだが、そういう馬鹿陽気というのはくせ者で、あとできっちりと倍返しをしてくるものだ。ぶり返してやってきたこの寒さは、けっして寒がりではないはずの茂七の身にも応《こた》えた。急ぎではないが片づけなければならない細かな用がいくつかあるのだけれど、今日は外へ出かけるどころか、火鉢のそばから離れることさえご勘弁ねがいてえという気分だった。

それに引きかえかみさんは元気なもので、午時《ひるどき》に仕立物を届けに出たまま、そろそろ八ツ（午後二時）になろうかというのに、まだ帰ってこない。出かけるついでに、松前漬けにする昆布とするめを買ってくると言ってはいたが、それにしても暇《ひま》がかかりすぎだ。大方《おおかた》、お客のところで正月の晴れ着の算段でも持ちかけられ、それこそ漬《つ》け物石《ものいし》みたいにどっかりと腰を据えて話し込んでいるのだろう。

糸吉《いときち》と権三《ごんぞう》のふたりは、朝のうちにそろって顔を見せたが、半刻《はんとき》（一時間）もじっと座ってはいなかった。かみさんに、すす払いのお手伝いには必ず参上しますなどと言いおいて、忙《せわ》し気《げ》に帰っていった。糸吉はごくらく湯の仕事が、権三は彼の住まう長屋の差配《さはい》の手伝いの仕事がある。師走には、やはり、彼らも走らねばならないのだ。

下《した》っ引《び》きのふたりがふたりとも、ほかにもそれなりに稼ぐことのできる生業《なりわい》を持っていて、茂七ひとりにおぶさっていないというのは結構なことだ。おかげで茂七は、これまで一度だって、「俺《おれ》にも面倒をみてやらなきゃならねえ手下《てか》がいるから――」などという、賂《まいない》をせびるような情けない台詞《せりふ》を吐いたことがない。どんな事件を扱うときでも、自分の心の秤《はかり》だけを頼りに、まっとうに捌《さば》くことができる。また、茂七がそういう岡《おか》っ引《ぴ》きだということは、まわりの世間の人びとにとっても、いたく安心なことだ。

だがしかし、そういう手下を持つと、今のように、何も厄介事《やっかいごと》や事件が起こっていないときには、茂七ひとりがぽつねんとお茶をひくことになる。これが、茂七が暇なら糸吉も権三も暇という親分子分の間柄なら、屋根をかすめる木枯らしの音を聞きながら、三人してごろごろとぐろを巻き、かみさんに嫌な顔をされたりしながらも昼間っから馬鹿話などしたりして、それはそれでまた面白いだろうに。

煙管《きせる》を火鉢の縁《ふち》に打ちつけて灰を落とし、茂七は大きなあくびをした。

まあ、茂七とて、ずっと暇なわけではない。つい一昨日《おととい》までは、飯を食う間《ま》も、寝る間も惜しんで働いていたのだ。

煙管を煙草盆に片づけて、ごろりと仰向《あおむ》けに寝転《ねころ》がると、天井《てんじょう》を見あげ、茂七はまたあくびをし、目をつむった。五十の声を聞いてからというもの、ひと晩徹夜をすると、そのあと三日ぐらい、頭の芯《しん》に眠気が残ってしまうようになった……。

うつらうつらとしかけたところに、表の戸口の方で誰かの声がした。かみさんが帰ってきたのだろうと、目を閉じたまま、茂七は適当に「おう、お帰り」と声をかけた。

が、返事がない。茂七は、寝そべったまま戸口の方へ首をのばしてみた。

静かだが、人の気配は感じられる。

「どなたさんだね？」と、声をかけてみた。

「回向院の茂七親分はおいでででございましょうか」

馬鹿丁寧な口調に、聞き覚えのある声だ。それも、つい最近耳にした声だ。

「おりますよ」

茂七は起きあがると、髷に手をあてて形を直し、着物の裾《すそ》をはらってから、玄関の方に出ていった。

玄関の敷居の内側に一歩だけ踏み込んで、若い男がひとり、寒そうな顔で立っていた。縞《しま》の着物に揃《そろ》いの羽織、たたんだ襟巻《えりまき》を腕にかけて、出掛けにはきかえてきたのか、足袋《たび》は新品のように真っ白だ。彼の背後では、玄関の引き戸が半分だけ開けられたままになっていた。閉めてしまっては失礼だと思ったのだろう。行儀がいといえばいいのだが、先《せん》に訪ねてきたときも、あがれと勧めてもなかなかあがらず、こっちは寒くて閉口したものだった。

「こいつは失礼しました、河内屋《かわちや》さん」

茂七は軽く頭をさげてみせた。

「寒いところに立たせたままにしちまって……。どうぞおあがりくださいよ」

心の内《なか》で、茂七は舌打ちをしていた。

訪ねてきたこの若い男は、今川町《いまかわちよう》にある下《くだり》酒問屋河内屋の当主、松太郎《まつたろう》なのである。茂七が今しがた、居眠り半分で、片づけなきゃならねえが急ぐことはねえ——と考えていた仕事のうちのひとつは、この松太郎が一昨日来たときに持ち込んできたものだった。

のんびり火鉢を抱えていたら、仕事の方が催促に来やがった。そりゃまあ、怠《なま》けていたのはまずいが、松太郎が持ち込んできた事件は、今いくつか抱えている仕事のなかでも、もっとも急ぐ必要のないものであるように、茂七は考えていたから、ああ面倒だなと、あらためて思ってしまった。

「それが親分さん、あまりのんびりはしていられないのです」

先に来たときもそうだったから、これが性分《しょうぶん》なのだろう、松太郎はよく通る声で、せかせかと言った。

「手前どもの店で、また変事《へんじ》がありまして」

茂七はのほほんと構えていた。松太郎は、先に訪ねてきたときも「変事」という言葉を使ったのだが、その「変事」の内容が内容だったからだ。

「ほほう、今度はなんです？」

「奉公人がひとり、逐電《ちくでん》いたしました」

大真面目《おおまじめ》な言い方に、茂七は目をしばしばさせてしまった。逐電とは恐れ入る。

「お店《たな》を逃げ出したということですかい？」

「はい。今朝《けさ》がたから行方《ゆくえ》が知れません。さとという、二十歳《はたち》の娘です。口入《くちい》れ屋からの紹介で手前どもに奉公しまして、今年で丸三年になる女ですが、これまでは真面目に勤めてくれておりましたのに……」

松太郎は顔を歪《ゆが》め、大げさに肩を落とす。

「思いがけないことでした。今朝、私のところにやってきまして、先の失せ物《うせもの》は、わたしが盗みました、あいすみませんでしたと言って、そのままお店からいなくなってしまったんですよ。店じゅう総出で探させていますが、見つかりません」

茂七はちょっと呆気《あっけ》にとられ、その場に突っ立っていた。

二

一昨日の昼ごろ、河内屋の台所から、到来物《とうらいもの》の新巻鮭《あらまきじゃけ》が一尾、盗まれて失くなった——それが一昨日の出来事であり、そもそもの事《こと》の始まりである。

松太郎は、その盗まれた新巻鮭と、盗んだ下手人《げしゅにん》を探し出してほしいと、茂七を訪ねてきた。茂七は苦笑を噛《か》み殺しながら、下手人は猫かもしれませんよと言い、たとえ人が盗《と》ったとしても、その程度の盗みは、どこの商人《あきんど》の家でもないわけじゃねえ、奉公人たちを集めて屹度叱《きっとしか》り、盗んだ者は自分から正直に申し出てこい、今回一度に限り目こぼししてやる、とでも言っておけばいいじゃないかと話をした。

すると松太郎は、その説教を、親分がしてくれないかと頼んできた。

「私が説教しても、奉公人たちにはききません」

「どうしてそう思うんです？」

「私自身が奉公人あがりですから、重みがないのです。歳《とし》も足りませんし……」

たしかに松太郎は、彼の言うとおり、元をただせば河内屋の丁稚《でっち》である。江戸者ではなく、親は上総《かずさ》の国の在所《ざいしょ》で田圃《たんぼ》を耕している。彼は文字どおり、身ひとつで江戸に出てきて、辛《つら》い奉公に音《ね》をあげず、努力を重ねて十年目で、手代頭《てだいがしら》になった。その後も数年、真面目に精進し、その人柄と、商《あきな》いの目の明るいことを先代の主人に買われ、ひとり娘の婿《むこ》となったのが去年の春。先代が隠居して娘夫婦が跡を取り、松太郎が目出《めで》たく河内屋の当主となったのは、今年の秋口のことだった。松太郎、二十八歳の大出世である。

そのあたりの話については、河内屋に代替わりのあった当時から、茂七もよく知っていた。岡っ引きは日向《ひなた》の仕事ではないから、地元の商人や地主の代替わりのお披露目《ひろめ》だの祝言《しゅうげん》だののとき、いちいち祝いに行ったりはしないし、第一呼ばれもしない。だがそれでも、先方からは一応の挨拶《あいさつ》があるのだ。むろん、主人が出向いてくるわけではなく、奉公人に角樽《つのだる》のひとつも持たせて、「親分、今後ともなにぶんよろしく――」というくらいのものだが、それでも事情はよくわかる。

河内屋からも、松太郎が主人となったとき、そういう挨拶を受けていた。奉公人あがりの入り婿というのはよくある。現に、河内屋では先代もそうだった。婿さん、苦労は多いが、まあ目出たいことだ、しかし河内屋は、二代続けて跡継ぎの男子に恵まれないとは、女腹《おんなばら》の家系なのかねと、茂七はかみさんと無駄話などしていた。

その河内屋松太郎が、自《みずか》ら、いきなり茂七を訪ねてきたのである。茂七も真面目に応対したものだ。松太郎は、どうかすると頭の上に余計な二文字がくっつきそうなほど真面目だという風評は、代替わりの頃から耳にしていたから、粗略に扱ってはいけないと、気持ちも引き締めていた。

それが、ふたを開けてみたら新巻鮭一尾の失せ物だったわけで、茂七は大いに気抜けした。反動で少しばかり気を悪くして——しかも一昨日といえば、茂七は忙しくて疲れきっていたところである——奉公人への説教くらい、自分でできなきゃ主人とは言えねえでしょうと、少しばかり辛《から》いことも言った。

すると松太郎は、目尻《めじり》を赤くして、そうです私はとても河内屋の当主になどなれる器《うつわ》じゃありませんと、泣き声を出し始めた。お店のなかが、いざこざして居心地が悪いのだろう。泣かれては始末に悪い。茂七は、代替わりしてまだ半年も経《た》たないところだ、そういうこともありますよとなだめにかかり、奉公人の躾《しつけ》に自信がないのなら、先代の隠居に相談を持ちかけて、一から教えてもらうのがいちばんだ、あっしのような外の人間の手を借りるより、その方がずっと効き目がある——などと、具体的な助言もしてやった。

だがしかし、松太郎は聞き入れなかった。先代の隠居――松太郎は、すでに舅《しゅうと》となっているこの人のことを、しばしば「旦那《だんな》さま」と言い間違えた――は、お店のことはおまえに預けたと言って、根岸《ねぎし》の寮に引っ込んでからというもの、まるであてにならないという。先代のお内儀《かみ》はもう亡くなっているので、はばかる向きもないし、婿養子《むこようし》として肩身の狭い暮らしを続けてきた先代は、やっと勝ち得た自由で気ままな暮らしに、水をさしてもらいたくないのだろうという。

そんなこんなで、茂七も結局突っぱねきれず、松太郎に代わり、河内屋の奉公人たちに説教をすることになってしまった――というところまでが、一昨日の話だ。面倒くさいが、まあしかし、誰かの出来心だろうし、盗んだ者は盗んだ者で居心地の悪い思いをしているだろうから、そうあわてることはねえと、たかをくくって二日が経ったという次第だったのだが……。

姿を消した奉公人のおさとというのは、河内屋の台所仕事を預かる女中だった。だから、新巻が失くなったというだけの話のときにも、彼女の名前は出てきていた。問題の新巻は、消え失せる直前は台所の棚に置かれており、おさとと、もうひとり台所係のお吉《よし》という女中が、それを目にしたのが最後だったからである。

「私は、台所の女中を疑ってはおりませんでした」

うなだれて、松太郎は言った。火鉢に手をかざすこともせず、きちんと正座している。

「台所から物が失くなれば、最初に疑われるのは自分たちだと、おさともお吉もわかっているはずです。ですから、あのふたりのどちらかが盗んだとは思っていませんでした」

茂七は考えていた。松太郎の気持ちも、彼の理屈もよくわかるが、実際に起こる出来事は、そんなに持ってまわった形をしてはいないものだ。

「それでも、現におさとは、自分が盗んだと言いおいて姿を消しちまったわけでしょう？　そうなると、話は別じゃありませんかね」

松太郎はきっと顔をあげた。「おさとは、盗みをするような娘《こ》じゃありません。あれは、誰かをかばって言ったんです」

松太郎の目つきに、茂七は心にちかりと閃《ひらめ》くものを感じたが、口には出さなかった。代わりに、こう言った。

「なるほど、おさとが本当に盗んだのか、そうでないのかは、まだはっきりしてねえかもしれねえ。けど、こういうことは、すぐにばたばた騒がない方がいいんですよ。おさとがお店からいなくなったといっても、まだ半日でしょう？　少し様子を見ていれば、帰ってくるかもしれねえ」

「じゃ、親分は放っておけと?」

茂七は手を振った。「放っておけとは言いません。あっしもあとでお店にうかがってみましょう。よろしけりゃ、奉公人たちに話も訊《き》いてみましょうよ。ただ、騒ぎ立ててもなんの得にもならねえと申し上げてるんです。元はといえば、たかが新巻一尾から始まった話だ。その程度のことで、河内屋の主人ともあろう人が、じかにあっしを訪ねてくるなんてのも、本当は感心しねえ。旦那はお店の重石《おもし》だ。もっと、どおんと構えていないとね」

「私には重みがない──」

「なくても、重みのあるふりをしてごらんなさい。そのうちに、嫌でもそうなります。物は形から入るもんでさ」

松太郎を励ましておいて、背中を押すようにして今川町へ帰すと、茂七は火鉢に炭を足し、煙管を取り出した。最初の一服といっしょに、ため息が出た。

(おさと、か)

先《せん》に松太郎が訪ねてきたときは、成りたてのほやほやで、ただ自信がないだけの若い主人だと思っていたが、どうもそれだけではないらしい。今日の話しぶり、おさとについて語るときの口ぶりから推すと、問題なのは新巻ではなく、奉公人たちにどう対処していいかわからない奉公人あがりの当主の心持ちでもなく、おさとという女中にあるらしく思えてくる。

たかが新巻一尾の失せ物に、松太郎があんなにも心を悩ませていたのは、それが台所から盗まれたものだったからではないのか。台所にはおさとがいる。彼が心配していたのは、新巻ではなくおさとのこと――

考えてみれば、かつては、松太郎とおさとは、手代頭と台所女中という格差はあれ、同じ奉公人同士だったのだ。そこに、何らかの感情の行き来があったとしてもおかしくはない。

おさとが河内屋から消えたのも、そのへんのところに理由があるのではないか。もっとも、あの物堅《ものがた》い松太郎に、じかにこんな考えをぶつけたところで、どうにもなるまい。いや実際、この件は捌《さば》きようがない。奉公人の出奔《しゅっぽん》は、お店にとっては損害だし、罪にもなることではあるけれど、おさとが千両箱担《かつ》いで逃げ出しましたというならともかく、失くなっているのは新巻一尾――それも彼女が盗んだのかどうかはっきりしない――というのでは、茂七とて、目の色変えて探し回るわけにもいかない。

それでも茂七は、しばらくしてようやくかみさんが帰ってきたので、入れ違いに家を出て、河内屋へ向かった。きつく襟巻を巻いて出かけたけれど、今川町に着くころには、すっかり凍《こご》えてしまっていた。

あたりさわりのないように、当主の松太郎から聞いたとは言わず、こちらで女中さんが出かけたきり帰ってこないんで探しているという噂《うわさ》を聞き込んで寄ってみたんだが——と水を向けると、河内屋のもうひとりの台所女中、お吉は、素直にまたぺらぺらとよくしゃべった。彼女は多少、腹を立ててもいるようで、それはなぜかというと、おさとが勝手にいなくなったために、自分の仕事が増えたからだった。

「おさとって娘は、どうしてお店を飛び出したりしたんだろう？」

茂七はそらとぼけて訊いてみた。

「あんた、なんか心当たりはあるかい？」

「わかりませんよ。新巻鮭のことじゃないかって——なんでも、出ていく前に、旦那さまに話していったそうだけど」と、お吉はすぐに言った。そうして、例の一件についてしゃべったあと、

「新巻なんて、そんなに大したことじゃないと思うけど」と、笑いながら言った。

「あんたは、誰が盗ったと思ってたね？」

「猫でしょうよ。親分だって、そう思いませんか」

「じゃ、あんたもおさとを疑ったりはしていなかったんだな？」

お吉は驚いたようだった。「あたしだけじゃない、誰も、何も疑ってなんかいませんでしたよ。台所の窓はいつも開いてるしね。みんな、猫の仕業だろうって言っ

てましたよ」
「旦那さんやお内儀さんは？」
「お内儀さんは、新巻鮭が好きじゃないんです。失くなったって、気にもしませ
ん」と、お吉はあっさり言った。「旦那さんの方は、家の中で失せ物があるのはよ
くないとかなんとか生真面目なことを言って、ひとりできりきり尖《とが》ってましたけど
ね。だけど、あたしたち、そんなの気にしてませんでしたよ。だって、誰が新巻な
んか盗るんです？　これがまだお饅頭《まんじゆう》とかなら、盗み食いする人もいるでしょう
よ。けど、丸のままの新巻なんかね、誰が好き好《す》《この》んで」
お吉の言っていることは、一昨日松太郎が訪ねてきたとき、茂七が彼に言った言
葉でもある。
誰が好き好んで新巻を盗むもんか、おおかた猫の仕業だろうよ、放っておこう
——これが、世間一般の反応だろう。だがしかし、松太郎はそうは思わなかった。
誰かが盗んだと思った。だからおさとは「わたしが盗みました」などと言った——
そうではないのか。彼の意に沿うため……かどうかはともかくとして。
「その新巻は、到来物だったとか？」
「ええ、そうですよ。毎年この時期は、たくさんもらいます。うちからも、あっち
こっちへあげるんだから、差し引きは同じだけど」

「失くなった新巻がどこから来たものだか、わかるかね？」

「たぶん、辰巳屋《たつみや》さんからいただいたのじゃないかと思います。この先の――」

「やっぱり酒問屋だな」

「ええ。一昨日は、それ一尾しかなかったから。だから、失くなったことにもすぐ気が付いたんですよ」

「そいつは確かだね？　失くなった新巻は、一尾しかないものだったっていうのは」

「間違いないですよ。台所はあたしらが仕切ってるんだもの」

お吉は、新巻の一件があって以来、そういえばおさとはどことなく元気がないように見えた、と言った。

「だけど、もともとあんまり元気のいい人じゃないからね」

「お吉さんと言ったね、あんたは、ここで働いてどのくらいになる？」

「二年と、ちょっとですよ」

「じゃあ、先代の旦那のことも、今の旦那が奉公人だったころのことも、ちっとは知っているな？」

「ええ」うなずいて、お吉は少し、口を尖らせた。「だけど、今の旦那さまは、手代頭だったころから、あたしたちとは全然別の扱いを受けてましたからね。まあ、あたしなんかは女中だから仕方ないけど、同じ手代だった人や、番頭さんなんかのなかには、面白く思ってない人がいるみたい。けど、それもよくある話でしょ、親分」

「そうか……。なあ、今度の新巻の件で、旦那さんは本当に、そんなにきりきりしていたのかい？」

お吉はまた笑い出した。「そりゃもう、頭で壁に穴を開けられそうなほど、ひとりで尖ってましたよ。示しがつかないとか言ってね。あの人は昔から気が小さいんだって、番頭さんが言ってたわ」


茂七は、頭をぼりぼりとかきながら外へ出た。お吉という娘は、それほど頭がいいとは思えないけれど、当たり前の常識と性根《しようね》を持っている。彼女の言っていることはことごとくもっともだ。

松太郎が、元の奉公人仲間や先輩たちの上に立つ身分になり、やりにくいことがあるとしても、そのために、彼の主人としての権威に多少欠けるところがあったとしても、それらのことと、今度の新巻の一件とは、あまり関わりがなさそうに思える。彼がそう思い込んでいるだけで、関係はなさそうに思える。

問題なのは、やはり、松太郎自身の気持ちの方ではないのか。

そんなふうに思ったから、その後もしばらくのあいだ、茂七は、遠くから河内屋の様子を見守るだけで、敢《あ》えて手は出さなかった。松太郎にも、おさとが戻って来たり、彼女の居所がわかったりしたら知らせてくれとだけ言って、あとは放っておいた。松太郎はその後も一度、心配顔で茂七を訪ねてきて、おさとを探し出さなくていいだろうかなどともごもご言ったが、茂七は彼を睨《にら》みつけ、河内屋さんにはどうでも探したいという理由でもおありかと尋ねた。松太郎は、うなだれて帰っていった。

おまけに、その後師走も半《なか》ばを過ぎて、茂七は急に御用繁多《はんた》になり、河内屋のことは、どうしても頭から消えがちになった。目も耳も離れた。だから、あの霊感坊《ぼう》主《ず》の日道《にちどう》が、河内屋に日々出入りして拝んでいるという噂を聞きつけたのは、晦日《みそか》まであと五日ほどという、年の瀬もいよいよ押し詰まったころになってのことだった。

三

「拝み屋が何をやってるっていうんだい」

茂七が尋ねると、糸吉が吹き出した。

「嫌だな親分、日道の話になると、すぐ喧《けん》嘩《か》腰《ごし》になるんだから」

ふたりして、両国橋《りようごくばし》へと向かうところである。御用の向きで、神田明神下《かんだみようじんした》まで出かけるのだ。今日は風こそ穏やかだが、息が凍り、指がかじかむ寒さであることにかわりはない。糸吉は、鼻の頭を真っ赤にしていた。

拝み屋の日道──本当は御舟蔵裏《おふなぐらうら》の雑穀問屋三好屋《みよしや》の小倅《こせがれ》、まだ十歳の長助《ちようすけ》という子供にすぎないのだが、生まれながらに霊感が強いとかで、失せ物探しや人探し、憑《つ》き物《もの》落としはもちろんのこと、人相を見るだけでその人の寿命まで当てることができるなどという、たいそうなふれこみがついている小僧である。まあ、ふれこみはよしとしても、拝むたびに大枚《たいまい》の金を要求するというのが気にくわない。

それでなくても、茂七はもともと、この手のことが嫌いなのだ。だから糸吉が笑うのである。

茂七がこの日道とじかに顔をあわせたのは、今年の秋、「楊流《ようりゆう》」という船宿《ふなやど》で事件があったときが最初だ。のっけから相性は悪かった。以来、気を付けて日道の身辺をうかがっていた茂七だが、これといって突っ込むネタが見つかるわけでもなく、面白くない気持ちを抑えて、年の瀬までやってきた。

その日道が、河内屋に出入りしているという。

「そら、月なかに、河内屋から女中がひとり逃げ出したそうじゃないですか」と、糸吉は言った。「その女中の行方を突き止めてほしいって、河内屋が頼んでるそうですよ」

「河内屋の、旦那かお内儀か」

「旦那でしょう。あそこのお内儀さんは、お嬢さん育ちでおっとりしてて、商売のことも、家の中のことも、ほとんどわからないらしいって評判ですからね」

「それで、見つかったのかい？」

糸吉は首を振った。寒さに、頰《ほお》まで赤くなっている。

「見つかってないらしいです。ただ日道は、女中はもう死んでるって言ってるそうですよ。最初に河内屋で拝んだときに、『ああ、これは死んでる』って言ったとか」

茂七は立ち止まった。「何だと？」

「川へ入って死んでるって。あとは亡骸《なきがら》がどこにあるかって話なんだけど」

「河内屋じゃ、日道の言うことを信じてるのかい？　死体まで見つけようとして、拝んでもらってるわけか？」

「そうでしょうね。哀れだから、せめて死体を引き上げて弔《とむら》いのひとつも出してやりたいということでしょう。河内屋ってのは、奉公人に優しいお店ですねえ」

茂七は、糸吉のような心温まる感想を述べる気持ちにはなれなかった。河内屋の松太郎は、そんなことをするほどに思い詰めているのか。

「御用を済ませたら、帰りは永代橋《えいたいばし》に回って、今川町の河内屋に寄ってみよう。新巻鮭の件は、まだ祟《たた》っていやがったんだ」

突然の茂七の来訪に、松太郎は驚いた顔をしたが、その顔を見た茂七もびっくりした。松太郎は、この半月足らずのあいだに、げっそりとやつれてしまっている。大病のあとの人のように、肌がたるんで生気がなく、目もどろんとして、眠りが足りない様子だった。

「親分さん、おさとのことで何か知らせを持ってきてくれたのですか？」

座敷で向き合うと、松太郎はすぐにそう訊いた。

茂七はすぐには答えずに、出された茶をゆっくりとすすりながら、あれこれ考えた。ここは松太郎の居室だというが、床の間《とこのま》に飾られている枯れ山水の掛け軸が、彼の好みのものとは思えない。先代の居室を、そのままそっくり受け継いだだけなのだろう。やはり、河内屋という船は、松太郎という船頭の言うことだけを素直に聞いてはくれないものと見える。そんな状態で、家に拝み屋など引き入れて、それが奉公人たちのあいだにどういうさざ波を立てるか、松太郎はわかっていないのだろうか。

「どうなんですか、親分さん」と、松太郎は乗りだした。「おさとは見つかったのですか？」

「あんた、拝み屋の日道を呼んでいるそうだね。日道はなんと言ってる?」

松太郎は身を引いた。「ご存じだったんですか」

「ああ。日道は、本所深川《ほんじょふかがわ》じゃ有名な拝み屋だからな」

「近頃じゃ、高輪《たかなわ》や千駄木《せんだぎ》の方からも、日道さまに観《み》てもらうために、はるばる人が来るそうですよ」

ぽつりとそう言って、松太郎は目を伏せた。

「日道さまは、おさとはもう死んでいるとおっしゃいました」

茂七はうなずいた。「それも知っているよ。だから河内屋さん、あんたは今じゃもう、おさとの居所じゃなくて、死体の在処《ありか》を探してるわけだよな」

松太郎は目をしばたたかせると、ふっと息を吐いた。

「生きていてほしいですが……」

「しかし日道には、なんでそんなことがわかるのかね?」

「おさとの使っていた前掛けを手にしたら、そういう幻《まぼろし》が浮かんできたのだそうです。水に飛び込んでゆくおさとの姿が心眼《しんがん》に映ったのだそうです」

糸吉が冷やかすような目つきで茂七を見ている。茂七は睨み返しておいて、松太郎に向き直った。

「他所《よそ》にもらすようなことはないと約束するから、正直に答えてもらいたいんですがね、河内屋さん――いや、松太郎さん。あんたとおさとのあいだには、以前、何かあったんじゃありませんか」

　松太郎は目を見開いた。さほど整った顔立ちではないが、目だけはきれいだと、そのとき茂七は思った。

「おさとは、気だてのいい娘《こ》です」と、松太郎は言った。のろのろと手をあげて、額をさすりながら。

「働き者でしたし。私は――おさとが好きでしたよ」

「おさともそのことに気づいていたんでしょうね」

「口に出したことはありませんでしたが、察していたと思います。そういうことは、たいていの場合、一方だけの思い込みではないものでしょう?」と、松太郎は言った。「まだ婿入りの話が内々《ないない》のものだったころに、私は一度、仲間内だけの軽口に聞こえるようにして、おさとに言ったことがあります。本当なら、こんな大きなお店を任されて分不相応の苦労をするよりも、おさとみたいな女と所帯を持って、こぢんまりした苦労をしたいよと」

「おさとはなんと言いました?」

「何も。ただ、笑っていました」

　笑うしかなかったろう。残酷なことをしたものだと、茂七は腹の底で考えた。

「おさとはよく笑う女なんです」と、松太郎は続けた。心なし、目尻《めじり》の線がやわらいでいる。「あれも在所には年老いた親がいて、仕送りもしなくちゃならない。なかなか辛い身の上でした。でも明るい娘でしてね。気働きがきくんで先代の旦那さまやお内儀さんにも気に入られていたんですが、どうかするとやっぱりこっぴどく叱られることがあります。自分が悪くなくたって怒鳴られることもある、それが奉公人というもんですからね。だけどそんなときでも、おさとは神妙に叱られたあとで、ちょろっと舌を出して笑っていた。あれがそばにいると、私はいつだって心が休まりました」

「しかし松太郎さん、あんたは結局、この家の婿になった」

「手代頭に取り立てていただいたときから、決まっていたことです」

「おさとは納得したんですか」

「納得も何も……」

松太郎の顔に苦い笑いが浮かんだ。そういえば、この男が笑うのを、茂七は初めて見たのだった。

「この家の婿にと望まれて、私が断るわけはないと、おさとはずっと思っていたでしょう。ですから、そういう意味では、ええ、納得したのかもしれません。あるいは、諦《あきら》めてくれたのか」

「身分違いだと？」

「そんなところでしょう」

松太郎はちょっと顔をしかめた。おさととのことは、彼の心のなかの、触れると痛い部分にしまいこまれているのかもしれない。

「私がお嬢さんの婿になることが正式に決まったとき、私は、おさとがお店を辞《や》めるのじゃないかと思いました。いいえ、おさとだけじゃない、私を快く思っていない番頭たちは、みんな辞めていくだろうと。でも、そういうことにはならなかった。不思議ですよ」

「いっそ、辞めてくれた方が気が楽だったんじゃねえですかい？」

茂七の言葉に、松太郎はふっと笑った。

「とんでもない。そんなことになったら、このお店は立ちゆかなくなります」

茂七はうなずいた。「そうでしょう。お店ってのは、旦那ひとりでやってゆくものじゃねえからね。それに番頭さんたちだって、まずは暮らしていかなくちゃならねえし、それなりの意地もある。今までの奉公を、無駄にしたくはねえだろう。あんたが旦那に収まったことを不満に思って、そのためだけに、そういう人たちが辞めてゆくんじゃないかと考えたってのは、あんたの見当ちがいだ」

松太郎は黙っている。茂七は続けた。

「だが、おさとの場合は、番頭さんたちとは違う。心と心の問題なんだから。おさとが、あんたが婿としてこの家に収まってからも、今度の件があるまでは、お店を辞めようとせずに奉公を続けていたことに、思い当たる節《ふし》はねえですかい？」

「と言いますと？」

「この家の婿として収まったあと、おさとをつなぎとめようとして、何かしやしませんでしたかという意味ですよ」

　茂七と糸吉の目の前で、松太郎はすうっと青ざめた。身体《からだ》全体が、背後の床の間に飾られた枯れ山水の掛け軸と同じくらい、色あせたようになってしまった。

「私は、そんな身勝手な男ではありません」と、震える声で言った。「このお店も、お嬢さんのことも、大事に思っています。そんな不実なことは、私にはできませんし思ったこともありません」

　しかし、それならばなぜ、おさとは河内屋を辞めずに残っていたのだろう？　いたたまれないと思わなかったのだろうか。そしてなぜ、今になって、新巻鮭が失くなったなどという些細なことをきっかけに、飛び出してしまったのだろう——

　その問いを腹のなかに呑み込んだまま、茂七は肩をすぼめて河内屋をあとにした。大川《おおかわ》に沿って、黙りこくったまま歩き続け、御舟蔵の手前まで来たところで、日道のところに寄っていこうと思いついた。

「いきなり襲うんですかい？」と、糸吉が驚く。

「襲うとは人聞きが悪いぜ。あいつは、おさとがもう土左衛門《どざえもん》になっていると言ってるんだ。どうしてそう思うのか、その理由《わけ》を聞かせてもらおうと思うだけだよ」

「心眼ですよ、親分」

からかうように言って、糸吉はあとをついてきた。

三好屋は、御舟蔵裏の御番人小屋《おばんにんごや》の並びにある。細い掘割に沿って歩いてゆくと、御番人小屋の提灯《ちょうちん》に並んで、三好屋の店先《たなさき》に掛行灯《かけあんどん》が灯《とも》してあるのが見えてきた。日は暮れて凍るような夜空、どんな商家でも、とっくに大戸《おおど》を閉じている時刻だが、三好屋では、表戸《おもてど》を閉めたあとも、日道を訪ねてくる客のために、明かりを落とさないでいるのだ。三好屋は本業の雑穀問屋も繁盛しているが、日道の稼ぎというのはそれを上回《うわまわ》るほどのものだという。

しゃらくせえ——と思いつつ、茂七がその掛行灯の方に歩み寄っていったそのとき、三好屋の大戸が動いて、なかから人がひとり現れた。

茂七は息を飲み込んだ。糸吉も急いで立ち止まる。

「親分、あれは——」

し、静かにしろと、茂七は糸吉を押さえた。

三好屋から出てきたのは、富岡橋のたもとに屋台を張っている、あの稲荷寿司屋《いなりずしや》の親父《おやじ》だったのだ。

彼は三好屋の方を振り向くと、大戸の内側にいる誰かに向かって、丁寧に頭をさげている。片手に無地の提灯をさげて、足は雪駄履《せったば》きだ。

稲荷寿司屋の親父がこちらに向き直る前に、茂七は糸吉の襟首《えりくび》をつかむようにして、急いで手近《てぢか》の路地に飛び込んだ。身を縮めて様子をうかがっていると、親父は提灯で足許《あしもと》を照らしながら、やや首をうつむけて、万年橋《まんねんばし》の方へと歩いていった。

茂七たちが路地から外に出てみると、親父の持つ提灯の明かりが、強い北風にあおられてときどきふらふら揺れながら、遠ざかってゆくのが見えた。

あの親父が、日道を訪ねていた――あの親父も、日道の霊力とやらを信じているのだろうか。いや、それ以前に、あの親父も、日道に頼んで観てもらいたいような何かを抱えているのだろうか。

振り向くと、三好屋の大戸はまた閉じていた。掛行灯だけが、寒そうにまたたいている。

「あの親父、昔は侍だったろうって、親分は言ってましたよね？」

「おめえは、あの屋台に行ったことはねえのかい？」

「ないですよ。寒いしね。それに俺は下戸《げこ》だから」

「近頃じゃ、甘いものも出すんだ。旨《うま》いものを食わせる屋台だぞ」

へえ、そうですかと言いながら、糸吉が茂七の顔を見た。少し困ったような表情になっている。

「大丈夫ですか、親分」

茂七が、よほどぼうっとしているように見えたのだろう。糸吉が茂七の腕を叩《たた》いて言った。

「ああ、大丈夫だ。ちっと驚いただけだよ」

「三好屋には行かないんですか」

茂七は黙って首を振った。

「今夜はよしておこう」

日道よりも、今夜はまず、あの親父の話を聞いてみたい。あの親父が何を——あの親父がなぜ、日道を訪ねたりしたのか。それが知りたい。それによっては、茂七も、日道に対する考え方を変えねばならなくなるかもしれない。あの稲荷寿司屋の親父は、今では、茂七にとって、それくらい大きな存在になっているのだった。

四

その夜遅く、茂七が富岡橋のたもとの屋台に顔を出すと、親父はいつものよう

に、黙って会釈《えしゃく》を寄こして迎えてくれた。

「まず、熱燗《あつかん》だ」

親父は、隣に並んで商いをしている猪助《いのすけ》という酒の担《かつ》ぎ売りの老人にうなずいてみせた。猪助が銚子《ちょうし》に酒を満たし、大きな七輪《しちりん》の上で煮えたぎっている鉄瓶《てつびん》の湯のなかに、銚子を沈めた。猪助は老齢《とし》で病み上がりの身だ。茂七は、この寒気《かんき》が身に応えないかと心配になったが、老人は厚い綿入《わたい》れを着込み、手ぬぐいで頬かぶりして、腰掛けの上には毛皮を敷き、カンカンに熾《おこ》った七輪にかがみ込み、赤い顔をしていた。

今夜は客が少なかった。三つ並んだ長《なが》腰掛けはガラガラで、道端に据えられた客用の七輪だけが、鮮やかに赤い光を放っている。

「今夜はお茶をひいていますよ」と、親父が笑いかけてきた。

「冷えるからな。おかげで俺は貸し切りだ」

「どうぞ」と、親父は微笑した。

熱燗の酒といっしょに、皿が出てきた。焼いた鮭の切り身が乗っている。大根おろしが添えてあった。

目を上げて、茂七は親父の顔を見つめた。新巻が出てくるのは、季節柄おかしなことではない。だが――

茂七の目を見返して、親父は言った。「甘塩ですが、身の厚いいい鮭ですよ」

「うん、旨そうだ」

「親分は、このことで、河内屋さんを訪ねなすったでしょう」

茂七は箸《はし》を取ったまま、寒気のせいでなく凍りついて、親父を見あげた。

「よくわかるな」

「三好屋の日道坊やから聞いたんですよ。私は今日、あの子に会いに行きましたから」

いろいろ考える暇《ひま》もなく、茂七は口に出していた。「ああ、あんたを見かけた」

「そうでしょう。私も親分をお見かけしました。若い人がいっしょだったが、手下《てか》の人ですか」

ばれていたのだ。茂七たちとて素人《しろうと》ではないのに、ちゃんと気配を察していたところ、やはりこの男、ただの屋台の親父ではない。

茂七は苦笑した。「うん。糸吉っていう」

「糸吉さんは、まだうちには来ていただいていませんね」

「売り込んでおいたよ。もうひとり、権三というのもいる。糸吉は下戸だが、権三は酒飲みだ。そのうち、連れて来よう」

茂七は熱燗をぐっとひっかけると、目を閉じて、酒が身体にしみこんでゆくのを味わった。それから言った。

「親父、あんたは、なんで日道に会いに行ったんだ？　そこで河内屋や俺の話が出たというのは、どうしてだい？」

親父は落ち着いていた。何か卵のとき汁のようなものをかき混ぜながら、静かに言った。

「日道が、河内屋のおさとという女中さんはもう死んでいると言っている、と耳にしたからです。それは間違いですからね」

「なんだと？」

親父は茂七の目を見てうなずいた。「おさとさんて人は、生きていますよ。昨夜《ゆうべ》も、ここへ来ました」

茂七は呆《あき》れて物も言えなかった。

「おさとさんは、なんでも、今月の中頃に、河内屋から出奔したそうですね」

「……ああ、そうだ」

「ですから、あの人が初めてここへ来たのは、出奔してから二、三日目のことじゃないでしょうかね。夜のもっと早い時刻でしたが、ここへ寄ったんです」

「知り合いなのかい？」

「私は違うが、猪助さんが」と、親父は老人の方に頭を向けた。猪助は、手ぬぐいで包んだ頭をうなずかせた。

「河内屋は、担ぎ売りにも酒を卸《おろ》しているそうでね。猪助さんは、以前からおさとさんを知っているんですよ。あの人が出奔した日の朝も、猪助さんは、河内屋で酒を買って、おさとさんとも会っている。それくらいの知り合いです。だからおさとさんも、ここへ来たんです。猪助さんに会って、様子を聞きに」

「様子ってのは――」

「自分が飛び出した後、河内屋がどうなっているか気になったんでしょう。騒ぎになっているようなら、一度は戻って、ちゃんとお詫《わ》びをしてからお店を辞めたいと」

「それで？」

「私と猪助さんとで、そんな心配は要《い》らないんじゃないかと言いました。黙って出ていった方が、あんたのためにも、河内屋のためにもよかろうと」

親父は卵のとき汁をどんぶりに注《そそ》いだ。

「おさとさんは今、赤坂の方にいるそうです。遠い親戚が、山王《さんのう》神社の近くで茶店《ちゃみせ》をしているそうで、以前から、手伝ってくれと頼まれていたそうでした。おさとさんは元気ですよ。少し、気落ちはしているが。それに、まだ気持ちがふっきれてないから、ときどきここにも寄るんでしょう」

「どういうことなんだい？」と、茂七は訊いた。「俺にはわけがわからねえ。おさとが、河内屋の婿の松太郎に惚《ほ》れていたらしいことは知ってるが――」

親父はうなずいた。大きな鍋《なべ》のふたをとると、真っ白な湯気があがって、ちょっとのあいだ彼の姿を隠した。

「私らにも、詳しいことは話してくれませんでした。ただ、なんだかがっくりして、急に河内屋にいるのが嫌になっちまったんだと話していました」

「がっくりした？」

「ええ。おさとさんは、たとえ松太郎さんといっしょになれなくても、河内屋で奉公に努めることで、松太郎さんの役に立ちたいと思っていたようです。逆に言えば、それくらい惚れていたんでしょう。痩《や》せ我慢でも、河内屋にいて、松太郎さんのそばで暮らせればそれでいいと、自分に言い聞かせていたんでしょうよ」

茂七は、松太郎とのやりとりを思い出していた。そのとき心に浮かんだ疑問も。

おさとはなぜ、今まで河内屋を辞めずにいたのか。

「でもね」と、親父は続けた。「このあいだ、猫が盗っていったかもしれない新巻鮭一尾のことで、やれ示しがつかないの、やれ奉公人に抑えがきかないのは自分に重みがないからだの、きりきり尖っている松太郎さんを見ていたら、急に、ああこの人はもう自分とは縁のない、別人になってしまったんだなと思えてきたんだそうです。そうしたら、一生陰に回って尽くしていこうと思っていた自分の心が、急に瘦せたような気持ちになって、後先《あとさき》考えずに河内屋を飛び出してしまったそうですよ」

茂七は、親父の言葉を頭のなかで吟味してみた。わかるような気がする。

茂七の会った松太郎、小心で、自信がなくて、お店の重みに押しつぶされそうになっていながら、お店への執心は当然のものとしている松太郎、番頭たちの顔色をうかがい、下の者たちからどういうふうに見られているか、それればかり気にしている松太郎。

そんな松太郎は、おそらく、おさとが惚れていた手代頭の松太郎ではないのだ。彼は変わってしまった。おさとはそのことに、新巻鮭一尾のことを通じて、はっと気が付いたのだ。彼が変わったこと、二人の立場が変わったことを。

いやひょっとしたら、以前から薄々《うすうす》気づきかけていたものが、あのとき一度に吹き出して、おさとを河内屋から逃げ出させたのかもしれない。

（おさとは諦めてくれた――）

いや、諦めたわけではなかったろう。おさとは、どういう形ででも松太郎のそばにいることが自分の幸せだと、ただ自分に言い聞かせていただけだったのだ。だがしかし、ひと月ふた月と時が過ぎてゆくうちに、それがどんなにおかしなことであるか、きれいなことではあるけれど、どれほど自分の心を損なうことであるか、賢《かしこ》い娘のことだ、じわじわと悟《さと》っていたのだろう。松太郎を断ち切るべきときが来るのを。

おさとの心は、飛び出すときを待っていた。なにか些細なことでも、自分で自分の恋心を断ち切るはずみになるきっかけを。

「そういうことなら、おさとさんはもう河内屋に戻らない方がいい。知らん顔をしていた方がいいと、猪助さんも私も思いました」

「俺もそう思う」と、茂七はうなずいた。

「それでも、おさとさんはまだ、ここには来ます。ここからも足が遠のくようになれば、本当に河内屋を忘れたことになるんでしょうけれどね」

親父は鍋の前に立っている。湯気がゆらゆらしている。どうやら蒸し物のようだ。

「親父、あんたはそれを、日道に言いに行ったのかい？」

「いいえ」と、親父は首を振った。「私はただ、おさとさんは生きているから、水に入って死んだなどと言わない方がいいと、それだけ言ったんですよ」

「霊視がはずれて、日道はどう言い訳をした？」

白装束《しろしょうぞく》の、つんと澄ました子供の顔を、茂七は思い浮かべていた。親父は笑った。

「霊視をしたとき、そばにいた誰かの頭のなかに、おさとは死んでいる——水にでも入って死んでしまったのじゃないかという心配や、死んでいてくれればいいのにという期待があったので、自分はそれを感じとったのだろうと言いましたよ」

茂七は笑おうとしたが、笑えなかった。松太郎の心配そうな顔が頭をよぎった。そしてもうひとり、松太郎の妻である、河内屋のひとり娘の顔――会ったこともない女の顔なのだが、それが見えるような気がした。

（お嬢さんはおっとりしてるから）

だがそれだって、自分の亭主になる男のこと、その男と仲のよかった女中のこと、その女中が河内屋に居座っていることの意味を、考えたり想《おも》ったりしないことはなかったろう。

「冷えてきた。もう一本、熱燗をくんな」

しばらくのあいだ、屋台の三人は、黙って湯気にまかれていた。やがて、追加の銚子を茂七の前に置きながら、親父が言った。

「子供に、ああいうことをやらせてはいけませんね」

むろん、日道のことだ。

「俺もそう思う」と、茂七は言った。「日道――じゃない、長助のためにもな」

「本当に当たるのなら、観《ぞう》てもらいたいものだけれど」と、親父は微笑する。

茂七はそのとき、心《しん》の臓がちょっと跳ねあがるのを感じた。

謎めいたこの親父だが、今の茂七にとっていちばん気になるのは、彼と梶屋《かじや》の勝《かつ》蔵《ぞう》をつなぐ糸だ。柿の実の生《な》るころ、茂七はこの屋台のすぐそばで、闇《やみ》にまぎれて固まっていた勝蔵が、屋台の親父の顔を睨むように見据えながら、「血は汚ねえ」と言い捨てるのを聞いた。以来、そのことは茂七の心のなかに引っかかったきり、どうしても動かない。

梶屋の勝蔵とこの親父とは、血のつながりがあるのではないか。年格好から言って、ひょっとしたら兄弟なのではないか。

だがそのことを、口に出して問うてみる機会を、まだ見つけることができないでいる。あっさりと尋ねたら、あっさりと否定され、それで終わりそうな気がするからだ。

親父よ――と、茂七は心のなかで思った。あんたにも、日道に観てもらいたいことがあるのかい？　あんたがここにいる理由《わけ》、あんたが抱えているものは、いったい何だ。

親父は鍋のふたをとると、湯気のなかからどんぶりを取り出し、茂七の前に差し出した。

「小田巻《おだま》き蒸《む》しですよ」

「なんだい、こりゃ」

「茶碗蒸《ちゃわんむ》しのなかにうどんを入れてあるんです。あったまって、いいかと思います」

有り難いと、茂七はどんぶりを引き寄せた。出汁《だし》の匂《にお》いが鼻をくすぐった。

熱い小田巻き蒸しを味わっていると、屋台の周囲を、木枯らしが渦を巻いて吹き抜けていった。

「もう、今年も終わりですね」と、親父が言った。「木枯らしが、昔のことを全部、何から何まですっ飛ばしてしまって、新しい年がくるようだ」

茂七は顔をあげ、親父を見た。親父は夜空を仰《あお》いでいた。彼の目のなかに、木枯らしに巻かれてどこかへ飛び去っていった、彼にしかわからない歳月が、そのときちかりと映ったような気がした。

だが、今はまだ、問いつめるのはよそう。いつかきっと、それにふさわしい時期が来たり、ふさわしい事が起こったりするだろう。

「怖いような、冴《さ》えた月ですね」と、親父は言った。

茂七も空を見あげてみた。真ん中でぽっかり割れたまま、放り投げられて空に引っかかったような月が輝いている。その欠け具合、そのひとりぼっちの光。

おさとの心の形も、今はあんなふうかもしれない——ふと、茂七は思った。

遺恨の桜

一

話は、例によって糸吉《いときち》が「ごくらく湯」で仕入れてきた。霊感坊主《れいかんぼうず》の日道《にちどう》が、何者かに襲われて大怪我《おおけが》を負ったというのである。

暖かな春の日差しに、うっかりすると居眠りをしてしまいそうな陽気が続いていたが、そのころ茂七《もしち》たちはあれこれと忙しく、咲き始めた桜の花も、あちらへこちらへと忙しく駆け回るその途中に、つと仰ぎ見るだけの日々である。それでも、なんとか花の盛《さか》りが終わらないうちに、一度くらいは花見をしたいものだとかみさんと話しつつ、せめて旬《しゅん》のものをとかみさんがこしらえてくれた菜《な》の花《はな》のおひたしをおかずに、権三《ごんぞう》とふたりで飯をかきこんでいるところに、糸吉が駆け込んできたのだった。

「あ、菜の花ですかい。いいなあ」

糸吉は用向きも忘れ、すぐに食い気のほうに走る。かみさんが笑いながら立ち上がった。

「糸さんの分もあるから安心おしな」

「それより、どういうことなのかちゃんと話せ。あの変梃《へんてこ》な拝み屋がどうしたって

「そんな言い方をしちゃ可哀相《かわいそう》よ」と、かみさんがたしなめた。「あんた、長助坊長助坊《ちょうすけ》やのこととなるとすぐにとんがるんだから。相手はまだ子供なんですよ」

確かに日道というのは通称で、本当の名は長助、御舟蔵裏《おふなぐらうら》の雑穀問屋三好屋《みよしや》のひとり息子である。歳《とし》も十《とお》ばかり、茂七から見たら、下手《へた》をすれば孫に当たる年頃だ。

茂七は鼻白《はなじろ》んだ。かみさんの言うことはもっともで、それは茂七だってよくわかっているのである。だが、こと日道の話となると、どうにも、腹が煮えてたまらない。以前そのことを権三に話したら、「親分は、心の底では、あの小さい拝み屋さんが哀《あわ》れだと思っていなさるんですよ。だから腹が立つんです」と言われたことがある。

かみさんが茶碗《ちゃわん》に大盛りにしたご飯に手をあわせてから、糸吉はどっとかぶりついた。飯を食い食い、忙しくしゃべる。

「あっしもここんとこは御用が忙しくて、ごくらく湯にはとんとご無沙汰《ぶさた》だったでしょう。で、今朝《けさ》がたちょっと顔を出してみたら、親父《おやじ》さんがいきなり言うんですよ。日道さまが刺客《しかく》に襲われたって話、知ってるかって」

昨夜《ゆうべ》のことだという。日道は、竪川《たてかわ》の二《ふた》ツ目橋《めばし》近くの商家まで、頼まれて拝みに出かけた帰り道、弥勒寺《みろくじ》近くの両側を武家屋敷にはさまれた暗がりで、数人の男たちに襲われたのだ。男たちは一見してやさぐれ者たちばかりで、刃物こそ持っていなかったが、日道を駕籠《かご》から引きずり出し、さんざん殴《なぐ》ったり蹴ったりした上で、一緒にいた日道の父親と母親を脅《おど》しつけ、有り金を奪って逃げていったのだそうだ。ふた親には日道ほどの怪我はなく、ただ、日道が殴られているあいだ、手出しすることができないよう、一味に羽交《はが》い締めにされていたという。

「で、怪我の具合はどうなんだ」

「命は助かりそうだっていうんですけどね。でも、なんせ子供のことでしょう。小さいし細いし、したたか殴られて、当分寝ついちまいそうだって噂《うわさ》ですよ」

ごくらく湯は北森下町《きたもりしたちょう》にある。日道の襲われた場所のすぐ近くだ。それで親父は騒ぎを知り、日道たちが三好屋へ帰る手助けもしてやったそうなのだが、一段落してごくらく湯に帰ってふと見ると、両手や着物の胸のあたりに血がいっぱいくっついていたという。

春の香りの菜の花のおひたしが急に味気ないものに思えてきて、茂七は箸《はし》を置いた。

「三好屋じゃ、お上《かみ》に訴え出たんだろうな？」

糸吉は飯粒を飛ばしながら首をひねった。

「どうでしょうねえ」

「そりゃ、訴えたでしょう」と、落ち着き払って権三が言う。「こりゃ、立派な追《おい》剝《は》ぎだ」

「それにしちゃ、俺《おれ》の耳には何も入ってこねえぞ」

茂七が手札《てふだ》を受けている同心は加納新之介《かのうしんのすけ》という旦那《だんな》だが、茂七がずっと馴染《なじ》みのあった古株の伊藤という同心が病で急逝《きゅうせい》したあと、代わりにやってきた人で、まだ歳も若いし経験も浅い。その分《ぶん》、茂七の働きには一目《いちもく》も二目も置いてくれているので、何か聞きつければ必ず茂七に知らせてくれるはずなのだ。

「ちょいと、三好屋に顔を出してみるか」

すかさず、かみさんが言った。「怖い顔で行ったら駄目ですよ。相手は子供で、しかも今は怪我人なんだからね」

「わかってるよ」

「三好屋さんのご夫婦も気の毒に……」かみさんはしょんぼりと肩を落としている。「子供が殴られたり蹴られたりしてるのを見せられるなんて、親としちゃ死ぬほど辛《つら》かったでしょうよ」

御舟蔵裏まで急ぎ足で歩いてゆくあいだに、そこここで桜の花を目にした。大川《おおかわ》を渡って吹いてくる風も温《ぬる》んで、素面《しらふ》でも浮かれ出たくなるような日和《ひより》だ。だが、茂七はずっと渋面《しぶつら》で、懐《ふところ》に漬《つ》け物石《ものいし》でも抱いているような気分だった。

三好屋では、お店《たな》の方は普通に商《あきな》いをしていた。相変わらず繁盛しているようで、客も多い。茂七が、店先で前垂《まえだ》れを春風にひらひらさせながら立ち働いていた若い奉公人に声をかけると、相手は一瞬身を強《こわ》ばらせた。

「え、親分がどうしてご存じなんですか」

「こういう話は足が速いんだ。日道の具合はどうなんだね」

「寝ついておられますけれど……」

もじもじと前垂れをいじる。

「俺の縄張《しま》で、子供を痛めつけるなんていう性質《たち》の悪い追剝ぎがあったと聞いちゃ、捨ててはおけねえ。どうやら三好屋さんじゃあまり俺を信用してくれてねえような風向きだが、せめて話ぐらいはちゃんと聞かせてもらえねえもんかね」

若い奉公人は大いにあわてた。忙しく頭を下げたり手を振ったりして、

「いえ、けっして親分さんを粗略にしようなんて心づもりはございません。ただ、何分《なにぶん》ことがことでございますから、まだ旦那さまもお内儀《かみ》さんもとりのぼせておりますようで」

店の裏手に回り、茂七は三好屋の住まいの方へと通された。案内に出てきたのは見るからに手強《てごわ》そうな年かさの女中で、女中頭《がしら》のたきでございますと名乗った。なんとなく喧嘩腰の物言《ものい》いで、茂七はちょっとげんなりした。

「長助坊やの具合はどうだね」

おたきはきつい目をして茂七を睨《にら》んだ。

「日道さまはお寝《やす》みでございますよ」

「話はできねえか」

「お医者の先生からきつく止められています」

「なあ、おたきさんとやら。俺はこれでも、長助坊やがひどい目に遭《あ》わされたと聞いて、放っちゃおけねえと飛んできたんだよ。仇《あだ》や敵《かたき》を見るような目で見ないでくれねえかね」

おたきは怖い顔のままだった。「でも、親分さんは日道さまのお力を信じてないんでしょう？」

「この目で見たわけじゃねえからな」茂七は素直に認めた。「だが、それとこれとは別だ」

それでもまだ、おたきは（本当かしら）というような顔をしていたが、茂七を座敷に通しておいて、奥へと消えた。しばらくすると足音が近づいてきて、顔を出したのは三好屋の当主、日道の父親である半次郎《はんじろう》だった。

茂七は、彼と会うのはこれが二度めのことである。茂七は、日道の霊力が本物であれ偽物《にせもの》であれ、幼い子供を出汁《だし》に使って商いをするような親は信用ができないと思っているので、半次郎の人となりに対して、いい感情は抱いていない。いつか機会があったらいろいろな意味でぎゃふんと言わせてやりたいという腹はずっと持っていたから、正直言って、目の前に現れた半次郎が、まるで病人のようにやつれて目を落ちくぼませているのを見て、なんとも目のやり場に困った。

「親分さんには、ご丁寧《ていねい》にお運びいただきまして」

一礼して進み出る半次郎の足許《あしもと》さえおぼつかない。

「大変な目に遭いなすったね。坊やの具合はどうです？」

「命はとりとめたようですが……」半次郎は目をしょぼしょぼさせた。

「どこの先生に診《み》てもらってるんです？」

「浅草の馬道《うまみち》に、打ち身や骨折をよく治す先生がおられると聞きまして、おいで願いました。桂庵《けいあん》先生とおっしゃいます」

「で、診立《みた》てのほどは」

「すっかり元通りになるまでには、半年や一年はかかるだろうというおおせです」半次郎はため息を吐《つ》いた。「子供のころに大怪我をすると、大人になるまでのあいだにきれいに治る場合もあれば、傷を受けたところが歪《ゆが》んでしまう場合もある。どっちになるか、こればかりは時と運に任せないとわからないが、とにかく精一杯治療しようと言ってくださいました」

腕がいいという評判を持ちながら、大丈夫《だいじょうぶ》私に任せなさいなどと軽いことを言わないところ、なかなか立派な医者である。茂七は少し安堵《あんど》した。

「さっきも女中頭のおたきさんに言っていたところなんだが」茂七は座り直して半次郎に向き直った。「日頃のいきさつは別として、俺はね三好屋さん、子供を痛めつけるような不届きな追剝ぎを、俺の縄張にのさばらせておくわけにはいかないんだ。きっと捕まえてみせるつもりだよ。昨夜どういうことがあったのか、正直に話しちゃくれねえかね」

半次郎はうつむいている。目が涙目になっているようだ。

「あんたら、昨夜のことをお上に訴え出ていなさらんようだが、何かはばかることがあるのかい？」

「はばかることと申しますと」

茂七は答えずに、黙って半次郎の顔を見つめた。言わなくても半次郎にはわかっているはずだと思った。

半次郎は、助けを求めるかのように、ちらちらと座敷を見回した。あいにく、誰もいないし誰も来ない。床《とこ》の間《ま》の掛け軸は恵比寿《えびす》鯛《たい》釣《つ》りの絵柄だったが、にこにこ笑う恵比寿様も、商いの助けはしてくれるだろうけれど、今の半次郎の助太刀《すけだち》にはならないようだった。

半次郎は諦《あきら》めた。どのみち、茂七が出張《でば》ってきた以上、隠してもいつかは知れることだと思ったのだろう。馬鹿ではないのだ。

「伏せておくようにと、相生屋《あいおいや》さんから頼まれまして……」

「昨夜訪ねた二ツ目橋の商人《あきんど》かい?」

「はい。私どもが昨夜のことを表沙汰《おもてざた》にしますと、お上のお調べは相生屋さんの方にまで行きますでしょう?」

「そりゃそうだ」

「私どもが、相生屋さんに何を頼まれて出向いていったのか知れてしまいますわな」

茂七はうなずいた。半次郎は肩を落とした。

「先様《さきさま》では、それが困るというのです。確かに、外聞《がいぶん》の悪いことでしたから」

「いったい、相生屋に何を頼まれた」

半次郎がとつとつと話すには、二ツ目橋の相生屋は鼈甲《べっこう》や櫛《くし》、傘《かさ》を扱う問屋なのだが、本家本店は門前仲町《もんぜんなかちょう》にあり、二ツ目橋は分家なのだそうだ。分家の当主は相生屋の長男坊で、本来なら仲町の家を継ぐべき伜《せがれ》なのだが、若いころの放蕩《ほうとう》がたたって親に疎《うと》まれ、ごたごたがあった末に本家は次男が継ぎ、長男は分家へ出されてしまったという次第。

「ですから、本家と分家はひどく仲が悪いんです」

「珍しい話じゃねえな」

はいとうなずいて、半次郎はまたきょときょとと目を動かした。茂七は、これは助太刀を探しているわけではなく、この男の癖なのだと、そのとき気づいた。こういう目つきを、他所《よそ》でもよく見かけるような気もした。

「昨夜のお頼みは——その——本家のご当主が今、病で臥《ふ》せっておられるとかでね、その病が——本復《ほんぷく》しないように祈禱《きとう》してくれということだったんです」

茂七は呆《あき》れたが、思わず吹き出した。

「そりゃあ外聞が悪いわな。しかし小せえ話だ。何かい、本家の当主が死ねば、分家の主人が戻って身代《しんだい》を継げるとでも思ってるのかね」

「それだけでもないようですよ。とにかく憎い憎たらしいという気持ちの方が勝《まさ》ってるようでしたからねえ」

身内でもめ事があってこじれると、往々にしてこういう始末の悪いことにもつれこむ。

「しかし、そんな祈禱を頼む方も頼む方だが、引き受ける方もどうかしてる。だいたい、長助にそんなことができるのかい？」

むっとした顔の半次郎に、茂七は急いで言った。「いや、俺も長助の噂は聞いてるよ。失《う》せ物《もの》探しや憑《つ》き物《もの》落としをよくするってな。だがな、たとえ長助にそういう力があるにしたって、そのことと、人を呪《のろ》うようなことをする力や技《わざ》なんかとは、また別のもんじゃねえのかい?」

「できますよ、日道さまには」と、半次郎はつっけんどんに答えた。「それに親分さん、親分さんおひとりのときにはなんと呼んでもよろしいですけどね、私どもにとってはあの子は日道さまなんです。そう呼んでいただきたいですね」

内心、茂七は苦《にが》り切ったが、余計なことは言わなかった。それに、半次郎の話には大いに興味をそそられた。

相生屋がそういう目的で日道を呼んだのならば、その帰り道に襲った男たちは、相生屋の本家の手の者だ――ということも考えられるからだ。もしも、本家の者たちが、分家が本家の当主を呪い殺そうとしているなどということを知ったならば、腹も立てるだろうしそのまま放ってもおくまい。荒くれ男を金で雇い、日道が相生屋分家の依頼に応じることができなくなるよう、叩きのめさせたという筋は充分にあり得る。

ところが、茂七がそれらの考えを口に出したわけでもないのに、半次郎は首を振った。

「親分さんが、相生屋本家の人たちをお疑いなら、それはありませんですよ」

茂七は驚いた。半次郎、ますます馬鹿ではない。

「なんでだい?」

「いや……これはその……」半次郎はへどもどした。「なんとなくそう思うだけで」

「なんとなくじゃわからねえ。思いあたる節があるんだろう」

半次郎の黒い瞳《ひとみ》が、目の玉のなかで、煮え立つ湯に放り込まれた豆の粒みたいに激しく動いた。

それで、茂七にもピンときた。

「おめえまさか……本家の方からも何か頼まれてるんじゃねえだろうな?」

半次郎は顎《あご》を前に押し出すようにしてうなずいた。「実はそうなんでして」

呆れかえる話だ。

「何を頼まれてる?」

「そちらは、病の本復祈願で」

「出鱈目《でたらめ》なことをやりやがるなあ!」

しかし、半次郎はしゃらっとした顔になった。

「でも親分さん、片方で呪って、片方でそれを防ぐ祈禱をすれば、釣り合いがとれてよろしいじゃござんせんか。帳消しになりますからね。そうすれば、自然に任せて、元々治る病人なら治るし、死ぬ病人なら死ぬでしょう」

「見料《けんりょう》も、両方からもらえるしな」茂七は精一杯嫌味をきかせて言った。「だけど、どっちかの祈禱は効かなかったことになるんだ。そのときには、効かなかった側の見料は返すのかい？」

「いいえ。ただ、最後の御礼をもらわないだけですよ」

床の間の恵比寿鯛釣り図の下には、いくら繁盛しているとはいえ三好屋程度の身代の商人の家には不釣り合いな青磁《せいじ》の壺《つぼ》がでんと据《す》えてある。その因《よ》って来《きた》る所以《ゆえん》のところを、茂七は垣間《かいま》見た気がした。半次郎はまたも鋭く、茂七の視線の先に何があるかを見てとったのか、心なしか自慢げに言った。

「長崎からわざわざ取り寄せた逸品ですよ」

どうやらその逸品のなかには、三好屋半次郎の「良心」なるものの遺骨と灰が封じ込められているようである。

茂七は話の風向きを変えることにした。この線で半次郎と話し続けていると、昼飯が胃の腑《ふ》にもたれてきそうだ。

「昨夜あんたらを襲った男たちは、何か言ったりしなかったかい？」

「何か言う？」

「ああ。金を出せとかおとなしくしろとか言うほかに、日道を殴りつけたりしているときにな、たとえば、もう拝み屋なんぞやめろとか、命が惜しかったらどこどこには近づくなとか、そんなようなことを」

「日道さま、ですよ」半次郎はしつこく念を押した。「さあ、はっきりとそういうことは言いませんでしたね。ただ、当分足腰立たなくしてやるんだこのいんちき坊主などとわめいていました」

そのときのことを思い出したのか、半次郎の顔が歪んだ。親の顔に戻って歪んだのが半分、日道をいんちき呼ばわりされたことで、残りの半分。

「どう考えても、ただの追剝ぎじゃねえな」と、茂七は言った。「あんたらが誰だか知っていて、狙《ねら》いをつけて襲ってきたんだ。金を盗《と》ったのは行きがけの駄賃《だちん》で、本当の目的は最初《はな》から日道——さまを痛めつけることにあったんだろう」

「私もそう思います」

「となると、誰が連中を差し向けたのか探り出すためには、あんたらの商売の中身を調べてみなくちゃならなくなる。誰にしろ、あんたらに深い恨みを持っている人間が、意趣《いしゅ》をはらすためにやらせたことだろうからな」

昨夜のことをお上に届け出なかったのは、相生屋分家の意向もあったろうが、それ以上に、これを機会にいろいろと小ずるいことをやっているのがばれてしまっては困るという、半次郎たちの側の思惑《おもわく》も大きかったのだろう。まったく、なんて連中だと茂七は思った。

「それともうひとつ考えられるのは、商売仇《がたき》だ。日道さまが流行《はや》り始めたんで、冷や飯を食ったりお茶をひく羽目《はめ》になった巫女《みこ》さんや拝み屋がいるだろう。そういう連中は、あんたらのことを面白く思ってないはずだからな」

半次郎はちょっと怯《おび》えたような目をした。

「それは考えていませんでした」

よほど後ろめたいことが多くて、そちらの方にばかり頭がいっていたのだろう。

「どっちにしろ、これについちゃ、あんたらから話を聞き出して、探っていかなきゃどうにもならんことだ。今まで引き受けた祈禱だの憑き物落としだののなかで、見料のことでもめたとか、効き目がなくて悶着《もんちやく》がおきたとか、そういう類《たぐい》のことはなかったかい？　商売仇らしい奴《やつ》らから、嫌がらせを受けたことはなかったか？」

「さて……すぐには何とも」

「そんなら、二、三日考えてみてくれ。思い出したことがあったら書き留めてくれてもいいよ」

半次郎は軽く首をすくめた。「私は無筆《むひつ》なもので」

これには驚いた。実を言えば茂七も、読み書きは岡《おか》っ引《ぴ》き稼業《かぎよう》に入ってから見よう見まねで覚えたもので、今でも漢字は苦手である。だが、三好屋当主の半次郎が無筆とは。

「お内儀さんは」

「あれは筆まめです」

「じゃあ、頼んで書いてもらってくれ。どんな小さなことでもいいからな。できたら、そういうことがあった大方《おおかた》の日付もわかると助かる」

帰り際《ぎわ》になって、茂七は、ちらっと日道さまを見舞っちゃいけないかと持ちかけてみた。半次郎は承知したが、眠っているから声はかけないでくれと言った。

半次郎の後をついて廊下をたどってゆくうちに、鼻の曲がりそうなひどい臭《にお》いを感じ始めた。思わず顔をしかめていると、

「膏薬《こうやく》の臭いなんですよ」と、半次郎が言った。「桂庵先生特製の膏薬でしてね。打ち身にはめっぽうよく効くそうで、確かに臭《くさ》いですが、この膏薬ほしさに江戸中から桂庵先生を訪ねてくる人が引きも切らないそうです」

日道の部屋は、茂七の通された座敷の奥の階段をあがり、二階のとっつきにあった。張り替えられたばかりなのだろう、真新しい唐紙《からかみ》は真っ白だ。柄《がら》も何もない。下手《へた》な絵がついていると気が散じると言って、日道が嫌うのだそうだ。

半次郎は声をかけず、唐紙をそっと開けた。膏薬の臭いが強くなった。茂七は、以前、かみさんが買ってきた卵を腐らせてしまい、ただ捨てるのも汚いと言ってそれを竈《かまど》に放り込んだときのことを思い出した。

座敷の中央に、絹の布団《ふとん》がのべてある。夜着《よぎ》がふわりと掛けられており、真ん中が少しふくらんでいた。日道は、夜着に潜《もぐ》り込んで眠っているらしい。まるで、何かから隠れようとしているみたいだ。頭のところがちょっとのぞいているだけで、その頭も、真っ白な晒《さらし》に包まれていた。

十歳ばかりの男の子の部屋だというのに、およそ殺風景なほどきれいに片づけれており、玩具《おもちゃ》の類も見あたらない。ここで日頃、長助は何をしているのだろうと茂七は思った。

「身体中《からだじゅう》、晒ぐるぐる巻きでございますよ」さすがにうなだれて、半次郎が言った。「足は両方折れてます。鼻もつぶされましてね。あの子の可愛《かわい》い顔が台無しだ」

長くとどまることはできなかった。

「おい、早く元気になるんだぞ」

小さくそう声をかけて、茂七はそこを離れた。

二

それから数日のあいだ、茂七はひとまず、先《せん》から抱えていた仕事の方を片づけることに専念した。この春、冬木町《ふゆきちょう》から仲町《なかちょう》のあたりにかけてひんぴんと盗みが起こり、そちらの探索に追われていたのである。一方で、誰かが猿江《さるえ》神社の社殿に不届きな落書きをしたうえ、灯籠《とうろう》をいくつか倒していったという面妖《めんよう》な事件も起こり、神主《かんぬし》からの依頼を受けて加納の旦那が乗りだしたので、そっちの手伝いもあった。茂七たち一党にとっては、御用繁多の春であったのだ。

それでも、仲町に出向いていったとき、ぶらりと相生屋本店には立ち寄ってみた。そのときは権三が一緒で、相生屋の構えが大きいのと、お店の一部で小売りされている品物の高価《たか》いのとに目をぱちぱちさせていたが、茂七が三好屋半次郎から聞いた話をしてみると、権三は、おとなしい彼にしては珍しく頭をのけぞらせて笑った。

「そりゃあ、親分、半次郎にいくら時をやっても、これまでのいきさつなんか、書いてよこしやしませんよ」

「おめえもそう思うか」

「ええ。半次郎にしてみれば、長助の怪我がよくなってほとぼりが冷めればそれでいいんですからね。それに、三好屋じゃ用心棒に浪人者を雇ったという噂も聞きますよ」

権三の言うとおり、猿江神社の件が落着し、茂七がひと息ついて三好屋のことを考え始めるころになっても、半次郎はうんともすんとも言ってこなかった。念のため、三好屋の奉公人たちに、日道を叩《たた》きのめした連中が、首尾を確かめに店の周《まわ》りをうろつくようなことがあるかもしれないから、見慣れない顔を見つけたらすぐに知らせてくれと言い含めておいたのだが、そちらの方も知らせがない。

「弱ったな。頭っから俺たちだけで探らねえと始まらねえか」

茂七はちょっと思案をし、浄心寺《じょうしんじ》裏でなかなか元気に商いをしている読売屋《よみうりや》を訪ねて、話の出所《でどころ》は伏せた上で、日道が襲われたことを書きたててくれまいかと頼んだ。この読売屋は、茂七がこの手のことをするときに力を借りるところで、今回もふたつ返事で引き受けてくれた。その日の午《ひる》過ぎには、日道さまが追剝ぎに遭いなすったという読売りが、本所深川《ほんじょふかがわ》だけでなく、大川の向こう側にも出回ることとなった。

「思ってた以上に、日道の名前は知られてるんだな」

読売りが出回ると、その巻き起こした話題の大きさに、茂七は大いに驚いた。かみさんは笑っている。

「はるばる八王子の方からあの子に拝んでもらいに来る人だっているそうですからね」

三好屋からは、この話を漏《も》らしたのは親分じゃありませんかというきつい剣《けん》つくが来たが、茂七は知らぬ顔をしていた。遣《つか》いの奉公人に日道の様子を尋ねると、どうにか話ができるようになり、重湯《おもゆ》も飲んでいるという。それなら、近いうちに会いに行こうかと茂七は考えた。日道本人の口からも、襲われる心当たりがあるかどうか訊《き》きたいところだ。

しかしその前に、茂七は先に梶屋《かじや》を訪ねることにした。表向きは船宿《ふなやど》だが、裏へ回れば深川一帯を仕切っているやくざ者の巣窟《そうくつ》である梶屋の主人・勝蔵《かつぞう》に渡りをつければ、少なくとも、誰かに雇われて日道を襲った男たちを見つけることはできるのじゃないかと考えたのだ。

「親分がじきじきに行きなさることはねえでしょう。あっしらが行って、まず三下《さんした》と話をつけてきますよ」

権三は止めたが、茂七はじかに勝蔵と話をしたかった。例の親父《おやじ》とのからみがあるからである。正体不明のあの親父と勝蔵との関わりが、茂七には気になって仕方がない。

例の親父とは、富岡橋《とみおかばし》のたもとに出ている稲荷寿司《いなりずし》屋台の親父である。めっぽう旨《うま》いものを食わせてくれ、そのうえ、茂七が行き悩んでいるとき、ぱっと目の前が開けるような助言をそれとなく投げてくれるこの親父、元は武士だったそうだが、あれこれの出来事と考えあわせると、どうも梶屋の勝蔵と知り合い——いや、血縁でさえあるような匂《にお》いがする。だとすれば、かなり突飛《とっぴ》な組み合わせだ。

まっこうから訊くことはできなくても、一度勝蔵とふたりで話すことができれば、少しは思案の材料も引き出すことができるだろう。茂七としては、こういう機会を待っていたのである。

ぶらりぶらりと梶屋を訪ねてゆくと、まだ軒先《のきさき》の掛行灯《かけあんどん》の文字さえ読めない距離にいるうちに、勝蔵の手下《てか》の若い男たちがわらわらと寄ってきた。

「天気がいいから、おめえたちも散歩かい」

梶屋の面した掘割には、猪牙舟《ちょきぶね》が二艘《そう》もやってあり、春の水にゆっくりとたゆたっている。若い男たちは表向きは船頭ということになっているのだが、手には櫓《ろ》を漕《こ》いでできるはずの胼胝《たこ》もなく、顔はつるりと白くて日焼けの影もない。

「親分さんはどちらにお出かけで」

「おめえらの大将に会いに来たのよ。いるかい？」

男たちはちらちらと目配《めくば》せをしあった。

「旦那はお客人と会ってるところです」

「なら、待たせてもらおう」茂七はまっすぐに梶屋へと進んだ。「座敷をひとつとってくれ。酒ももらおうか。俺だって、昼から花見酒の一杯もひっかけたところで罰《ばち》はあたるめえ」

「申し訳ござんせんが、あいにく座敷は一杯で」

茂七は、梶屋の二階の開け放たれた障子窓《しょうじまど》を見上げた。そこに布団が干してある。

「あの座敷でいいぜ」

「あすこにもお客がいるんでして」若い男がひとり、口許《くちもと》をひん曲げて笑った。

「お客が布団干しに来るのかい？」

言い捨てて、なおも梶屋にあがろうとすると、男たちは茂七の前に立ちふさがった。

「腰に十手《じって》で梶屋にあがろうってのは、親分さんにしちゃ野暮《やぼ》ですね」

茂七は笑って頭を振った。「俺は勝蔵をひっくくりに来たわけじゃねえ。用があって来たんだ。頼み事があってな」

隠すことはない。取り囲んでいる男たちに、日道の件を話してみた。

「子供を殴るなんざ、男の屑《くず》だ。そうは思わねえか？　そんな連中に、おめえらの縄張《しま》でもあるこの深川を大手を振って歩き回らせておいちゃ、梶屋の名がすたるってもんじゃねえのかね」

男たちは動揺したのか、茂七を取り囲む輪がちょっと乱れた。茂七はそこを走って突破してやろうと思った。が、そのとき、梶屋の入口を入ったところの階段を降りて、のっそりと勝蔵その人が姿を現した。

「うるせえ蠅《はえ》だ」と、茂七を睨《にら》んで吐き捨てた。諸肌脱《もろはだぬ》ぎで、太りじしの腹が見えている。

「聞いてたか。そんなら話は早い」

「拝み坊主のことなんか、俺の知ったことじゃねえや」

茂七は笑った。「どうやらおめえ、灸《きゅう》を据《す》えてるところだったらしいな」

勝蔵の太い肩に、もぐさの残りがくっついている。梶屋の戸口には、按摩《あんま》の杖《つえ》が立てかけてある。

「どっか具合が悪いのかい？　そのうちおめえだって、病本復《やまいほんぷく》を願って日道さまに拝んでもらう時がくるかもしれねえぞ」

「口の減らねえ野郎だ」

「俺に文句は百でも言うがいいさ。だがな、さっきも言ったが、子供を足腰立たなくなるほど殴りつける野郎が、おめえの縄張を荒らしたんだぞ。放っておいていいのかね」

勝蔵は三白眼《さんぱくがん》をさらに白くして茂七をねめつけた。

「岡っ引きなんかを、俺の座敷にあげるわけにはいかねえ」

「俺だって、おめえとさしで酒を飲もうとやって来たわけじゃねえんだ」

それができたら、屋台の親父の謎も解けやすくなるのだが。

「用件だけが通ればいい。どうだ、引き受けてくれるか」

勝蔵は手下の男たちを見た。皆、勝蔵の合図ひとつで茂七に飛びかかってくるだろう。が、勝蔵はびくりとも動かず、やがて低いだみ声でこう言った。

「頼まれたから探すわけじゃねえ。縄張を荒らされちゃ、俺の顔がつぶれるから探すんだ」

茂七は喜んだ。「名目はなんでもいいさ」

日道を叩きのめした連中を見つけたら、袋叩きにしたりしないで俺に知らせてくれと、念を押した。

「俺の用が済んだ後なら、連中にどんなきつい灸を据えてくれてもかまわねえがね」

勝蔵はのしのしと引き上げていった。茂七も踵《きびす》を返した。実はこのとき、十手は差していなかったのだが、それを口にする暇がなかった。


やがて桜はすっかり咲き揃《そろ》い、枝を飾って満開の花の宴《うたげ》のころとなった。勝蔵からの知らせはまだない。この件を片づけないことには酒も旨くないし、今年は花見もお預けだなと思っているところに、茂七の許《もと》に来客があった。

あたりが来たのである。読売りを頼んだ甲斐《かい》があった。その客は若い娘で、日道さまが襲われたことについて、襲った相手に心当たりがあるというのであった。

娘の名はお夏《なつ》。歳は十八。身体は小さいが気の勝《まさ》った娘のようで、たったひとりで茂七を訪ねてきて、物怖《ものお》じした様子も見せない。最初は日道さまのところへ相談に行こうかと思ったのだけれど、あちらではそれどころじゃないかもしれないと思い直し、道々、この土地の岡っ引きの親分はどこにお住まいかと人に訊きながらやってきたという。

「あたしは、神田皆川町《かんだみながわちょう》の伊勢屋《いせや》で女中奉公をしています」

粗末だが清潔ななりをしたお夏は、きちんと膝《ひざ》をそろえ手をついて挨拶《あいさつ》をして、切り出した。

「伊勢屋は大きなお店で、味噌問屋です。奉公にあがって、五年になります」

「躾《しつけ》の厳しいお店なんだな」と、茂七は微笑した。「そうかしこまらねえでいいよ。楽にしな」

お夏は「はい」とうなずいたが、背筋をしゃんと伸ばしたまま、ひどく神妙な顔をしている。見るからに生真面目《きまじめ》そうな娘だが、目の下のあたりがくたびれたように黒ずんでいるのが痛々しい。

「で、あんたは日道に拝んでもらったことがあるのかい？」

「いいえ。あたしがお願いしたのは人探しなんです」

お夏の許婚者《いいなずけ》で、同じ伊勢屋に住み込んでいる清一《せいいち》という男を探してほしいと頼みに行ったのだという。

「日道さまの噂は神田あたりにも聞こえてましたから、きっと清一さんを見つけてくれると思ったんです」

清一は伊勢屋の奉公人と言っても、手代《てだい》だ番頭だというのではなく、力仕事を主《おも》にする下男なのだそうだ。

「あの人がお店でもっと偉くなる人なら、旦那さまやお内儀さんたちにも反対されたでしょうけれど、あたしたちふたりとも下働きですから、所帯を持ちたいってお願いしたら、すぐに許していただけました。そのうえ、旦那さまが請け人になってくだすったんで、あたしたち長屋に入ることもできそうだったんです。本当なら、今ごろはとっくに所帯を持って、ふたりで暮らしてるはずでした」

ところが——

「ちょうどひと月くらい前ですけれど、清一さんがいなくなっちまったんです」

一日の仕事を終え、夕飯を済ませ、湯に行くと言って出たきり戻らないのだという。

茂七は訊いた。「出かけるときは、湯に行く支度《したく》をしてたかい?」

それがはっきりしないのだと、お夏は言う。

「あたしは台所にいて、行ってくるよって言う清一さんの声を聞いただけでした。あとでお店の人たちに訊いても、よくわかりませんでした」

住み込みの奉公人には、自分の勝手気ままにできる時間はほとんどない。遣いの行き帰りさえ走って行って走って戻るというくらいだ。何とか出かけられるとしたら、仕事が終わって寝るまでのわずかな時間だろう。だから、湯に行くというのは口実で、どこかほかに行ったのかもしれなかった。

「以前にも、湯に行って帰ってくるのがひどく遅くなったということはなかったかい？」

「なかったと思います。親分さんがおっしゃったように、伊勢屋は躾が厳しいですから」

「じゃ、清一さんが、いつか誰かに会いにゆくとかなんとか言ってたことはなかったかね」

お夏はかくりとうなずいた。「ありました。あたしと所帯を持つことが決まったころから、しょっちゅう言ってました」

誰とは言わない。だが、妙に気張った顔をして、

（所帯を持って、俺も一人前になるんだ。そのことを、どうしても会って知らせておきたい人がいるんだ）

独《ひと》り言《ごと》のように呟《つぶや》くことがあったという。

「嬉しそうな様子だったかい？」

「さあ……あたしには、なんか怒ってるみたいに聞こえたことの方が多かったです。だからあたしも、強《し》いて、それは誰のことかって訊けなくて。怖いようで」

しかし、消えた清一を探すのに、手がかりといったらそんな謎めいた台詞《せりふ》しかない。お夏は伊勢屋の主人夫婦に頼み込み、食も減らし寝る時間を削って心当たりを探し回ったが、清一の行方《ゆくえ》はまったくわからなかった。

「それで、日道を訪ねたというわけか」

お夏には少ないが蓄《たくわ》えがあった。それをはたくつもりで三好屋へ行ってみたのだが、最初は断られてしまった。お夏の出す金では、決まりの見料《けんりょう》の半分にも満たないというのである。

だがお夏にはもうほかに手がない。必死で毎日通い、玄関先で土下座して頼み込むと、日道その人が出てきて、可哀相だから観《み》てあげようと言ってくれたという。お夏が心をこめて「日道さま」と呼ぶのは、そのときの感謝を忘れていないからであるようだ。

「日道さまは、清一さんの持ち物を何か持ってくるようにとおっしゃいました」

そこでお夏は、彼の着物を持っていった。すると日道はそれを霊視し、ほとんど即座に、気の毒だけれどこの人は死んでいると言った。

お夏の声が、ここで割れた。辛いのだろう。泣くまいとこらえる口許が、下手な仕立物の縫い目のように引きつった。

「清一さんがひどい怪我をしているのが見える。あれでは、たぶん死んでいるだろうって。場所はまだよくわからない。もっとよく観てみるから、二、三日この着物を貸してくれって」

数日おいて、日道から遣いが来た。お夏が飛んで行ってみると、清一のいる場所が「見えた」という。

「深川の内のどこかで、広い庭に、江戸じゃ珍しい大きなしだれ桜のある家のなかだっておっしゃるんです。清一さんはそこで怪我をしたかさせられたかして命を落として、そのしだれ桜の根元に埋められてるっていうんです」

しだれ桜という手がかりひとつを頼りに、お夏は必死で深川中を探した。躾は厳しくても情には厚いのか、伊勢屋主人夫婦もお夏を哀れみ、彼女が出歩くことを許してくれただけでなく、お夏や清一の仲間である奉公人をひとり、手伝いにつけてくれた。ただし、期限は半月《はんつき》と区切って。半月たって見つからなかったら諦《あきら》めろというのだ。

しかし、お夏の執念は天に届いた。期限ぎりぎりになって、ついにしだれ桜の大木のある家を見つけることができたのだ。

「深川の十万坪《じゅうまんつぼ》にある、角田《つのだ》っていう地主の屋敷なんです」

ほう……と、茂七は声に出して言った。十万坪の角田と言ったら、大地主である。当主はたしか角田七右衛門《しちえもん》。茂七とおっつかっつの年頃のはずだが、その身代と言ったら茂七が一生かかったって稼ぎ出すことのできる嵩《かさ》ではない。

お夏は角田家を訪ねた。当然のことながら相手にはしてもらえなかった。先方としては、もの狂いのような若い女に突然押し掛けられ、迷惑千万というところだったのだろう。

「だけど、あたしが清一さんの名前を出したとき、ちょっとだけひるんだような顔をしました。相手をしてくれたのは角田の家の女中さんだったけど、確かに、顔色が変わったんです」

お夏はこれに力を得て食い下がった。毎日通った。するとあるとき、当主の七右衛門がじきじきに勝手口まで出てきて、乱暴にお夏を外に追い出し、小粒をいくらか投げつけて、これで諦めて帰れと怒鳴りつけた。

悔し涙がこみあげてきたのか、お夏はぐっとこらえて顎を引いた。気丈に言葉を続けたが、口が震えた。

「あたし、けっして諦めないって怒鳴り返しました。清一さんもあたしも、身寄りなんかありません。ふたりとも捨て子で、今の奉公先をつかむまで、死ぬような苦労をして、やっとここまで来たんです。あたしには、清一さんがたったひとりの家族なんです。清一さんにとっても、あたしひとりが身内なんです。見捨てることなんかできませんって」

お夏は、今も七右衛門が目の前にいるかのように、声を振り絞った。

「あたし、そのときに、日道さまに霊視でここを突き止めてもらったんだってことも言っちまったんです。清一さんはあのしだれ桜の下に埋められてるんだ、あたしは知ってるって」

とうとう、お夏の勝ち気そうな目から涙が落ちた。お夏の見たところでは、しだれ桜の根元の土が、掘り起こされたばかりのようになっていたともいう。

「で、それ以後はどうした」茂七は優しく促した。「半月はとうに経《た》っちまってるだろうに」

「どうにもできやしません。おっしゃるとおり、期限も切れたし。あたし、お店をやめる覚悟でいたんですけど、旦那さまに叱《しか》られて止められました」

伊勢屋の主人は、日道の言うことがどこまであてにできるかわからない、あてもないことに賭《か》けて、他人様《ひとさま》に人殺しの疑いをかけるなんてもってのほかだ、どういう事情で姿を消したにしろ、清一は、生きていればきっと帰ってくるだろうし、帰って来なければそれだけの男だったのだと思って諦めろと、お夏を諭《さと》したそうだ。

「それでおめえは、日道を襲わせたのが、角田七右衛門だと思うわけだな？」

お夏の目が光った。涙の名残《なごり》のせいではなく、内側から、まるで剣のきっ先がひらめくように鋭く。

「そうに決まってます。角田の人たち、日道さまにもっとあれこれ霊視されたら困るから、それであんなひどいことをやったんです」

茂七は懐で腕を組んだ。お夏の言い分はよくわかるし、話の筋道も通る。角田七右衛門には怪しいところがありそうだ。何も後ろ暗いことがないのなら、闇雲《やみくも》にお夏に辛く当たったりせず、説いて聞かせて帰らせれば済むところなのに、犬に餌《えさ》を投げるように金を投げ与えて追い返そうとしたところなど、茂七の心に引っかかる。とりあえず、十万坪に行ってみるだけの価値のある話を聞いたと思った。

三

深川は埋め立てで造られた新開地である。大川に近い方ほどよく開け、町も混み合い、八幡様の門前町はにぎわいお茶屋や遊郭は人を集める。だが、東へ進んで下総《しもうさ》の国が近くなればなるほど、町屋は少なくなり、田畑がつらなり、元々の素顔であるだだっ広い埋め立て地の顔が露《あらわ》になってくる。

通称十万坪・六万坪と呼ばれるあたりは、一面に田圃《たんぼ》が広がり、ところどころに地主の屋敷や大大名の広大な下屋敷が点在する場所だ。あまりにも広く、空は高く、掘割は青く、江戸の洒落《しやれ》のめした匂いに代わり、稲の青臭《あおくさ》さと肥やしの臭いが風に乗って運ばれてくる。

地主の角田七右衛門の屋敷は、十万坪の西側に、一橋《ひとつばし》様の呆《あき》れるほど大きなお屋敷をはばかるように、少し南へさがったところに田圃に囲まれて建っていた。母屋《おも や》と離れを植え込みが囲み、掘割から水を引いて庭には池をこしらえてある。

「でかいですねえ」

あぜ道を歩きにくそうに進みながら、糸吉が感嘆の声をあげた。

「こっちの方に来るのは初めてだったかい？」

「へい。木置場《きおきば》のあたりの方がまだ馴染《なじ》みがありますね。こりゃ、とんと田舎だぜ」

途中で肥やしを積んだ荷車とすれ違うと、糸吉は顔をしかめて腰を引いた。茂七は荷車を引いていた老人を呼び止め、角田七右衛門さんに会いに来たのだが――と訊《き》いてみた。

老人は、珍しそうに茂七と糸吉の顔を見くらべると、鰹節《かつおぶし》のような色合いにまで日焼けした頰《ほお》をゆるめた。

「おまえさまたちも、お祝いにおいでなすったんですかえ」

「お祝い？　角田の家に祝い事があるのかい？」

「へい。お嬢さんが婿《むこ》をとることが決まりましたんで。今日が結納《ゆいのう》で、祝言《しゅうげん》は半月先です。そのときには、あっしらにも振る舞い酒が出るそうで」

老人を見送って、「いいときに来たな」と茂七は言った。「七右衛門も機嫌がいいだろう」

角田家に近づいてゆくと、遠くからでも、植え込みのすぐ内側、母屋の西側に、ひと目でそれとわかるしだれ桜の大木が、しなやかな枝を乱れ髪のように風になびかせているのが見えてきた。気の早い糸吉は、走って近づいて行ったが、背伸びをしたり飛び上がったりしてみても、「根元の土が新しいかどうかなんて、あっしには見分けがつかねえや」と言った。

しだれ桜は本来上方《かみがた》のもので、江戸ではめったにお目にかかることがない。だが、普通に茂七たちが目にする桜より、開花の遅いものであるらしい。枝にはまだ花びらのひとひらもなく、ただ枝全体がほんのりと紅色に染まって見えるだけだった。

どんなときにも表玄関からは出入りしないのが岡っ引きの習いである。厩《うまや》の脇を通って母屋の勝手口に回り、お役目でお尋ねしたいことがあってお訪ねしたと告げると、茂七たちは奥に通された。床の間もない、余計な飾りのない簡素な座敷だが、畳替えをしたばかりなのか、い草《ぐさ》が香る。すぐに、三好屋のおたきとはおよそ風情《ふぜい》の違う、上品な中年の女中が茶を持ってやってきた。

供《きょう》された茶碗の中身を見ると、桜湯《さくらゆ》だった。塩漬けにした桜の花びらを浮かべてあるのだ。

「お嬢さんのご結納だそうで。お祝い事のさなかにお邪魔しまして、とんだ無粋を働きました」

「いいえ、とんでもない。どうぞ、気持ちだけでございますが」

一度下がった女中は、料理や酒も運んできた。茂七たちは辞退したが、祝い事だから相伴《しょうばん》してくれという。

「旦那さまはまもなく参ります。お待たせするあいだ、どうぞお召し上がりください」

遠慮するのも失礼ですよと、糸吉は料理に手をつけた。心なし嬉しそうである。

四半刻《しはんとき》（三十分）ほどして、七右衛門がやってきた。時が時だから、紋付《もんつ》き袴《はかま》姿である。なかなかの偉丈夫《いじょうふ》で、目鼻立ちがはっきりとしている。髪はごま塩で、それがまた品がいい。一見して、若いころはさぞかし女泣かせだったろうと思わせる老人だった。

袴をしゅっと鳴らして、七右衛門は上座に座った。人に見上げられることに慣れきった者の鷹揚《おうよう》な態度だった。

「このたびは、まことにおめでとうございます」茂七は畳に手をついて丁重に挨拶をした。

「お祝い事をお邪魔しまして、申し訳ございません。おまけに私らまでご相伴にあずかりまして……。本来なら日をあらためて出直して来るべきところですが、何分《なにぶん》御用の向きで急いでおりますので、失礼を承知で待たせていただきました」

岡っ引きに訪ねて来られるなど、何もないときでさえ不愉快なことだろうに、先んじた茂七の挨拶が効いたのか、七右衛門は怒りを顔には出さなかった。

「お役目とあれば仕方がない」太い声で、てきぱきと言った。「しかし、こういう次第ですのでな。手早く済ませていただきたい」

承知しましたと頭を下げて、茂七はお夏の一件を話した。その名を聞いたとたん、それまで上機嫌だった七右衛門の顔が曇った。祝い酒で赤くなった顔が歪《ゆが》むと、まるで仁王様のようだ。

「あの娘は気がふれているんだ」と、吐き捨てるように言った。「あんな娘の言うことを、あんたたちはまともに受け取るのかね」

茂七は落ち着き払って言った。「お夏の言うことだけを真《ま》に受けたわけじゃありません。ほかにもろもろございまして」

七右衛門は、勝蔵の手下みたいな粗暴な様子で、ふんと鼻を鳴らした。

「日道とかいう坊ずの言うことを、おまえさんたちも信じるのか？」

「いえ、日道が何を言ったかというより、日道が近頃人に襲われて、瀕死《ひんし》の怪我を負ったということの方が大事なんで」

七右衛門はびくりとした。かつてお夏が初めてここを訪ねてきて清一の名を出したとき、応対していた女中が顔色を変えたと言うが、そのときもこんな様子だったのだろう。角田家の人びとがどういう気質であれ、隠れて何をしているのであれ、かなり正直な人柄であることに間違いはなさそうだ。

「そのことが、私どもとどんな関《かか》わりがあるのだろうかね」

「私らは、お夏の言っている雲をつかむような人殺しの話ではなくて、殺されかかった日道のことを気にしているのですよ。誰がそんなことをやらせたのか、突き止めたいんです。それで、少しでも日道に怒りを抱いている様子の人たちを探し出しちゃ、こうして会いにうかがっているというわけで」

七右衛門は笑い出した。「それなら、なおさら私など関わりはないよ。馬鹿げた話で迷惑だとは思うが、かといってそれを吹聴《ふいちよう》した者をどうこうしようというほどのことではないからな」

「あのしだれ桜の根元に亡骸《なきがら》が埋められているなんてことを言われてもですか？」

七右衛門の笑いが消えた。

「根元の土が新しいようですね。掘り返した跡なんじゃないですかい？」

七右衛門のくちびるが、刃物のように薄くなった。微笑したらしい。

「しだれ桜は上方のものだ」

「へい、それは存じてます」

「あちらは江戸よりずっと暖かい。こちらでは春先でも霜《しも》が降りるし、空《から》っ風も吹く。しだれ桜を江戸で咲かそうと思ったら、始終金《かね》と人手《ひとで》をかけて手入れをしなくてはならないんだよ。地味《ちみ》が肥えるように、霜で固まらないように、根元を掘って新しい土を足すこともする。信じられないなら、うちに出入りしている庭師に訊いてみるといい」

そのあとは、茂七が何を言っても、七右衛門は取り合わなかった。関わりない、知らないを繰り返し、話の途中で再び袴を鳴らしてさっと立った。

「同じ話を繰り返していても仕方がない。私はこれで失礼しますよ。それが必要なら家の者たちに話を訊いてもらってもかまわないが、何分今日は娘の結納だ。ひとり娘の婿とりだから、客も呼んでにぎやかに披露している。あまり、邪魔立てするようなことは控えていただきたい」

客がどこに集まっているのか知らないが、どんな喧噪《けんそう》も聞こえてはこない。それだけ屋敷が広いのだ。

糸吉はつまらなそうに、料理の残った皿の脇に両肘《りょうひじ》をついた。

「親分、あんな馬鹿丁寧な口をきくんだもんなあ。もっと脅《おど》しつけてやりゃあよかったんですよ」

「相手は大地主だ。梶屋とはわけが違うよ」

茂七は冷えた料理をゆっくりと平らげた。糸吉が厠《かわや》を借りてくると立ち上がるのと入れ違いに、さっきの女中が膳を下げに来た。茂七たちがまだ居座っているのに驚いた様子だった。

「またお邪魔しますよ」と茂七が言うと、露骨に嫌な顔をした。

帰り道、屋敷が広すぎて迷っちまいそうで、どこが厠だかわからなかったという糸吉は、人目を盗んで田圃で立ち小便を垂れた。しきりに小鼻をひくひくさせ、

「やっぱりあっしは、田舎は嫌いだね」と文句も垂れる。「あんな立派な屋敷だけど、家のなかまで肥やしの臭いがするんですよ。廊下の奥の方へ行ってみたら、鼻がひん曲がりそうになっちまった」

茂七は糸吉に、二日に一度は角田家に顔を出し、周りをうろうろしていることを知らせてこい、と命じた。何か訊かれても答えることはない、ただ挨拶して帰ってくればいい、と。

一方で、面が割れていない権三には、角田家の周りをつぶさに調べ、出入りの商

人や小作人たちに聞き込んで、清一が姿を消した頃、角田家でいつもと違った人の出入りや不審な出来事がなかったかどうか調べ上げるようにと命令した。ふたりは——田舎嫌いの糸吉はぶつくさ言ったが——すぐにとりかかり、茂七はまた懐手《ふところで》をして考えた。

これという決め手がないだけに、今は動きようがない。角田七右衛門の様子は確かに妙だが、それが清一と関わりがあるのかないのか、さっぱり見当がつかない。こんなときには、かえってあたふたしないほうがいいものだ。

梶屋からはまだ何も知らせてこない。思い立って、茂七は稲荷寿司の屋台へ行くことにした。夜になって権三と糸吉が戻るのを待ち、ふたりを連れて家を出た。

花見に頃合いの夜で、富岡橋のたもとの屋台は混んでいた。並んで酒を売っている猪助《いのすけ》も大繁盛だ。茂七は、いつもと変わらず物静かに口数少なく商いをしている親父に、権三と糸吉を引き合わせた。親父は喜び、茂七たちのために長腰掛《ながこしか》けをひとつ空けて次々と料理を出してきた。

「相当の腕前ですね」

鰆《さわら》の塩焼きをつつきながら、権三が言った。糸吉は大満足顔で料理を平らげ、居合わせた他の客たちと笑いさざめいたりして大いに楽しんでいる。

「おめえ、あの親父をどう思う？　根っからの板前だと思うかい？」

権三は穏和な顔をほころばせた。「あっしは元はお店者《たなもの》です。今は親分の手下になりましたけど、それでもお店者の匂いは残ってるでしょう?」

「うん。おめえはそろばん玉のような顔をしてるしな」

権三はあははと笑った。「あの親父にも、前の暮らしの匂いがあるように、あっしには見えます」

「先《せん》は何者だったと思う」

少し間《ま》をおいてから、権三は答えた。「包丁と刀は通じますね」

やはり、武士と思うのか。茂七は満足した。

酒が回るにつれて屋台の周りはにぎやかになり、お調子者が「花見の花が足りねえ。調達してこよう」などと言って出かけたかと思うと、どこかから桜の大枝《おおえだ》を折り盗《と》って戻ってきた。だが、茂七たちが腰を据えて飲んでいるうちに、それらの騒がしい客たちも次第に引けてゆき、真夜中に近くなると、とうとう茂七たち三人だけになった。

「そろそろおつもりにしましょうか」と、親父が声をかけてきた。「蜆汁《しじみじる》をつくりましたよ」

茂七たちは親父の前の腰掛けに移り、熱い蜆汁に白い飯を味わった。猪助はそろそろ帰り支度にかかり、頭巾《ずきん》で禿頭《はげあたま》を包んでいる。

「帰りの樽《たる》が軽くていいだろう?」と、茂七は笑った。猪助は頭を下げて帰って行った。

それを待っていたかのように、糸吉の飯のお代わりをよそいながら、親父が言い出した。

「日道坊やの件はどうなりましたか」

糸吉がぎょっとしたように親父を見上げ、権三は茂七を見た。茂七はふたりにうなずきかけてから、親父に答えた。

「それが、妙なことになっててな」

糸吉が、本当にいいのかというような顔で見守る脇で、茂七は事の顚末《てんまつ》を親父に話した。親父は黙々と手を動かしながら聞いていたが、やがて目をあげると、

「あんな子供を襲うとは、人でなしのやることだ」と、珍しく強い口調で言い切った。

「まあな。だが、日道のやり口も誉《ほ》められたことじゃねえ。まあ、ぼろ儲《もう》けのつけが高くついたことは確かだが、これで少しは懲《こ》りたろう」

親父は苦笑した。額に深いしわが寄る。

「親分がそういう突っ放した言い方をなさるのは、日道坊やのときだけだ」

「そうかな。俺はそう情に厚い岡っ引きじゃないんだぜ」

「あの子に本当に霊視ができるとお思いですか」

「さて、どうだろう」茂七は蜆汁を飲み終え、椀《わん》を置いて親父を見上げた。「正直言って、わからねえんだ」

「権三さんや糸吉さんはいかがです」

ふたりはちらと顔を見合わせた。糸吉が権三を肘でつついた。

「霊視ということは、あるんじゃねえかと思います」と、権三は答えた。「ただ、日道についちゃ、少し話が大げさすぎると思いますね。いくら霊視でも、あれほど詳しく見えるかどうか」

親父は屋台の後ろに腰をおろすと、ゆっくりとうなずいた。「私も同じように思います。親分、お気づきですか。あの三好屋の半次郎は、昔、岡っ引きの手下だったことのある男ですよ」

茂七も権三も糸吉も、立ち上がりかけるほどに驚いた。

「え、ホントかい？」

糸吉は目をぐりぐりさせる。

「だって三好屋の跡取りだったのに」

「若いころに、放蕩三昧《ほうとうざんまい》がたたって、一時勘当《かんどう》されていたんですよ。付き合う仲間が悪かったんでしょう。挙げ句に博打場《ばくちば》の手入れで捕まりましてね。それがきっかけで、岡っ引きの手下になったんです。確か、本郷《ほんごう》の方だと思いますが」

茂七やふたりの手下は違うが、いったいに岡っ引きやその小者《こもの》たちは、臑《すね》に傷《きず》持つ身であることが多い。つまり、最初は言ってみれば垂れ込み屋なのだ。親父が言ったように、博打で挙げられて、罪を許される代わりにお上のために働く——という例など、岡っ引き稼業のあいだではよく耳にする話である。

茂七は、三好屋半次郎の落ち着きのない目配りを思い出していた。ああいう目つきをどこかで見たことがあると思ったものだが、そうかあれは岡っ引きの目か。あまりに近いので、かえってすぐには思い至らなかったのだ。

「しかし親父さん、どうしてそんなことを知っていなさるんです」

持ち前の滑らかな声で、権三が尋ねた。親父は微笑して、

「多少、縁がありまして小耳にはさんだんですよ」と答えた。「それより、日道坊やが霊視している事の内容は、その大方は、半次郎が調べ上げたことじゃないかと、私は睨んでいるんですが」

「というと？」

「日道坊やの霊視はいつも、その場でするものじゃあないでしょう。何日か日をおいて、ご託宣《たくせん》をする。探索ごとのいろはを知っている半次郎なら、それだけあれば、頼み事を持ってきた人たちの周りをざっと調べることぐらい、易《やさ》しい仕事じゃ

ないですか。昔とった杵柄《きねづか》ですよ。もちろん半次郎だけの仕事じゃなく、たぶん、昔の仲間を頼って使っているんじゃないかとも思いますがね」

茂七は親父の意見を吟味してみて、納得できる節《ふし》があると思った。なるほど、失せ物探しや人探しは本来岡っ引きの仕事だし、人の恨みを受けて祟《たた》りがかかったなどの事情も、ちょっと手間をかければ造作《ぞうさ》なく調べ上げることができる。ただ、日道の許《もと》に持ち込まれる事件は、そもそも岡っ引きが相手にしないか、あるいは頼む側が表沙汰にしたくないと思っているような類のものが多いというだけの違いである。

事情がわかってしまえば、あとは易しい。失せ物や人は見つけてやるか、手がかりを与えてやればいいのだし、祟りだ憑き物だという場合には、それらしい祈禱《きとう》をあげてやればいいのだから。

「だけどそれだって、最初のとっかかりってもんが要《い》るでしょう」と、糸吉がまだ目を丸くしたまま言った。「何のとっかかりもなくちゃ、半次郎だって調べようがねえ」

親父はうなずいた。「ええ。だから、もしも日道坊やが霊視をしているとしたら、その部分じゃないでしょうかね」

そのとき、権三が屋台の向こうの暗闇《くらやみ》の方へ顔を振り向けた。茂七もつられてそちらを見た。

誰か近づいてくる。

「あれ、梶屋だ……」と、糸吉が呟いた。

そのとおり、勝蔵だった。何やら思いにふけっているようで、ごつい顔をうつむけ、茂七たちに気づく様子もなくひたひたと雪駄《せった》を鳴らしてやってくる。

「よう、おめえも一杯やりに来たのかい」と、茂七は声をかけた。「空いてるよ。ただ、今夜は酒を売りきって、猪助じいさんは帰っちまったがな」

勝蔵は、滑稽《こっけい》なほどに驚いた様子を見せた。糸吉が忍び笑いをもらしたほどだった。屋台の親父は両手を下げて、暗がりに立つ勝蔵を、まぶしいものでも見るように目を細めて見つめていた。権三がそんな親父を見ている。

勝蔵は立ち止まり、肩を怒らせた。茂七はこいつはとんだ長《なが》っ尻《ちり》で邪魔をしちまったなと思った。勝蔵は今夜、どういう理由《わけ》があるにしろ、親父に会いにやって来たのだ。そのことで頭が一杯だったから、今の今まで茂七たちのいることにも気づかなかったのだ。

勝蔵ははったと糸吉を睨んだ。糸吉は笑いを引っ込めた。

「連中は、まだ見つからねえ」糸吉を睨んだまま、勝蔵は茂七に言った。「だが、糸は見えてきてる。もうじき、何とかなるだろうよ」

もう、屋台に近づく気はないようだ。茂七は言った。「ありがとうよ。よろしく頼んだぜ」

勝蔵は去ってゆく。来たときよりも早足《はやあし》だ。彼の姿が闇に消えると、それまで菊人形かなんかのようにじっとしていた親父が、急に動き出した。

「親分さんたち、甘いものは欲しくありませんか」

「あっしは好きだ」と、権三が言った。「何ですか」

「季節のもので、桜餅《さくらもち》ですよ」

「親父がこしらえたのか」

「ええ。でも、桜の葉の塩漬けは間に合いませんでしたからね。菓子づくりを習いに行っているところから分けてもらってきました。来年の春には、全部自分でできるでしょうが」

小さな桜餅が、皿に乗せられて出てきた。熱い番茶をもらって、茂七たちはそれを味わった。親父は桜餅を包んだものをふたつ用意すると、

「ひとつはおかみさんに。ひとつは、日道坊やの見舞いにしてください。親分は、三好屋に行きなさるでしょう？」

「ああ、行くよ。預かろう。あの子も喜ぶだろうよ」

どうせならこれも見舞いにと、糸吉が、先の客が折り盗ってきたきりそこらに転

がされていた桜の枝から、細い小枝を折り取った。

四

翌日、茂七が三好屋を訪ねてゆくと、折良くちょうど医者が来ていて、日道は起きているという。

治療が済んで桂庵が出てきたところをつかまえて、様子を訊いてみた。若々しい顔だが総髪には白髪《しらが》の混じっているところをみると、桂庵は四十ぐらいだろうか。落ち着いた口調で、多少月日はかかるが、日道は元通りの身体になるだろうと請け合った。

「先生の腕がいいからだ。いや、あっしからも御礼申します」

そばに寄ると、桂庵の身体からも例の膏薬の臭いがした。茂七の顔を見て、医師は屈託なく笑った。

「臭いでしょう。しかし、この膏薬のおかげで私は名をなしたのですよ」

「この膏薬は、先生の処方で」

「そうですよ」

「他所《よそ》では手に入りませんか」

「いや、そんなことはない。頼まれれば、つくって他所に渡すこともあります。かなりの量になるので、家内は、この調合で大わらわの毎日だ」

医師を見送って、茂七は日道の部屋へと足を向けた。長話は駄目だと釘《くぎ》を刺されている。土産《みやげ》だけでも渡してやればいいかとも思った。

日道は寝床の上に起きあがり、母親だろう、襷《たすき》をかけた女が彼に寝間着《ねまき》を着せていた。身体は晒でぐるぐる巻きにされているが、赤黒い痣《あざ》がところどころにはみ出している。片目が腫《は》れあがり、ほとんどふさがっているのが痛々しい。座敷中に、桂庵特製の膏薬の臭いがこもっていた。

「親分さん」襷の女がさっと進み出て、日道をかばった。「三好屋の家内の美智《みち》です。お話ならあたしがうかがいますから」

「いや、いいんだよ。難しいことを言いに来たわけじゃねえ」

茂七は懐から桜餅の包みを出した。

「富岡橋のたもとに旨い稲荷寿司屋がいてな。近頃じゃ菓子もつくる。桜餅だ。あの屋台の親父のことは知ってるだろう？　先《せん》にここに来たことがあるからな」

「そっちは桜ですね」と、日道が――いや、か細い声の、今は三好屋の長助だ――茂七が片手に持っている桜の枝に目をとめて言った。

「もうそんなに咲いてるんだ」

「ああ、満開だよ。花見をし損じて残念だったな」

茂七は、桜の枝を畳の上に置いてやった。お美智は警戒するような顔つきで長助と茂七を見比べている。

「おっかさん、桜餅を食べたいよ。喉《のど》も渇《かわ》いた。お湯を持ってきて」と長助が言った。

お美智は振り向き振り向き出ていった。すごい勢いでとって返してくることだろう。時間はあまりない。

「命を拾って、よかったな」

布団の脇に近寄って、茂七は言った。長助は黙ってこっくりをした。

「おめえを襲った連中を見つけ出して、ぎゅうと言わせてやるつもりだ。だが、正直言ってどうも雲をつかむようでな。おめえに、何か心当たりはねえかい？」

長助は、無惨《むざん》に腫れあがったまぶたをしばたたき、黙っている。茂七は哀れでたまらなくなってきて、つい口に出した。

「なあ、おめえ。こんなことはもう止《や》めたらどうだ」

長助は茂七を見た。疲れたような顔をしている。

「おめえの霊視とやらは、親父さんが調べ上げたことをしゃべってるだけなんじゃねえのかい？　おめえの親父さんは、勘当が解けてここへ帰ってきて跡をとるまで、岡っ引きの手下をしてたんだ。そうだろう?」

長助は、茂七にもらった桜の枝をつかもうとして、つかみ損ねた。手も晒で巻かれている。茂七は桜の枝をつかみ、夜着の上に乗せた。

「きれいだね」と、長助は言った。

ふたりで黙り込んでいた。もうすぐ、お美智が戻ってくるだろう。茂七は諦めかけた。が、長助がうつむいたまま、ぽつりとこぼすように言った。

「本当に見えることもあるんだよ」

傷ついた子供の顔は、怖いほどに真剣で、それでいてひどく悲しそうだった。

「そうか……」と、茂七はうなずいた。「でも、見えても黙っていりゃいいだろう。おめえだって、こんなひどい目に遭わされるのは、もう嫌だろう?」

「おとっつぁんが……」

茂七は首を振った。「見えなくなったって言えばいい。三好屋は繁盛してるんだ。見料が入らなくなったって、ちっとも困りゃしねえ」

長助は茂七の目を見た。晒とまだらな痣のあいだからのぞく瞳が、そのときだけ、日道の目に戻ったように茂七には思えた。

「だけど、おいらを頼りに来る人たちをがっかりさせられないよ」

茂七は言葉をなくしてしまった。強《し》いて心を叱咤《しった》して、続けた。

「お夏って娘が訪ねてきたときのこと、覚えてるか。許婚者を探してくれって」

同情して、じかに引き受けた話だったからだろう。日道は覚えていた。

「あの霊視はどうだ。おめえはどこまで見た？　本当に、清一って男がしだれ桜の下に埋められているのを見たのかい？」

日道は首を振った。怪我のせいで気も弱り、子供の心に返っているのだろう。てらいもなく、素直な口調で、「しだれ桜と、男の人が大怪我をしてるところまでは、見た」

「じゃ、あとはおとっつぁんの？」

「そう。調べたら、桜の木の下の土に掘り返した跡があったって。そこに埋められてることにしようって。どうせ、確かめられることじゃないからね」

今さらのように、茂七は腹が立ってきた。

「おとっつぁんも罪なことをするな」

「……ごめんよ」

「お夏にだけじゃねえよ。誰よりも、おめえに酷なことをしてるって言ってるんだ」

日道は晒に巻かれた手から指を出して、桜の花びらに触れた。

「屋台の小父《おじ》さんに、桜餅ありがとうと言ってください」

「……うん」

「あの小父さんの隠してること、親分に教えようか」

茂七の心をのぞきこむように、ちょっと首をかしげ、日道は言った。

「あの小父さん、誰かを探しているんだよ。あそこで屋台を張ってるのはそのためだよ。その誰かに、とっても会いたがっているんだ」

茂七はゆっくりと言った。「それは、おめえの霊視か？」

「うん」

「じゃあ、今言ったことは腹のなかにしまっておきな」

そこへ、お美智が戻ってきた。半次郎まで一緒だった。

「もうおいとまするところだよ」茂七は立ち上がった。「倅さんを大事にな」

出てゆく茂七の背後で、白い唐紙がぴしゃりと閉まった。


それから数日後、探索の甲斐があって、権三が収穫を持って帰ってきた。角田家のそばに住んでいる小作人が、ちょうど清一が姿を消した夜、見慣れない男が地主の家に入ってゆくのを見かけたというのだ。

「病気の馬の面倒をみていて、遅くまで起きてたっていうんですよ。訊いてみると、その男の背格好は清一によく似ていました。男は、すぐには家のなかに入らずに、しばらく植え込みのあたりをうろうろしていたそうで。満月の夜だったから、小作人は男の顔も見ていました。清一の人相書きを見せたら、間違いないと言いましたよ」

　では、清一はやはり角田家を訪ねていたのだ。日道は、彼が大怪我をしていると言った。その傷が因《もと》で死んだのか。死んで埋められているのか。

　眉間《みけん》にしわを寄せて考え込んでいると、権三が続けた。「それと親分、角田の家には、ときどき医者が出入りしてますよ」

「医者？」

「ええ。七右衛門が痛風持ちだとかで。薬箱を担《かつ》いだお供を連れて、三日に一度くらいの割で医者が通ってくるんですよ」

　茂七はぽかんと口を開いた。しばらくそうしていた。それから、座ったまま大声で糸吉を呼んだ。権三と一緒に帰ってきて、台所でかみさんを手伝っていた糸吉が、びっくりして飛んできた。

「何です？」

「おめえ、角田の家で厠を借りようとしたとき、あの家のなかは妙に臭いと言ってたよな？」

「へ？」糸吉は間抜けな声を出した。「臭いって、何が」

「臭《にお》ったと言ったろう。肥やしの臭いが」

「ああ、ああ、そうです」

「それは本当に肥やしの臭いだったか？　間違いねえか？」

「さあ……」糸吉は首をひねる。「どうかなあ。鼻の曲がるような臭いだったけど」

茂七は糸吉を連れ出すと、浅草の桂庵の住まいまで走って行った。家に近づくと、糸吉が飛び上がるようにして言った。

「親分、この臭いですよ！」


茂七は権三と糸吉を連れ、お夏を伴い、桂庵にも同道してもらって、再び角田七右衛門を訪ねた。お夏は走るようにしてついてきた。

清一は、確かに角田家にいるのである。ただ、殺されてはいない。たぶん怪我をして動きがとれなくなっているのだ。角田家では彼を閉じこめ、膏薬を使い医師に診《み》せて密《ひそ》かに治療をしているのだろう。清一は消えたのでも、死んだのでもない。ただ、入ったきり出てこないというだけのことだ。

応対した七右衛門は、怒りを露《あらわ》に、知らぬ存ぜぬを繰り返していたが、茂七が小作人が清一の顔を見ていることを話し、桂庵の膏薬の臭いを指摘し、誰が使っているのかと問いつめると、ようやく折れた。

「清一は、離れに閉じこめてあります」と、悔しそうに奥歯を噛《か》みしめながら言った。

「あの夜押し掛けてきて騒ぎを起こしたので、家の者を呼んで止めようとしたときに、少し度がすぎてあれを痛めつけてしまいました。傷が治ったら、金を与えて江戸を出そうと思っていた」

お夏が叫んだ。「それならそれで、どうしてあたしに話してくれなかったんです？」

七右衛門は冷たかった。「話せば、事が公《おおやけ》になる。娘の縁談にもさわるかもしれん。どうせ清一など、ろくな男じゃない。あんたも早く忘れた方がいい」

「ひどいわ！　どうしてそんなことがわかるんです」

「わかるのだ」と、七右衛門はきっぱりと言い切った。「清一は、二十年前に、私が女中に産ませた子供だからな」


七右衛門の言葉どおり、清一は離れの座敷にいた。日道よりはましな状態だが、ほとんど歩くこともできないし、右手は動かない。それでも、飛びついていったお夏を抱き留めて、何度も謝った。

「俺はおまえのところに帰るつもりだったんだ」と、繰り返し繰り返し言った。

「なんでこんなところへ来たのよ」

お夏は泣いていた。喜びの涙だが、悔し泣きでもあるかもしれない。

「あんたのこと、聞いたわ。あんたのおっかさんは、ここの女中だったって。あんたを産んで、まもなく死んだって。あんたはここを追い出されて、ひとりで苦労してきたのよ。どうして今になって訪ねてきたりしたのよ。あんな人でなし、親じゃないよ」

清一がこの家を出たのは、数えで七つの歳だった。捨てられたのではなく、俺のほうからこの家を逃げだしたのだと彼は言った。

「馬や牛よりひどい扱いしかしてもらえなかったからさ」

七右衛門の正妻は、悋気《りんき》のきつい女性だったようだ。七右衛門が手をつけた女中はもう死んでいるというのに、思い出したように清一を折檻《せっかん》しては、昔の憂《う》さを晴らしていた。それに耐えきれなくなって、清一は母の位牌《いはい》だけを抱き、裸足《はだし》で逃げた。

だがしかし、いつか一人前の大人になったら、きっとこの家に戻ってきて、自分の受けた仕打ちについて、ひと言もふた言も言ってやろうと、心の底で決めていた。子供のことだから、角田家が江戸のどのあたりにあるのか、しかとはわからなかったが、深川の内で、広い田圃に囲まれて、庭にしだれ桜の木がある家だということだけ、頭に刻んで覚えていた。いつかきっと、探しだそうと。

「忘れられなかったさ」と、清一は言った。

「俺の頭のなかにも、あのしだれ桜が生えてくるみたいだった。あの庭で殴られちゃ、飯も食わせてもらえずに、柱につながれて放っておかれた。俺にそんな扱いをしながら、角田の家じゃ、あの桜に大枚の金をかけて育ててたんだ」

　しかし、いよいよ角田家に来たときには、さすがに気迷いがして、すぐには入れなかった。このまま帰ろうかと思った。決心がついたのは、あのしだれ桜が、記憶のなかのそれよりもずっと大きく太くなって、たくさんのつぼみをつけているのを見たときだ。

「最初、親父は俺がわかりませんでした」と、清一は茂七に言った。「俺が清一だっていうと、顔色を変えましたよ。所帯を持って一人前の男になるから、それを知らせに来たって言ったら、金が欲しいのかって、俺に小粒を投げつけた。かっとして何がなんだかわからなくなっちまったのは、そのときです」

　清一の荒れ方が激しかったことと、角田家でもとりのぼせたのとで、事が大きくなったのだ。清一は、駆けつけた人たちに、素手だけでなく棒などでも殴りつけられ、倒れて気を失った。そのままずっと、ここにいたのだ。下手《へた》に彼を帰して騒ぎになれば、角田の家の恥になるし、娘の婿とりにも差《さ》し障《さわ》りが出ると、七右衛門が考えたためである。

「それでも、おめえをちゃんと医者に診せてくれたってことだけは、角田の家もましだったな」と、茂七は言った。

前回と打って変わって、愛想も丁寧さもかけらもなくなった女中に、清一を乗せて帰るから戸板を貸してくれと言っても、返事もしない。仕方なく、茂七たちは小作人のひとりに頼んで荷車を貸してもらった。

しだれ桜は、まだ咲いていない。枝が優美に揺れている。荷車の上でお夏に支えられながら、清一は、それが見えなくなるまで睨みつけていた。

それから二日ほど経《た》って、梶屋が、日道を襲った男たちが見つかったと知らせてよこした。彼らはよほど震え上がったのか、茂七の問いにすらすら白状した。確かに、角田七右衛門に雇われたという。

茂七としては腹が煮えくり返る思いだったが、三好屋が事を公にしたがらないので、日道のことについては、お裁《さば》きの場に出すことが難しい。清一も、もう角田家とは関わりたくないという。

茂七は一計を案じた。雇われた男たちにお灸を据《す》える役目は梶屋に任せ、彼らを骨まで萎《な》えさせたあと、角田家に行って治療費をもらってこいと言わせた。男たちは角田家に殴り込んだ――らしい。大枚の金もせしめたのだろう。それからしばらくして、角田家の娘は無事に婿をとった。
男たちがゆすりとった治療費は、梶屋が取り上げた。そのうちのいくばくかの金は、清一に渡った――ということを、茂七は知らない。知らないことになっている。

葉桜のころになって、茂七一家は、ようやく遅い花見に繰り出した。かみさんの詰めた重箱を囲んで酒を飲み、せいぜい酔っぱらって楽しく騒いだ。

帰り道、権三が、糸吉とかみさんの耳をはばかるようにして、そっと茂七にささやいた。

「例の屋台の親父ですが」

「うん」

「元は侍だったとして、あれだけ町場《まちば》のことに詳しいのは、やっぱり不思議ですよ。縁があって三好屋のことを知ってるなんて言ってましたが、そんな簡単なことじゃねえはずだ」

それは茂七もそう思う。

「侍は侍でも、町方《まちかた》役人だったんじゃないでしょうか」と、権三は言った。「本所深川方じゃなければ、親分も顔を知らないお方がいるでしょう」

「さあ、それはどうかな」茂七は曖昧《あいまい》に答えた。

あの親父が、昔町方役人だったなら、いくら縄張が違おうと、茂七にもそれと見当がつくはずだ。だが、権三の言うことも当たってはいる。あの親父は、町場の探索事に携《たずさ》わる侍だったのだ。きっとそうだと、茂七も思う。

では、そういう役職が、町方役人のほかにあるか。

ひとつだけある。加役方《かやくがた》――火付盗賊改《ひつけとうぞくあらため》がそれだ。

だが、これはあまりにも突飛で、ちょっと言い出す気になれない。だから茂七は酔ったふりをしていた。だいたい、更《ふ》けてゆく春の宵に、考え事はふさわしくないものだ。

「葉桜もいいもんねえ」と、かみさんが言っている。角田家のしだれ桜も、今頃は咲いているだろうかと茂七は思った。

糸吉の恋

一

本所深川《ほんじょふかがわ》一帯を縄張《しま》にする岡っ引《おかぴ》き・回向院《えこういん》の茂七《もしち》には、俗に「下っ引《したぴ》き」とも「小者《こもの》」とも呼ばれる手下《てか》がふたりいる。今年四十七歳のお店者《たなもの》あがりの権三《ごんぞう》と、二十歳《はたち》をひとつ越したがまだまだ子供っぽい顔をした糸吉《いときち》という若者である。茂七は五十六歳、長年連れ添った古女房とのあいだには、仲がいいのに子に恵まれなかった。それだから、糸吉は手下でありながら伜《せがれ》みたいなところもある。新川町《しんかわちょう》の酒問屋で番頭にまでなったという経歴を持つ権三とは違い、糸吉にはこれという過去がない。まあ歳《とし》が若いからということもあるけれど、この若者に、茂七と出会うまでの暮らしのなかで、定まったものがなかったことも事実である。

糸吉は親の顔を知らない。捨て子である。まだ乳飲み子のころ、ほかでもない回向院の境内に捨てられているのを参詣者が見つけ、自身番《じしんばん》に連れていった。待っても待っても親が現れず、その月の月番を務めていた差配人《さはいにん》の家に引き取られて育つことになった。

子供のころからはしっこく、くるくるとよく動き、ひとつところにじっとしていられないのが性分であった。糸吉を引き取った差配人は、そのころから茂七とも懇《こん》意《い》の人で、糸吉が育ち上がってくるにつれ、彼の将来の身の振り方について頭を悩ませては、よく茂七にも相談を持ちかけたものだった。

糸吉は、奉公に出しても勤まらず、手に職を付けさせようと、提灯屋《ちょうちんや》蕎麦屋《そばや》鋳掛屋《いかけや》下駄屋《げたや》鍛冶屋《かじや》と伝手《つて》がある限りの職人のところに修業に出しても、よくて半月と保《も》たなかった。決して怠け者のわけではなく、朝は早く起きるし、雑用も嫌がらないし、手先もそこそこ器用だし、人に好かれる愛嬌《あいきょう》もある。ただ、その愛嬌が過ぎてお調子者で、ひとつのことへ興味が長続きしないのが困りものなのであった。

糸吉の養い親の差配人は、彼が十五の歳に亡くなった。そうして死の床から、茂七に糸吉のことを頼んでいった。もしかすると、親分ならあいつの使い途《みち》がわかるかもしれないから、と。

当時の茂七には、文次《ぶんじ》という、ちょっと気弱なところはあるが仕事にはよく馴染《なじ》んだ手下がいたから、特に新しい人手が要《い》ったわけではない。当の糸吉も、茂七の手伝いをしたがっていたわけではなく、このころは御舟蔵《おふなぐら》近くの馬力屋で馬の世話をする仕事にありつき、馬が可愛いということもあってか、これが珍しく長続きしていた。厩《うまや》のなかで寝起きをしていたから、とりあえずの住まいもあった。まあ、困ったことがあったら相談に来なというくらいの気持ちで、茂七は糸吉を引き受けた。

ところがそれからしばらくして、手下の文次に願ってもないような婿入《むこい》りの話が来て、茂七の元を離れることになった。にぎにぎしく祝い事が済み、ひと息ついたころ、何を思ったか糸吉がひょっこりと訪ねてきた。

「親分がひとりでぽつねんとなすってると噂《うわさ》に聞いたもんだから……。よかったら何か手伝いましょうか？　あっしね、死んだ差配さんからも、親分の言いつけをよくきいて、親分のお役に立つんだぞって、屹度《きっと》言われてるんですよ」

文次が去って寂しくはあったけれど、別段ぽつねんとしていたわけではない茂七だったが、糸吉のいかにも心配そうな間抜け面《づら》が可愛くて、大笑いをしてしまった。

「そうかい、じゃあ頼もうか。これからおめえは俺の手下だ」

そんな次第で居着いてしまった糸吉である。

糸吉も権三も、茂七の手下というだけでなく、それぞれに生業《なりわい》を持っている。権三は昔とった杵柄《きねづか》で、自分の住まっている長屋の差配を手伝い、そろばんをはじいたり帳面をつけたり、持ち前のなめらかな声で店子《たなこ》同士の争いを仲裁したりして重宝がられている。

　ところが糸吉の方は、最初のうちは、例によって例の如《ごと》く定まらなかった。やれ飴《あめ》売りだ、やれ屋根職の手伝いだ、やれ井戸がえの人足だと、あちらこちらと腰が据わらない。それはそれで、茂七の手下としての糸吉にとっては、人とのつながりの輪が広がり、利益がないことはないのだが、あまり落ち着かないと、端《はた》で見ていてはらはらしてしょうがない。で、茂七のかみさんが一度じっくりと糸吉を呼んで説教したこともあり、糸吉が彼なりに考えて見つけてきたのが、北森下町《きたもりしたちょう》の「ごくらく湯」という湯屋《ゆや》の仕事だった。

「湯屋にはいろんな連中が出入りするからね。あっしの早耳を活かせるってもんです」

　もう一年以上、糸吉はごくらく湯で働いている。掃除と釜焚《かまた》きが主な仕事だが、暇なときは男湯の二階にたむろしているお客たちの相手をし、下手な将棋を差したり空茶《からちゃ》を飲んだりしてしゃべくっていてもいいという、気楽な部分もある。ごくらく湯の主人は、糸吉が茂七とつながっていることを承知していて、何かの折には心強いからなどと、それなりに糸吉を大事にしてくれていた。

　さて、湯屋で働く人びとには、大事な仕事がもうひとつある。湯をわかすために釜で焚く燃料を調達することである。たいていの湯屋は、材木屋とか下駄屋とか、日常的に木っ端《こば》の出る商売屋と約束をして、屑《くず》をまとめて引き取らせてもらい、それを主に焚いている。ごくらく湯もそうしているが、燃すものなら何でも欲しいのは正直なところだし、無料《ただ》で拾ってこられるものならさらに都合がいい――というわけで、湯屋の奉公人というのは、昼間のうち町中《まちなか》をうろうろして、釜焚きに使えそうなものを物色しては交渉して引き取ってくるということをやっているものなのである。ただし、結構な汚れ仕事なので、ごくらく湯の主人は、糸吉にはこれを命じたことはない。ないのだが、糸吉の方が、手が空《あ》くと気軽に町中へ出ていって、あっちのお屋敷で木戸を直してたとか、こっちの飯屋で古くなった樽《たる》を捨ててたとか、目ざとく見つけては持ち帰る。実際、糸吉はそうやって町をうろつくことが大好きなのである。

そしてこの春、日々暖かくなる風と日差しに浮き浮きと、子雀《こすずめ》みたいにときどきぴょんぴょん跳ねながら、心楽しくうろついているとき、糸吉の身にあることが起こった。

恋をしてしまったのである。

二

四年前の話だ。春先、本所相生町《あいおいちょう》の一角で火事があった。小店《こだな》や町屋が数十軒焼け落ちたほか、消火のために叩《たた》き壊《こわ》された家も多く、かなりの被害を出した火災であった。

このとき全焼した家々のなかに、近所の人々から「今元長屋《いまもとながや》」と呼ばれている長屋があった。今元というのはこの長屋の地主が商《あきな》っている菓子屋の屋号で、それにちなんで付けられた名前である。

相生町の火事で、今元長屋は跡形もなく焼け落ちた。住人たちは一時ほうぼうにちりぢりになり、長屋が再建されるのを待つことになった。だが、火事からまもなく、再建はおぼつかないという噂が広がり始めた。実は、今元の身代《しんだい》がだいぶ傾いていて、表の二軒長屋二棟と裏の棟割《むねわり》長屋二棟を再建するだけの金が、どうにも都合つかなかったのである。

地主がこけてしまっては、店子たちにはどうしようもない。結局、今元長屋の差配人が請《う》け人《にん》となり、店子たちの新しい住処《すみか》を按配《あんばい》することになった。彼らの落ち着き先が決まったあとも、今元長屋の焼け跡は空き地のまま放り出されていた。近所の子供たちにとっては格好の遊び場になったし、かみさん連中もそこに杭《くい》を打って紐《ひも》を渡し、洗い物を干したりして便利に使っていたものだ。

空き地には、さまざまな草花が生《お》い茂る。そのまま放っておいては見場《みば》も悪いし、夏には蚊柱《かばしら》が立ったりして不快なので、近所の連中が草取りなどしていたのだが、そのうちの誰かが——多少粋な心のある人物なのだろう——ここに菜の花の種をまくことを思いついた。野菜は育てるのに手が掛かるが、菜の花ならば放っておいても勝手に伸びてくれる。花はきれいだし、茎が若いうちは摘《つ》んで食べることもできる。一挙両得だと思ったわけである。

そんな次第で、今元長屋跡の空き地は一面の菜の花畑になった。町屋の立て込んでいる相生町で、ここだけが別天地という風情《ふぜい》である。地主の今元も特に文句を言うわけではない。おかげで、噂を聞いてわざわざ見物に来る人びとも出てきたほどだった。

こうして、今年も春がやってきた。菜の花の季節である。近所の人びとが話し合いをして取り決めをつくり、食用に摘んでいい量をきちんと定めたので、適度に間引かれた菜の花畑は、前の年を上回る美しさで咲き乱れ、住人たちだけでなく、相生町を通りかかる人びとの目をも楽しませることになった。

糸吉も、そのひとりであった。

ごくらく湯が焚き付けを買い付けている建具屋が、相生町にあるのである。建具だからたいした量が出るわけではないが、一日おきにきちんとまとめて木っ端をおろしてくれるので、おおいに懇意にしているところのひとつだった。

糸吉はこの建具屋に行くたびに、今元長屋跡の菜の花畑の前を通る。花が好きな

ので、ここの眺めが嬉《うれ》しくて仕方がないのだ。あまりにきれいなので、茂七のかみさんを引っ張って連れてきて見せたこともあった。そのときには、ちょうど居合わせて雑草を抜いていた近所のかみさんに、見事なもんだなと声をかけ、おひたしにでもしなさいよと若い茎を包んで持たせてもらったりもしたものだ。今元の身代が持ち直しても、あそこには何も建てずに、菜の花畑のままにしておいてもらいたいもんだと思っていた。

そして糸吉は、この菜の花に恋をした。といってもこれはもちろん言葉のあやで、相手は生身の娘なのだが、初めて糸吉が娘を見かけたとき、まるで菜の花の精のように見えたのだ。

色白で華奢《きゃしゃ》な立ち姿の娘だった。ずいぶんとやせているが、頰《ほお》に菜の花の明るい黄色が照り映《は》えている。娘の着物も淡い草色で、帯は黒、帯紐は黄色。その出で立ちで、菜の花畑のなかに、黄色い花の海に膝まで埋もれてほわりと立っていた。糸吉の方――つまり道の側に半ば背中を向け、両手を軽く拝むように胸の前であわせ、ちょっとうつむき加減になって。

糸吉は足を止め、まばたきをして、ちょっとのあいだ棒立ちになった。出来過ぎなくらいに美しい眺めだった。あれは誰だろうとか、何をしてるんだろうかとか思う前に、切り取っておきたいような光景に見とれてしまった。

そうして急に気恥ずかしくなった。じろじろ見つめていて、娘がこちらを振り返ったらばつが悪い。急いで菜の花畑の前を通り抜けた。角を曲がりしな、ちょっと振り向いてみると、娘はまだ同じ姿勢のまま佇《たたず》んでいた。糸吉は、なんだかどきどきする気分だった。

帰り道、いつもより足を急がせて菜の花畑のところまで戻ってみると、娘の姿は消えていた。糸吉はかなりがっかりした。そこで初めて、どこの娘かなあと考えた。今まで、相生町のこのあたりでは見たことのない顔だ。あんな美人なら、一度でも見かければ覚えているはずの若い糸吉である。

その夜は、なんだか寝付きが悪かった。目を閉じると、娘の白い横顔が菜の花畑のなかにぼうと浮かんで見えるのである。

翌日は、本当なら建具屋へ行く日ではないのだが、糸吉は相生町まで出かけて行った。昨日と同じくらいの刻限を見計らって出かけたのだが、娘の姿は見えなかった。糸吉はまたがっくりきた。しばらく菜の花畑をうろついて、ぐずぐずしてからごくらく湯に帰った。

さらに次の日、糸吉は勇んで相生町へ向かった。今日は娘がいそうな気がした。根拠はないがいそうな気がした。そう思うだけで胸がはずんだ。歩きながら顔のゆるんでくる糸吉であった。

しかし娘はいなかった。とたんに糸吉は建具屋に行く気をなくした。が、今日は木っ端を引き取る約束の日だ。行かないわけにはいかない。菜の花を見物するふりをして、しばらく待ってみたけれど、娘は来ない。仕方がないので建具屋に向かった。

建具屋で職人たちとしゃべりこんで、油を売った。さっさと帰り道をたどって、娘のいない菜の花畑を通るのが嫌だったのだ。時をつぶして待っていれば、娘が現れそうな気がした。が、無駄話をしているうちに、ふと、こうしているあいだに娘が菜の花畑を訪れていて、糸吉がいないうちに帰ってしまうのではないかと考えついた。で、急いで腰をあげた。

娘はいた。

今日は道ばたに立っていた。顔は菜の花畑の方に向けて、やはりうつむき気味だった。この前見かけたときと同じ出で立ちだ。まったく菜の花の化身《けしん》だ。それにしてもなんて色白なんだろう。糸吉は顔が熱くなってくるのを感じた。

娘が通り道に立っているので、先《せん》のときよりも近くに寄って見つめることができた。彼女の髷《まげ》がちょっとほつれて、鬢《びん》のあたりに後《おく》れ毛が揺れているのがわかった。糸吉ははっとした。

あっちこっちでさまざまな仕事をしてきて、今は茂七の手伝いもしていて、糸吉は、歳の割にはいろいろな風情の女を見かけてきた。糸吉なりに（いい女だなあ）と思う女にも出会ってきた。けれど、こんなふうに心を動かされたのは初めてだ。とりわけ、女の後れ毛に。洗い髪や後れ毛は、どんな年増《としま》のそれでも色気のあるものだというけれど、糸吉はあんまり好きでなかった。なんだかだらしないような気がするし、色気があったらあったで、ためにするもののようにわざとらしく見えるからである。

けれど、この菜の花の娘の後れ毛は別物だった。指でそっとかきあげてやりたくなるようなはかなさがあった。

娘は糸吉の存在に気づかないのか、菜の花畑を見つめて佇んだまま、振り向く様子も見せない。糸吉も、一間《いっけん》ほど後ろに下がったところに突っ立ったまま、声もかけられず、娘の顔をのぞきこむこともできず、でくの坊になっているだけだ。

と、そのとき、娘の身体《からだ》がふらりと動いた。片足を前に踏み出した。菜の花畑のなかに入っていこうという様子だった。

「こら、ちょっとあんた！」

右手の方から声が飛んできた。娘はそちらを見た。糸吉もそちらを見た。菜の花畑のすぐ脇のしもたやの戸口から、着物の袖を襷《たすき》でたくし上げた女が半身を乗り出して、娘の方を怖い顔で睨《にら》みつけている。

「あんた、菜の花のなかに入っちゃ駄目だよ！　こないだも入ってたろ？　あたしたちがせっかくきれいにしてるんだから、勝手に踏み荒らしてもらっちゃ困るんだ！」

娘は目に見えておどおどした。後ずさりすると、糸吉とぶつかりそうになった。糸吉は大いにあわてて身体を後ろに引いた。娘はくるりと踵《きびす》を返すと、驚くような素早さで大川の方へ向かって走り出した。糸吉は、何をどうすることもできないまま、目をぱちぱちさせてそれを見送るしかなかった。

「あんた！　あんたも菜の花に悪さしちゃいけないよ！」

隣家の女が、糸吉にも声を張り上げる。糸吉は、娘の小さな後ろ姿が消えてしまうまで見送ってから、女の方を振り向いた。

「おかみさん、今の娘がどこの誰だか知ってるかい？」

「知るもんかい！」

女はたくましい両腕を腰にあて、嚙《か》みつくようにそう言って、ぴしゃりと戸を閉めてしまった。戸は斜めにひしゃげて傾いており、しもたやの菜の花畑側の板壁には、てんでんばらばらの形や長さの板きれが打ち付けられている。火事のとき被《こうむ》った被害の痕《あと》を、ありあわせのものでつくろったままという風情だった。

糸吉は、娘が走って逃げていった方角を振り返ってみた。姿は見えなくなっていた。

その晩、茂七の家で夕飯を食ったとき、糸吉は相生町の菜の花畑の話題を持ち出してみた。親分が、あそこに出没する娘のことについて、もしかして何か聞き知ってはいないかと考えたのだ。

だが、茂七は何も知らないようだった。おかみさんだけが、そうか今年もきれいに咲いてるだろうね、見に行ってこようかねと、楽しそうに言った。

「なんだおめえ、今日は元気がねえな」糸吉の食いぶりをながめながら、茂七は言った。

「鰆《さわら》の焼き物は大好物のはずだろう？」

「へえ、旨《うま》いですねえ」

「あんまり旨そうに食ってねえよ。糸吉が飯のおかわりをしねえなんて、明日あたり霰《あられ》でも降るんじゃねえかね」

糸吉は小さくなって飯を食った。胸がつっかえたようで、確かに今夜の飯はいつもの飯の味がしなかった。

翌日もその翌日も、糸吉は菜の花畑に足を向けた。二日とも、娘に会うことはできなかった。忙しい糸吉は、一日じゅう菜の花のそばに張り付いているわけにもいかない。振り返り振り返り、ごくらく湯に帰った。飯時《めしどき》が何よりも楽しみのはずの糸吉なのに、飯は日毎《ひごと》にまずくなるようだった。

しかし三日目に出かけてみたとき、近所のお稲荷《いなり》さんを拝んでおいた甲斐《かい》があったのか、娘が菜の花畑に佇んでいるのを見つけることができた。今日は濃い藍色《あいいろ》に黄色の模様を散らした着物を着ていた。白い顔によく映って、いっそう菜の花の化身のように見えた。

糸吉はあんまり嬉しくて、前後を忘れて娘のそばまで早足で近づいていった。娘は人の気配にはっと顔をあげた。糸吉と目と目があった。

娘は泣いていた。切れ長の形のいい目から、ぽろぽろと涙をこぼしているのだった。

「おっと、ごめんよ……」糸吉は驚きのあまり、思わずそう声を出した。

娘は糸吉に向かってぱっと頭を下げると、回れ右をして逃げ出した。糸吉は立ちすくんでそれを見送った。しかし、娘が相生町の町角を曲がって姿を消したとき、思い出したみたいに走りだして後を追いかけた。角から様子をうかがうと、ちょうど娘が足をゆるめ、手の甲《こう》で顔をちょっとぬぐい、また早足に歩き出すところだった。

糸吉は娘に悟られぬよう、気をつけて後を尾《つ》けていった。娘は大川の方へ向かってしばらく歩き、それから足を南へ向けて、一ツ目橋を渡った。御舟蔵の脇を掘割に沿ってとぼとぼと歩き、新大橋のたもとまでくると、人混みのなかをくぐって左へ曲がった。行き交う人たちのなかにまぎれこみ、糸吉は娘のすぐ後ろを尾いていった。

このあたりは深川元町である。新大橋から東へ続く道に沿って、食い物屋や小間物屋など、間口の狭い店が並んでいる。娘はそのなかの一軒、掛看板《かけかんばん》に「葵屋《あおいや》」と書いてある蕎麦屋《そばや》のなかに入っていった。

蕎麦を茹《ゆ》でるいい匂いが、障子戸《しょうじど》の脇の格子《こうし》の隙間《すきま》から漏れ出てくる。いつもなら空腹をそそられるはずのその匂いをかぎながら、糸吉は妙にどぎまぎしながら突っ立っているばかりだった。と、ちょうどそこへ、戸を開けて商人風の男がひとり外へ出てきた。糸吉は彼を呼び止めた。

「ちょいとごめんよ。今、ここの蕎麦屋に若い娘さんが入っていったと思うんだけど」

商人風の男は口に楊枝《ようじ》をくわえ、背中の風呂敷包みをよいしょとずりあげながらうなずいた。

「ああ、おときちゃんだろ」

「おとっさん？ ここの娘さんかい？」

「そうだよ。看板娘さ」と言って、男は楊枝をちょっと斜《はす》にして顔をしかめた。

「ここんとこ一年ばかり、なんだか身体の具合が悪いとかで、すっかりしおれちまってるけどね。一時は、どっかに養生に行ってるとかで姿が見えなかったこともあるし」

男に礼を言って別れると、糸吉はしばし考えた。蕎麦屋に入ろうかと思ったが、迷った挙げ句にやめた。今乗り込んで行っても怖がらせるだけだろうし、辛抱強く待っていれば、娘はきっとまた菜の花畑に現れるだろう。

実際、そのとおりになった。翌日、前の日と同じくらいの時刻に菜の花畑に出かけていくと、ちょうど道の反対側から娘がやってくるところにぶつかった。糸吉は笑顔をつくった。娘が糸吉の顔を見て、飛んで逃げてしまわないように。

彼女は顔をうつむけて、下ばっかり見て歩いていた。だからすぐには糸吉に気づかなかった。彼女が糸吉を見て立ちすくんだのと、糸吉が声をかけたのとが、ほとんど同時になった。

「娘さん、いや、逃げないでおくれよ」と、糸吉はできるだけ優しい声で言った。

「俺は怪しいもんじゃねえんだ。怖がることはないよ。ちょいちょいここで見かけるあんたが、なんだかとっても心配事を抱《かか》えてるように見えるんで、一度話をしたいと思ってるだけなんだ」

　すっかりあがってしまって、すらすらとは言えなかった。娘に会ったらああ言おうこう言おうと考えていたのに、その半分も巧《うま》く言葉になってくれない。

「ええとな、おときちゃん、あんたおときちゃんだよな？　深川元町の蕎麦屋の葵屋の娘さんだよな？　俺は糸吉っていって、北森下町のごくらく湯って湯屋で働いてるんだけども――」

　娘は首を縮め、糸吉の言葉の隙間をとらえて逃げ出そうとするように身構えている。糸吉は焦《あせ》った。

「だけども、湯屋だけじゃなくて本当は回向院の親分の手伝いもしてるんだ。お上《かみ》の御用の向きの手伝いだよ。だから怪しいもんじゃねえんだ、わかってくれたかい？」

　娘のひそめていた眉根《まゆね》が、わずかにゆるんだ。白い顔に、糸吉の初めて目にする大きな表情が動いた。

「お上の――」と、小さく呟《つぶや》いた。

「そうだ、そうだ」糸吉は勢いこんでうなずいた。「だからよ、余計なお節介じゃあるけれど、おときちゃんが何かひどく困ってるみたいに見えるんで、俺でなんとか力になれないもんかと思ってさ」

娘は首をかしげると、しげしげと糸吉を見た。それから震える声で尋ねた。「はい、あたしは葵屋の娘のときです。あたしのこと、どうしてご存じなんですか」

糸吉はできるだけ明るく、片手で拝んで謝った。「本当にすまねえんだけど、この前、あんたのあとを尾けたんだ。勘弁《かんべん》してくれよ」

頭を下げ、上げてみると、おときはゆっくりと瞬《まばた》きをしていた。すぐにも逃げ出してやろうというような、身構える様子ではなくなっている。糸吉はほっとした。

「おときちゃん――おときちゃんて呼ばせてもらうよ――何か悲しいことでもあるのかい？　あんたの名前を教えてくれた、葵屋の客も心配してたよ。身体の具合が悪いんだってね。それにあんた、先にこの菜の花畑に来たとき、泣いてたよな？」

おときはふっと両肩を下げると、糸吉の顔を見つめた。迷うように何か言いかけてはやめ、目を動かし、菜の花畑の方を見返ると、また糸吉に向き直る。

「あたしの言うこと、信じてもらえます？」

「うん、信じるよ」

「安請け合いは嫌ですよ」

「そんなんじゃねえよ。俺はその……あんたのことが心配なんだ」糸吉はおろおろしてしまい、冷や汗が出てきた。「ここであんたを見かけるたびに、心配してたんだ」

おときはうつむいた。糸吉は、彼女の信頼をつかみ損《そこ》ねたかとがっくりした。が、ややあっておときは目をあげると、小さいけれどそれまでよりはずっとしっかりした声音《こわね》で、こう言った。「そんなら、お話しします。あたしの力になってください」

糸吉は、近くの団子屋《だんごや》へ彼女を連れて行って、腰掛けの端の方にふたりで座り、おときが小声で打ち明ける話に耳を傾けた。そして、腰掛けから落ちそうになるほどに驚いた。

おときはこんなことを言ったのだ。

「あの菜の花畑の下には、親の手で殺された可哀相《かわいそう》な小さな赤ん坊が埋められてるんです。あたしはそれを知ってます。知ってるけど、どんなに一生懸命話しても、誰もまともに受け取ってくれないの。だから悲しくてしょうがないんです」

三

「そいつは、嘘《うそ》だよ。作り話だ」

回向院の茂七は言い捨てた。

おときの話を聞き終えて、茂七の元へ駆けつけた糸吉である。茂七はちょうど出かけ先から帰ってきたところだった。待ちかねてしゃべり出した糸吉の話の一部始終を、春の土埃《つちぼこり》で汚れた足を洗ったり、着替えたりしながら聞き、ようやく長火《ながひ》鉢《ばち》の前に落ち着いて一服つけたと思ったら、火鉢にかじりつかんばかりにして乗り出す糸吉に、まともにそう言ったのだ。

「おめえはつくづく粗忽《そこつ》もんだ。そんな話を鵜呑《うの》みにしてご注進する馬鹿がどこにいる」

茂七の顔は険《けわ》しかった。この親分の頑固さといったら有名で、お城の石垣より硬い頭だと言われるくらいだが、頑固者にありがちな短気のところは控えめで、糸吉や権三を頭から叱《しか》りとばすということはめったにない。そのめったにないことを、今糸吉に向かってやっていた。

糸吉は、驚くより先にカッとなった。これもまた彼にしてはまれなことだった。親分が珍しいことをやるから、手下も珍しいことをやり返したわけである。

「そういう言い方はねえですよ」

「そういうもどういうもねえ」

「だけど、俺はいつだってこういうことをやってるじゃないですか。いろいろ聞きつけてきて親分に知らせる、それが俺の役目だ。だから親分だって、俺のこと早耳の糸吉だって誉《ほ》めてくれるんじゃねえですかい」

「そりゃそうだ。だが今の話に限っちゃ、いつもの糸吉じゃねえ」

「何が違うんです？」

「いつものおめえなら、これこれこういう話を聞きこんだんだけど、どうでしょうねと持ってくる。だけどな、今の話はそうじゃねえ。頭っから、あそこに赤ん坊が埋められてる大変だ大変だ――これじゃ、早耳でもなんでもねえ、ただの阿呆《あほう》だ。他人《ひと》から聞いた話を、そう簡単に信じ込んでるようじゃ、お上の御用は勤まらねえんだよ」

さすがに、糸吉はぐっと詰まった。しかし、心の駆け足の方は止まらない。

「そのおときって娘は、赤ん坊殺しについて、そりゃあ詳しく知ってたんですよ。とてもじゃねえが、俺にはあれが作り話だとは思えねえ。だから信じるんです」

おときの話によると、殺された赤ん坊というのは、焼け落ちる前の今元長屋の裏長屋に住んでいた竹蔵《たけぞう》とおしんという夫婦者の子供だという。生まれてまだ半月と経《た》たないうちに、母親のおしんの手で首を絞めて殺され、竹蔵が住まいの床下に穴を掘って埋めた。当時の夫婦の家は、今の菜の花畑のちょうど真ん中あたりにあり、だからあそこを掘ってみれば、きっと小さな骨が出てくるはずだとおときは言うのである。

糸吉とて、そこまでの話を聞いて、すぐに信じたわけではない。今元長屋とは何の関《かか》わりもなさそうな深川元町の蕎麦屋の娘が、なんでまたそんな話を詳しく知っているのかと、問いただしてみた。

するとおときは答えた。「おしんという人は、今元長屋にいたころ、葵屋《うち》でお運びをして働いていたんです。だからあたしはよく知っているの。竹蔵さんは鋳掛屋をしてたんだけど、しばらく前から胸を病んで働けなくなって、おしんさんひとりの稼ぎで食べていかなきゃならなくなって」

そこへ赤ん坊ができてしまった。おしんは臨月《りんげつ》ぎりぎりまで働き、赤子を産んだが、生まれた子がまた病弱で、乳も飲まずにやせ細り、泣いてばかりいたという。

「それでなくても暮らしが苦しいところで、もうどうしようもなくなって、どうせ育ちそうもない赤ん坊だからって、名前も付けないうちにこっそり殺してしまったんです。長屋の人たちには、育てることができないんで、知り合いのところに里子《さとご》に出したって嘘をついて」

おときはこの一連の事情を、葵屋で耳にしたのだという。

「今元長屋が焼けて、あそこの人たちが立ち退《の》かなくちゃならなくなったとき、おしんさんがうちへ来て、おとっつぁんとおっかさんに泣いて打ち明けているのを、あたし、立ち聞きしちゃったんです。おしんさんたちは、竹蔵さんの親戚を頼って行徳《ぎょうとく》の方へ行くことになって、とりあえず暮らしは立つことになったけど、赤ん坊のことが心残りで仕方ないって」

話を聞いたおときの両親は、おしんに、済んでしまったことはもう忘れなさい、仕方のないことだ、赤ん坊だってけっして恨んじゃいないよと慰め、このことは誰にも言わないと約束して別れたのだ、という。

「だけど、それじゃ赤ん坊があんまり不憫《ふびん》じゃありませんか」と、おときは涙ぐんでいた。「お骨《こつ》を掘り出して、ちゃんと供養《くよう》してやらなくちゃ。赤ん坊を殺したおしんさんだって、罰を受けなきゃいけないわ。貧乏で育てられないから殺すなんて、あんまりだ。放っておいていいことじゃありませんよ」

筋道立った、ちゃんとした話である。糸吉はおときの話を聞いた後、彼女を送りがてら葵屋に行き、客のふりをしてかけ蕎麦を一杯すすりながら、あれ、もうずいぶん前だけど、ここにお運びの女の人がいやしなかったかと謎をかけて、おしんという今元長屋の女が働いていたことを確かめた。その足で茂七の元にはせ参じたわけである。

「嘘じゃねえし、作り話でもねえ。あの娘は本当のことを言ってるんですよ、親分」

それに親分は、おときのあの悲しそうな、心が破けてその裂け目から血が流れてるみたいな泣き顔を見てねえじゃないかと、糸吉は思うのだ。だからおときが作り話をしてるなんてことが言えるんだ――

「親分、おときちゃんに会ってみてくださいよ。会って、直《じか》に話を聞いてみてください。そしたら判る」

茂七はしかめっ面のまま、煙管《きせる》を火鉢の縁《ふち》に打ち付けた。「ごめんこうむるよ」

「親分……」

「糸吉、この話はもうたくさんだ。おめえもこれ以上関わるんじゃねえぞ」

糸吉は、自分でも思いがけないほど大きな声を張りあげた。「嫌だ！」

茂七親分が目を剝《む》いた。「何だと？」

「嫌だって言ったら嫌なんだ。親分がそんな人でなしとは思わなかった。見損ないましたよ！」

糸吉は立ち上がると、座敷を飛び出した。ふすまの陰で話を聞いていたのだろう、おかみさんが懸命に呼び止める声が追いかけてきたが、振り切って外に出た。

ごくらく湯に帰って、腹立ちまぎれに洗い場や湯桶《ゆおけ》をごしごし掃除しているうちに、熱くなっていた頭が少しずつ冷えてきた。そうして恐ろしくなってきた。藁《わら》をたばねて作ったたわしを握る手が震えている。

（親分を怒らしちまった……）

茂七のそばを離れるなんて、糸吉は考えてみたこともなかった。いつだって働けば働いただけの甲斐はあったし、おかみさんもいい人で、糸吉はずっと、親分の元で楽しく過ごしてきたのだ。それに茂七から離れることは、養い親の差配さんの遺言に背《そむ》くことにもつながるのだ。

（だけど……）

おときをこのまま捨ててはおけない。彼女と約束したではないか。信じると。力になると。その約束を守らなくちゃならない。

「このことは、俺がきっとなんとかする。だからおときちゃん、安心して家で養生しな。あんた、身体の具合が悪いんだろう？　毎日菜の花畑まで来て、冷たい風に吹かれていたりしちゃいけねえよ。何とかなったら、俺が必ず報《しら》せにいくから。いいな？」

糸吉の言葉に、おときは何度もうなずき、涙ぐんでいた。おときも俺を信じてくれたのだ。裏切ることはできない。男じゃないか。

（男か……）

俺は一人前の男かなと、糸吉はふと考えた。今まではいつだって親分がそばにいて、親分の言うとおりにしていればよかった。それで一人前の男の生き方と言えるのだろうか。

糸吉はにわかに不安になってきた。子供のころから、捨て子の糸吉を、さぞ心細いだろうと同情してくれる人に出会うたびに、おいらはひとりぼっちなんか怖くねえよと威張《いば》ってきたものだった。本気でそう思っていた。けれどそれはただの思い込みだったんじゃないか。今まで本当にひとりぼっちになったことなんか、実は一度もなかったのじゃないか。最初は差配さんがいてくれた。差配さんが死んだあとは親分がいた。

今こそが、本物のひとりぼっちだ。

(だけどおときが――おときが)

おときがいるか？　彼女のことを考えると、糸吉の胸は春の子馬みたいにぴょんぴょんと弾《はず》んでくる。けれど、おときが糸吉をどう思っているかなんてことはわかったものじゃない。少なくとも、ここで糸吉がおときの期待に応《こた》えられなかったら、すべてはおじゃんだ。

洗い場にしゃがみこみ、糸吉は途方にくれた。たわしから水が滴《したた》り、足や臑《すね》を濡らす。

「おい、糸さん」と、後ろで声がした。振り仰ぐと、権三が立っていた。

このお店者あがりの糸吉の相棒は、岡っ引きの手下になった今も、いつだって、どこかの番頭みたいなきちんとした身なりをしている。一年中尻っぱしょりして裸足で飛び回っている糸吉とは大違いだ。権三は縞《しま》の着物の裾をちょっと持ち上げ、脱いだ足袋《たび》を片手に揃《そろ》えて持って、にこにこして糸吉を見おろしていた。

「親分に叱られたそうだね」と、権三は柔らかい声で言った。

「叱られたんじゃねえや」糸吉は口を尖《とが》らせた。「俺が親分を見限ったんだ」

「そいつは威勢がいい」

権三は糸吉の脇にしゃがんだ。糸吉は彼に背中を向けた。「権三さんともこれ限《き》りだね。世話になったよ」

「まあ、そう素っ気ないことを言わないでくれよ」権三は、いっこうに気を悪くした顔も見せない。「親分と喧嘩をしたからって、俺とも仲違《なかたが》いしなくちゃならないわけはねえ。話はおかみさんから聞いたよ」

「どう思う？」と、糸吉は思わず権三の顔を見た。

糸吉の気弱な本音を見ても、権三はからかわなかった。むしろ笑いを引っ込めて、真面目に顎《あご》を引いた。

「俺にはね、糸さん。おときって娘さんの話が本当かどうか、見極めをつけることはできない。糸さんが正しいかもしれないし、親分のおっしゃるとおりなのかもしれない。だけど、大事なのは嘘か本当かじゃなくて、糸さんがどうしたいのかってことじゃねえかな」

「俺がどうしたいかって？」

「うん。その話が本当だった場合、糸さんは、行徳まで出張《でば》って行って、赤ん坊を殺したおしんをひっくくるつもりかい？　おときさんは、おしんが罰を受けるべきだと言ってるそうだけど」

糸吉は黙った。実はそこまで考えていなかった。これまでの糸吉の仕事では、そんな先まで心配する必要がなかったのだ。それは親分の仕事だったから。

「どうだい？」権三が糸吉の顔をのぞきこんだ。糸吉は首を振った。

「わからねえ。考えてなかった」

権三は吹き出した。「正直だなあ。それが糸さんのいいところだ」

「だけど俺は……俺は……」糸吉は権三の顔を見た。「あの菜の花畑に本当に赤ん坊が埋まってるなら、どうにかしてやらなくちゃと思うんだ。そしたらおときちゃんだって慰められるだろうし──もし、もしもおときちゃんの話が嘘だとしたら、赤ちゃんの骨なんかないってことになるわけだけど……。なんとか、それを確かめる手がないもんかな」

「糸さんは優しいね」そう言って、権三は着物をしゅっと鳴らして立ち上がった。

「掘り返すわけにはいかないんだよな？」

「無理だよ。騒ぎになるからね」

権三はゆっくりとうなずいた。

「手はあるよ」

「ホントかい？」糸吉もぱっと立った。「どうすればいい？」

「こんな手を使ったら親分は怒りなさるだろうけど、糸さんはもう親分と縁を切ったみたいだからいいだろう」と、権三は笑った。

「日道《にちどう》に観《み》てもらうんだよ」

霊感坊主《れいかんぼうず》の日道は、御舟蔵裏の雑穀問屋三好屋《みよしや》の長男坊、十一歳になる長助《ちょうすけ》の別名である。つまり、坊主は坊主でも僧侶でなく坊やの坊ずなのだ。この子は霊感が強くて見えないものまで見る、先の出来事を当てる、憑《つ》き物《もの》を落とすと、大川の向こうにまで評判が鳴り響いている。

ところがこの日道が、ついこのあいだ、霊視にからんだごたごたで大怪我《けが》を負った。ようよう起きあがれるようになったという噂を聞いたけれど、怪我の件で茂七にお灸《きゅう》を据《す》えられたということもあり、このところは見料《けんりょう》をとって霊視をするのを控えているようだ。

日道が怪我をするまで、茂七は、三好屋夫婦と日道をひっくるめて嫌っていた。だがこのごろは、日道つまり長助については、むしろ同情的な気分でいるようだ。

親があれだからなと、糸吉にもこぼしていたことがある。

「俺に意見されたくらいじゃ、三好屋夫婦が恐れ入って日道さまを引っ込めるとは思えねえ。あの子も可哀相だ」

糸吉は、日道をよく知らない。ただ評判は聞いたことがある。だからそのときも茂七に、日道には本当に霊力があるんですか、と尋ねてみた。すると茂七は、彼にしては珍しく歯切れが悪い感じでこう答えた。

「本人は、本当にいろいろと人には見えないものが見えることがあるんだと言ってたよ」

権三は、その日道に菜の花畑を観てもらえというのである。

「俺が遣《つか》いに行って頼んでみよう。回向院の茂七の手下と言ったら三好屋が会わせてくれるわけはないが、どこかの番頭のふりでもして、もぐりこんでみるよ。どうやらあの子はうちの親分を好いてるみたいだから、本人に会うことができさえすれば、あとはなんとでもなるさ」

言葉どおり、権三は巧くやってくれた。それから三日後の昼過ぎ、日道が、相生町の菜の花畑までやってきたのである。

「おめえ、ひとりで出歩いていいのかい？」

日道はまだ身体のあっちこっちに晒《さらし》を巻き、膏薬《こうやく》の匂いを漂わせ、片手に杖をついていた。節《ふし》くれ立った頑丈な杖で、子供の手には不釣り合いだ。いつも拝み屋をやるときの白装束ではなく、そこらの子供たちと同じように筒袖《つつそで》を着ている。誰も連れず、権三とふたりでぶらぶらと歩いてきた。

「見張られてるわけじゃないもの」と、笑ってみそっ歯をのぞかせた。権三も丸い顔で笑っている。

「話は通じてるのかい？」糸吉は権三に聞いた。彼がうなずき、日道も「うん」と答えた。

「見料は……」

「そんなもん、要《い》らないよ。回向院の親分にはお見舞いをいろいろもらったし」日道は小さな頭をちょこっとかしげた。「だけど糸吉さんは、このことで親分と喧嘩したんだってね」

糸吉はぶうとむくれた。権三はそんなことまでしゃべったのか。

「まあな」

「おいら余計なことは言わないけど、親分さんと仲直りしなよ。権三おじさんも心配してるよ」

権三はくつくつ笑っている。うるせえなと、糸吉は思った。

「それより、早く観てくれよ」

日道はえっちらおっちらと杖をつき、菜の花畑に近づいていった。

「きれいだね」と、子供らしい声をあげて喜んだ。「うちの庭にも菜の花を植えようって言ってみよう」

「それより早く――」

「わかったってば」

日道は目を細め、菜の花畑を見つめた。折から風の強い日で、杖をついていても、日道の小さな身体が、菜の花がざざあと揺れるのと一緒に揺れた。大丈夫かなと糸吉は思った。

杖をささえに、日道は歩き始めた。菜の花畑の端から端まで、行ったり来たりを繰り返す。まだ歩くのが辛《つら》そうで、ときどき顔をしかめたりする。

と、足を止め、そこで菜の花畑に向き直ったかと思うと、黄色い花の海のなかに踏み込んでいった。いっぱいに伸びた菜の花の群は、日道の腋《わき》の下あたりまでの高さがあった。

「踏み荒らすと叱られるぞ」糸吉は声をかけたが、日道はふらふらと進んで行く。そして真ん中あたりで立ち止まった。初めて見かけたとき、おときもあの辺に佇んでいたと、糸吉は思い出した。

しばらくして、日道が妙に抑揚《よくよう》を欠いた声を出すのが聞こえた。

「ああ、だから菜の花なんだね」

「どういうことだ？」と、糸吉は権三を振り返った。権三は黙って首を横に振っている。

「可哀相だなあ」と、日道が言った。「そうなのか」

「あの餓鬼《がき》、何をひとりで納得してんだろう？」

糸吉が尋ねても、権三は無言で日道を見守っている。

ようやく気が済んだのか、日道はまた道へ出てきた。杖を持っていない方の手を広げ、花にさわりながら、

「きれいだね」と、権三を見上げる。「けどおいら、菜の花のおひたしは嫌いなんだ」

「旨いのにな」と、権三が応じる。

「おひたしはみんな嫌いさ」

「あのなあ、おめえ――」糸吉はしびれを切らした。「肝心な話はどうなったんだよ。見えたのか見えねえのか」

「見えたよ」と、日道はあっさり答えた。

「赤ん坊の骨か？」

日道は揺れる菜の花たちの方を見つめた。ひどく悲しそうな顔をしている。

「糸吉さん、親分の言うとおりにした方がいいよ」

「あん？　どういうことだ？」

「調べたってしょうがないよ、ここを」

「赤ん坊の骨はないのか？」

「どうかな……あると思ってる人がいるようだけど」

「どうかなって、おめえそれを観にきたんだろうが」

「うん、見たよ」日道はぼうとため息をもらした。「赤ん坊を殺しちまったと思ってる人を見た」

わけがわからなくて、糸吉は権三の顔を見た。だが権三はしゃがみこみ、日道と同じ目の高さになると、

「くたびれたろ」

「ちっと」

「じゃ、帰りはおじさんがおんぶしてってやろう」と、くるりと回って背中を出した。日道は喜んでおぶさった。

「じゃあな、糸さん」

「じゃあなって」

「わかったじゃないか。骨はないんだよ。少なくとも、俺たちにとってはな」

権三はとっとと歩き出した。日道が——いや、そうしておんぶされているところはただの子供の長助が、振り返って手を振った。

「またね、糸吉さん。親分と仲直りしとくれよ、きっとだよ」

糸吉は憮然《ぶぜん》として、ひとり。

四

何日かかけて、糸吉は、かつての今元長屋の周辺を探り回った。容易な仕事ではなかった。

昔の住人たちは、ちりぢりになっている。今の居所を探り当てるだけでもひと仕事だ。運良く会って話を聞くことができても、竹蔵さんところとは行き来がなかったからとか、あらあそこの赤ん坊は里子に出されたんですよとか、聞いても役に立たない返答ばかりが返ってくる。

「赤ん坊が死んだなんて話、信じられないね」と、笑い飛ばされもした。そして糸吉を疑いの目で見つめる。「あんた、そんなことを探ってどうするつもりなんだい？」

おまけに、毎日菜の花畑をうろついているものだから、隣の家のあの怖い女に、たびたび怒鳴りつけられる羽目にもなった。隣家は傘張りをしているらしく、近づくといつも糊《のり》の匂いが漂っていて、いわゆる菜種梅雨《なたねづゆ》の時季、女はしきりと忙しがっていた。名をおこうという。

糸吉は、菜の花畑の張り番を自認しているらしいこのおこうから、話を聞きたいものだと思った。なにしろ隣家なのである。長屋のことを何か知っているかもしれない。しかし、とりつくしまもないほどに、おこうは無愛想《ぶあいそう》だった。

糸吉は彼なりに頭を働かせた。おこうの家は、火事の後に急ごしらえの修繕をしたままの状態になっている。あのてんでんばらばらで見苦しい板壁をなんとかしてやろうと持ちかけてみることにしたのだ。

「おこうさん、実は俺は湯屋で働いててね。焚き付けを集めて回ってる。焚き付けって言っても、なかにはきれいな板もあるんだ。そいで、ここを通るたんびに気になってたんだけど、あんたのところの壁さ、あれじゃ気の毒だ。俺が具合のよさそうな板きれを都合してきてやるから、かわりに壁のあのつぎはぎをはがして、焚き付けに売っちゃくれねえか？」

思ったとおり、おこうはこの話に飛びついてきた。急に愛想がよくなって、糸吉を土間に招き入れ、出涸《でが》らしの茶をふるまってくれた。

糸吉もせいぜい愛嬌を見せて、いろいろと世間話をした。あの火事はひどかったねと水を向けると、おこうも興《きょう》に乗っていろいろしゃべった。彼女は女手ひとつで四人の子供を育てており、日ごろから話し相手には飢えているようだった。

「ところでおこうさん、今元長屋の連中とは付き合いがあったかい？」

「ああ、あったよ。差配さんが一緒だったからね。今は別の人になっちまったけど」

「今元も大変らしいからな。新しい長屋は当分建たねえだろうね」

「このまんまの方がいいよ、日当たりが良くて」おこうは狭い座敷いっぱいに広げて乾かしてある唐傘《からかさ》を手で示した。「おかげで大助かりさ」

「そうだろうなあ。けど、寂しくねえか？　長屋の人たちがいなくてさ」

「ちっとはね」

「俺もよくここを通るもんだから、顔を合わせて挨拶するような人たちがいたんだ。ほら、鋳掛屋の竹蔵さんて、いたろう？　うちの湯屋へ来てくれたことがあってね」

「そんなら、あの人が肺の病になる前だね」

「そうそう、気の毒だったね。おかげで赤ん坊も里子に出さなくちゃならなくてさ」

「うん……」おこうはうなずいたが、そこでちょっと言葉を切った。「そうだったね」

「どこへ里子に出されたか、あんた知ってるかい？」

「さあ、知らないよ」

「差配さんが世話したのかなあ」

おこうはじろりと、横目で糸吉をにらんだ。

「あんた、そんなことを聞いてどうするつもりだい？」

「どうするって、別に」

「そうかねえ。なんだか怪しい話だね」

糸吉はあわてた。存外、鋭い女である。

「竹蔵さんとこの赤ん坊の話なんか持ち出してさ、何か魂胆《こんたん》があるんじゃないのかい？」

「とんでもねえよ」

糸吉の正直なあわてふためきぶりに、おこうの疑いはますます濃くなったようだ。彼女は露骨に態度を変えると、糸吉を土間から追い出しにかかった。

「あたしとしたことが、甘い話につられるところだった。あんた、もううちの近所をうろうろしないでおくれよ」

「そんなこと言わないでくれよ。俺が何をしたっていうんだい？」

「なんでさ？　なんで急に？　竹蔵さんとこの赤ん坊のことは、そんなにまずい話なのかい？」

この糸吉の話の持って行き方がまずかった。おこうはカンカンになってしまった。

「出ていっとくれ！」

糸吉は、赤ん坊殺しの謎の一端をつかんだと思った。たったあれだけの話題でこんなにぴりぴりするなんて、何かあるとしか考えようがない。

「おこうさん、あの赤ん坊は殺されたんじゃないのかい？」

言い終えないうちに、糸吉は外に叩き出されていた。勢い余って跳ね返るような勢いで戸が閉まった。隙間から一瞬のぞいたおこうの顔は、怒って真っ赤になっていた。そのくせ、ひどく怯《おび》えているようにも見えた。

その夜――糸吉は身を持て余していた。

今までならば、こういう発見があったとき、茂七親分の元に駆け戻ればよかった。だが、今はそれができない。どうやら糸吉の疑いが的を射ていたようであるとわかってきたのに、おときが真実を語っていると信じていいとわかってきたのに、それを語る相手がいないのだ。

しかし、湯屋の釜の火を落とし、残った温《ぬく》もりにぼうっとあたっているとき、はっと閃《ひらめ》いた。話し相手ならいるじゃないか！

糸吉は、富岡橋《とみおかばし》のたもとに向かった。

淡い紅色《べにいろ》の提灯《ちょうちん》が揺れている。今夜も親父《おやじ》は稲荷寿司《ずし》の屋台を出しているようだ。糸吉は嬉しくて足を速めた。

この稲荷寿司屋の親父は、前歴のよくわからない御仁《ごじん》である。茂七親分は、あれは元はお侍だと言っている。何か事情がありそうだ、とも。けれどもそういう怪しい人物なのに、親分はしきりとこの親父に会いにゆく。捕り物の話もしているようだ。妙に信頼しているみたいだった。

糸吉もつい最近、親分に連れられてこの屋台に来たことがある。稲荷寿司だけでなく、煮物焼き物さまざまな料理を出してきて、どれもとびきりに旨い。酒は扱わないが、すぐ脇に担《かつ》ぎ売《う》りの猪助《いのすけ》というじいさんが座っていて、一杯いくらの量り売りをするという、申し分のない仕掛けになっていた。

提灯を目指して小走りに歩きながら、宵《よい》っ張《ぱ》りの屋台だが、さすがに今夜はもう誰もいないだろうと、糸吉は思った。なにしろそろそろ丑三《うしみ》ツ時《どき》（午前二時）である。ずっとあれこれ考え込んでいて、こんな時刻になってしまったのだ。道々、あちこちの木戸番《きどばん》で、おや糸吉さんどうしたのと声をかけられる始末だった。

屋台の腰掛けが見える近さまできたとき、糸吉は、稲荷寿司屋の親父と向き合って、客がひとり、うずくまるようにして酒を飲んでいることに気がついた。大きな身体、ごつい横顔だ。しかもなんて派手な柄のどてらを着込んでいやがるんだろう

——


そこで、はっとした。

(なんだ、梶屋《かじや》の勝蔵《かつぞう》じゃねえか!)

黒江町《くろえちょう》の船宿「梶屋」の主人である勝蔵は、この土地の俠客《きょうかく》である。茂七親分が言うには、どんな土地にも毒虫だの毒蛇だのがいるもので、どうしても一匹は飼っておかなきゃならねえものなら、使いようで薬にもなる蝮《まむし》がいい、勝蔵はそういう蝮だと評している。

勝蔵は怖い者なしの男だが、不思議なことに、この屋台の親父にだけは手が出せない様子だ。所場代《しょばだい》もとっていない。ここにもいわくがありそうだと、茂七親分は考えている。糸吉も当然、それをよく知っていた。

そのふたりが酒を飲んでいる——

退散した方が良さそうだと、糸吉は帰りかけた。ところがそこへ声をかけられた。

「糸吉さんじゃありませんか。こんばんは」

屋台の親父がこちらを見ていた。柔和な笑みを浮かべている。ついで、勝蔵がでかい頭をめぐらして糸吉を睨みつけた。

「逃げるこたなかろうが」と、だみ声で言った。「あっしなら、もう帰るところですぜ、親分」

そう言って、ぐふふと笑った。むろん、糸吉をからかっているのである。勝蔵はだいぶ酔っているようだった。言葉どおり、ぐらりと立ち上がると、腰掛けを離れた。そのまま、挨拶もせず銭もはらわず、ぶらぶらと夜道を歩き出す。

糸吉は屋台に駆け寄った。「勝蔵のやつ、お代をはらわねえで行こうって腹ですよ」

親父はにこやかな顔を変えなかった。「いいんですよ、今夜は私のおごりだから」

「親父さん、勝蔵と知り合いなんですかい？」

茂七からは、あの屋台の親父の身辺をつついたり、あれこれ聞いたりするなと釘《くぎ》を刺されている。そのうち、自分から言い出すときがくるだろうから、と。しかし今、あまりに意外な成り行きに、その言いつけを忘れてしまった糸吉だった。

親父は柔和な目をしたまま、首を横に振って笑った。

「とんでもない。ただ、梶屋さんはこのあたりの顔役ですからね。たまにはおごるのも仕方ないでしょうよ。ところで糸吉さん、せっかく来てもらったが、今日はあらかた売りつくして、たいしたものが残っていないんですよ。猪助さんも帰ってしまったし……。それでもかまいませんか」

勝蔵の件を、上手にはぐらかされた感じだが、仕方がない。糸吉はうなずいた。

「いいんです、何も要らねえ。飲み食いしに来たんじゃなくて、話をしたくて来たんだから」

親父はちょっと眉を動かし、意外そうな顔をした。が、それもほんのわずかのあいだのことだった。

「じゃあ、お茶でも差し上げましょうか」

糸吉はしゃべった。話の筋道を立てて手っ取り早くしゃべることにかけては、茂七の下で修業を積んでいる。

親父は自分も腰をおろし、屋台の上のものを脇にどけてそこに手を乗せると、ほとんど相づちもはさまずに、静かに聞いてくれた。しゃべり続けながら糸吉は、なるほど、この親父はただの屋台の親父じゃねえなと、ちらりと思ったことだった。

(親分がいつも言ってなさるな。聞き上手には、ひとかどの人物が多いって)

糸吉がしゃべり終えて、温かい茶を飲むと、親父は新しい茶をいれ始めた。相変わらず無言である。焦《じ》れてきて、糸吉は聞いた。

「親父さん、どう思います？　俺の考えははずれてるかな？」

赤ん坊殺しは本当に起こった。それを長屋の連中はもちろん、近所の者も知っている。たとえばおこうだ。そうして、みんなで隠している。竹蔵夫婦をかばうためだ――

しかし、茶をいれた親父は、湯飲みをゆっくりと糸吉の前に進めると、微笑してこう言った。

「糸吉さん、そのおときさんて娘に惚《ほ》れてしまったんですな」

糸吉は目を見張った。顔が赤くなるのが、自分でも判《わか》った。

「惚れた娘のためになら、何でもしてやりたい――男としちゃ当たり前のことだ」

「そんなわけじゃ……」

親父はにっこりと笑った。「赤ん坊殺しのことは、私なんぞには見当もつきませんよ」

「だけど親父さんは、うちの親分とよく捕り物の話をするんでしょう？」

「しやしませんよ。私にはそんな頭はありません」

「そんなはずねえよ」

子供のように頬をふくらませる糸吉を、親父は面白そうに見ている。けれど、やがて笑みを消し、声を落として言った。

「私にわかることといったら、親子のあいだにはいろんなことがあるもんだ、ということぐらいですよ。なかなか、傍目《はため》からはわからないような難しいことや辛いことがね。場合によったら、親が子を殺すこともあるでしょう。捨てることもあるでしょう」

思わず、糸吉は言った。「俺だってそれはわかるよ。俺も捨て子だったから」

親父は目をしばしばとまたたかせた。「そうでしたか……」

糸吉は下を向いていたから、この親父がどんな顔をしていたのかわからない。続いて聞こえてきた言葉に驚き、顔をあげたときには、親父は糸吉に背中を向けていた。

「実は私も、一度捨てた子供を探してるんですよ」

糸吉は、声も出せないくらいに驚いた。こんな大事な話をいきなり聞かされて、すぐに呑み込むことができるほどには、今夜の糸吉は機転がきかなくなっていた。親父は屋台の後ろにかがみ込んで何かやっている。しばし、ぽっかりと音も声もない。

と、親父が起きあがった。小さな包みを糸吉に差し出す。

「これをどうぞ」

「あの……」

「菜の花餅ですよ。しんこ餅のなかに、彩りに菜の花の刻んだのを入れてあります。少し甘い。糸吉さんは甘いものがお好きでしょう。親分のおかみさんにも差し上げてください」

今夜は帰れと、諭《さと》されているのだった。

「そうそう、近々、小鯛《こだい》の笹漬けが手に入りそうです。入ったら、それで手鞠《てまり》寿司をつくりますからね。お知らせしますから、ためしに来てください。親分と一緒にね」

「親父さん……」

糸吉は、自分でもひどく情けないと思うような声を出してしまった。

「俺、ひとりでどうしていいかわからねえんです。この先、何をすりゃいいんです？」

「親分に謝ればいいじゃないですか。許してくださいますよ」

「だけど俺、赤ん坊殺しのことを放ってはおけねえ」

親父の骨張った肩が、ちょっと落ちた。それから彼は、ゆっくりと言った。

「放っておけないというのなら、やるべきことはひとつだと思いますがね」

「何です？」

「おときさんのふた親に会うんですよ」

「だけど、葵屋の夫婦は赤ん坊殺しを知ってて隠してるんですよ? 本当のことを言うわけがねえや」

「隠してるかどうか、わからない。いや、隠しているのがそのことなのかどうかね」と、親父は謎のようなことを言った。「おときさんは身体の具合が悪そうだという話だ。若い娘さんなのに、そこが、私にはちょいと引っかかりますね。そのことも、葵屋の夫婦に聞いてみるといい。それと、日道坊やの言ったことも、よく考えてごらんなさい」

親父はそれきり、もう相手になってはくれず、片づけを始めた。


糸吉は葵屋を訪ねた。

最初はおときを訪ねて行った。店でふた親にその旨《むね》を話すと、娘は今、他人《ひと》様にはお会いできないという。病気なのにふらふら出歩くもんだから、人をそばにつけて寝かせてあるのだ、という。

糸吉は自分の身元を明らかにして、いくらか誇張して、御用の筋だからと話を通した。葵屋夫婦は目に見えて青くなり、糸吉を座敷に通して向き合った。そこで糸吉は、今までのことを全部話して聞かせた。そうして問うた。本当のところはどうなんだと。

驚いたことに、糸吉が菜の花畑のことを話し始めると、すぐに、おときの母親が泣き出した。父親がいさめても、我慢できないという様子で、顔を覆《おお》って泣き続ける。

やがて、重いものを背負って呻《うめ》くような顔つきで、おときの父が口を開いた。

「娘は、少し頭がおかしくなっているのです」

糸吉は屹度《きつと》目を上げた。

「俺はそうは思わねえよ。口のきき方だって、言ってることだってちゃんとしてる」

「見かけはそうですが、心が壊れてるんですよ」

自分の手で、自分の赤ん坊を殺しちまって以来――と、小さな声でつけ加えた。

二年ほど前のことになる。器量好しで気だてのいい葵屋の看板娘に、思わぬ虫がついた。男は葵屋の客で、商人風に見えたけれど、世慣れた主人夫婦の目には、一見して油断ならない人物と映った。しかし、おときの目には男の危険な部分が見えなかったし、やめておきなさいという親の声も、恋する耳には入らなかった。

密《ひそ》かに男と逢ううちに、おときは身ごもった。それがわかるとほとんど同時に、男はおときを捨てて消えた。あまりにもありふれた筋書だが、ありふれているからといって、悲劇が割り引きされるわけでもなかった。

葵屋夫婦は世間の目をはばかり、考えに考えた挙げ句、おときの身柄を、一家の菩提寺の和尚《おしょう》に預けた。本所の北の押上村《おしあげむら》にあるその寺で、おときはひっそりと赤子を産んだ。男の子だった。

男に捨てられて以来、おときは半病人のようになっており、お産はひどい難産だった。産後は輪をかけて衰弱がひどくなり、食事もとらず寝たきりで、一日泣いてばかりいる。その挙げ句、寺の者たちがちょっと目を離した隙に、おときは子供を抱き、川に入って死のうとした。危ないところでおときは助けられたが、子供は死んだ。小さな骨は壺に入れて、今もその寺に預けてある。

「菜の花寺なんです」と、泣きながらおときの母が言った。「そのお寺の境内に菜の花がいっぱい咲いていて、村の人たちにそう呼ばれてるんです。ちょうど去年の今ごろでした。おときが入った川の土手にも、そりゃもうきれいに菜の花が咲き乱れてた」

それとは別に、今元長屋の竹蔵夫婦の赤子殺しは、確かに本当にあったことだと、葵屋の主人は言った。

「すべておときの話したとおりです。私らも、長屋の人たちも、竹蔵さんたちが可哀相でかばっておりました。回向院の親分さんも、全部ご存じですよ」

「親分が？」

「ひっくくるには忍びないって、お目こぼししてくだすったんです。だから、おときの話が作り話だって、すぐにわかったんでしょう。実は最近、親分さんが、おときが外で妙なことをしているから、気をつけるようにって報せにきてくだすったんです。そのときに、うちの事情もお話ししたんですが……」

しかし、竹蔵夫婦の赤子は、床下に埋められたわけではないという。

「竹蔵さんとおしんが密かにどこかに葬りました。だからあそこには何もありませんよ」

死にかけたところを助けられたものの、おときの心は壊れてしまった。あれ以来ずっと、夢とうつつのあいだを行ったり来たりしているという。見かけは普通のようだけれど、おときの内側は、暗く冷たい川の水で、いっぱいに満たされている。彼女はまだ、赤子の死んだ川の底にいるのだ。

「あの娘《こ》には、赤子の骨も亡骸《なきがら》も見せませんでした。見せられるような様子じゃなかったし。だって、死んだ赤ん坊を気がふれたみたいに探し回りましてね。おとっつぁんとおっかさんが殺したんじゃないか、殺してどこかへ埋めちまったんじゃないかなんて言い出す始末で。頭も、身体の方も、ちっともよくならなくて、あのまま死んじまうのかもしれないと思うと、哀れで哀れで」

「このところは、少しは落ち着いてきたかと思ってたんですが……。ひどいご迷惑をおかけしてたんですね、あいすみません。本当に申し訳ないことです」

おときは、自分の身に降りかかった不幸を認めたくないのだ。自分の手で赤子を死なせてしまったことも。

「だから、相生町で菜の花畑を見て、心のなかのそういう思いと、昔の竹蔵さんたちの赤ん坊のこととがいっしょくたになっちまったんでしょうね」

日道は言っていた——糸吉は思い出した。

（ああ、だから菜の花なんだね）

糸吉は、おときに会わずに帰った。会って話をしたら、また彼女の言うことを信じたくなってしまうだろう。それが怖い。いやそれ以上に、おときの目のなかをしっかりとのぞきこんで、そこに狂気を見つけてしまうのも怖かった。

肩を落として、糸吉は歩いた。どこをどうということもなく行くうちに、相生町に出た。

菜の花畑の前に、茂七が立っていた。一面の黄色い海に、まぶしそうに目を細めて。

「きれいだなあ」と、糸吉に声をかけた。

糸吉は泣きたくなってきて、下くちびるを噛んでこらえた。

「しかし、こう伸びちまっちゃ、堅くておひたしにはならねえな」

茂七は糸吉の肩をぽんと叩いた。

「今夜は菜の花飯だとさ。さあ、帰ろうじゃねえか」

並んで歩き出した。茂七は前を向いたまま、静かな口調で言った。「おときは今にきっとよくなるよ。慰めて、励ましてやんな」

糸吉はうなずいた。それしか、今はできないのだった。

寿の毒

一

師走《しわす》のひと月があんなにも忙《せわ》しないのはこのためだというのに、正月三が日など、来てしまえばあっという間である。

冬至《とうじ》を過ぎて、畳《たたみ》の目ほどずつながらも日ごとに陽《ひ》は伸びているはずだが、それでも昼がまだまだ短いから、なおさらそう感じるのだろう。年始回りと初詣《はつもうで》、おせち料理と上方《かみがた》くだりの銘酒。楽しく酔っているうちに三日が過ぎ、おやもう四日だ、五日だ、そして明日はもう七草《ななくさ》である。正月飾りを外《はず》さねばならない。

それでも静かな正月だったのが、回向院《えこういん》の茂七《もしち》にとっては幸いだった。喧嘩《けんか》騒ぎも大きなものはなく、怪我人《けがにん》も出ず、これという事件も起きなかった。おかげで少々飲み過ぎたのだろう。どうも胃の腑《ふ》のあたりがもたれ気味で、どうかするとげっぷが出る。

「ええとねえ……毎年のことなのに、あたしはどうにも覚えが悪いのよ」

勝手口ではかみさんが、出入りの八百屋《やおや》相手に話している。

「なずな、はこべら、すずな、すずしろ」

かみさんは小娘のように指を折って数え上げる。

「あとは？　ああ、せりね。それと、ほとけのざ。これでどう」

「おかみさん、それじゃまだ六つです」

「え？　あとひとつは何だったろう」

「ごぎょうですよ。おかみさんは毎年それをお忘れになります」

「そうかしら。ごぎょうなんて、普段は食べないものねえ」

「おっしゃるとおりでございます」と、八百屋はにこにこした。「毎年どおり、五人様分でよろしゅうございますね？」

「ええ。うちは四人ですけれど、糸《いと》さんが二人前食べるから」

毎度ありがとうございます、では明日いちばんでお届けにあがりますと、八百屋は丁寧《ていねい》に頭をさげて出ていった。

茂七の手下《てか》の糸吉《いときち》と権三《ごんぞう》は、岡っ引き稼業の茂七を助ける他に、自分の生業《なりわい》も持っている。糸吉はごくらく湯という湯屋であてにされている働き手だし、権三は自分の住まう長屋の差配人《さはいにん》を手伝い、これまた重宝《ちょうほう》がられているという具合だ。新年は元旦こそ茂七のところで一緒に屠蘇《とそ》を祝ったが、あとはふたりそれぞれに忙しい。今日など、まだふたりとも顔を見せていない。

「あら、どうしたんですおまえさん。そんなところで景気の悪い顔をして」

かみさんが、長火鉢《ながひばち》の縁《ふち》に肘《ひじ》をついてつくねんとしている茂七を見かけてからかった。

「どうもこうもねえ。おせちにあたったんじゃねえかな。腹具合がよくねえんだ」

「嫌《いや》ねえ。今ごろになってそんなことがあるもんですか。お酒のせいですよ」

かみさんは笑いながら、口先だけで叱《しか》りつけた。

「お元日に、加納《かのう》様のお屋敷でたくさんいただいたのが振り出しでしょう。いったいぜんたい、この江戸の町に、大事な旦那《だんな》のところへお年始にうかがって、飲み比べをしてつぶれてしまうような岡っ引きがいるもんですか。おまえさんぐらいなもんですよ」

茂七は数年前から、八丁堀《はっちょうぼり》の本所深川方同心《ほんじょふかがわかたどうしん》、加納新之介《しんのすけ》から手札《てふだ》をいただいてお上《かみ》の御用を務めている。加納の旦那はまだ若い。ようよう二十五歳である。それまでずっと茂七を使っていたのは古株《ふるかぶ》の伊藤《いとう》という同心で、彼が急死したあと、回されてきたのが加納新之介だったのだ。手下の糸吉とさして違わない年回りの旦那に仕《つか》えるのだから、最初のうちはなかなか馴染《なじ》めなくて気が揉《も》めたものだ。それが去年あたりから、やっと旦那の気性《きしょう》を飲み込めてきたし、先方も茂七の使い方を心得てきたしで、うまが合うようになってきた。やれ嬉《うれ》しや、というのが双方の本音である。それだからこそ、年始の挨拶《あいさつ》にうかがったら、堅《かた》い挨拶はもういいからあがれ、あがれ、一献《いっこん》傾けようではないか、一度親分と飲み比べをしてみたかったのだ——という運びになってしまったのだ。

「俺はつぶれてないぞ。つぶれたのは加納の旦那だ」茂七はむくれて訂正した。

「いいえ、おふたりともきっちりつぶれてございました、順番が後先になっただけだって、権さんが笑ってましたよ」

飲み比べで、息子みたいな歳《とし》の旦那に勝ったものだから、すっかりいい気になっちまったのねと、ちくりとやられた。

「これほどたくさんご酒を飲んだお正月はありませんでしたよ。もう若くはないんですからね。ほどというものを知らないと」

ふんと、茂七は鼻先で返事をした。

「それにしても、昔のひとはやっぱり偉《えら》いわ。おまえさんみたいな飲み過ぎ、食べ過ぎの男衆《おとこし》のために、ちゃあんと七草粥《がゆ》という慣《なら》わしをつくってくだすったんだから。何なら、今夜からお粥にしてもいいんですよ」

「何度七草を祝っても、そのたびにごぎょうを忘れるようなおめえに言われたくないね」

負け惜《お》しみばっかり強いんだからとかみさんは言い返す。いずれにしろ、平和な年明けだ。げっぷのあいだには、あくびぐらいしかすることがない。

ところが、その翌日、当の七草の日のことである。

どれ、ひとつぐるりと木戸番廻《きどばんまわ》りでもするかと、茂七が支度《したく》をしているところへ、権三が顔を出した。この男はもとお店者《たなもの》で、そろばんに明るく物腰《ものごし》も丁寧だ。身体《からだ》は「牛の権三」と異名《いみょう》をとるほどに大きいくせに、どんなに急いでいるときでも、けっしてどたばたとはやってこない。気がつくと、するりと座敷の入口にいる。

「お出かけでしたか、親分。ちょうど間にあってよござんした」

「おう、どうした」

いつでもあわてている糸吉は、あわてているのが常なので、大事と小事の見分けがつきにくい。権三はその逆で、いつでも落ち着いているのだが、やっぱり大事と小事の見分けがつきにくい。茂七の手下たちの、唯一《ゆいいつ》の困ったところである。

「実は少々取り込みがございまして。熊井町《くまいちょう》の料理屋『堀仙《ほりせん》』という店です」

本所深川には、名高い「平清《ひらせい》」を頭《かしら》にいくつかの料理屋がある。が、堀仙という店の名は初耳だった。

「去年の春に店開きをしたそうで、料理屋といっても、まあ仕出し屋に毛が生《は》えた程度のこぢんまりとしたところです。若夫婦二人と小女《こおんな》が一人、三人で充分に切り回せるというくらいの」

「庖丁人《ほうちょうにん》は？　そこの主人か？」

「はい。吉太郎《よしたろう》といいます。歳は三十。外神田《そとかんだ》の『薪膳《まきぜん》』で十五年も修業して、ようやく独《ひと》り立ちしたばかりだそうでして。実は、うちの差配さんが薪膳の庖丁人と長年昵懇《じっこん》の付き合いをしてまして、この話も、吉太郎がまず薪膳に泣きついたのを、深川のことなら茂七親分だろうからと、回り回って私の耳に届いたんです」

堀仙では昨日《きのう》、宴席をひとつ請け負った。客は八人。そこで数人が具合が悪くなり、今朝《けさ》になってそのうちの一人が死んだというのである。

「どうも食あたりのようではあるんですが、とにかく死人が出ておりますので」

茂七はぎゅっと眉根《まゆね》を寄せた。「で、それはどこのどんな宴席だ？」

「海辺大工町《うみべだいくちょう》の蠟問屋《ろうどんや》、辻屋《つじや》をご存じですね。あそこのご隠居の還暦《かんれき》祝いの席だったそうです。ですから宴席に出ていたのも、辻屋のご隠居本人と主人夫婦、あとの五人も親戚筋や、ご隠居の古い知り合いなど、気心の知れた者ばかりだったそうで。ごく内輪《うちわ》の席だったようですね」

「大人ばかりか？」

「はい。内訳は、辻屋の三人の他に、ご隠居の弟夫婦。蠟問屋の寄り合いで隠居と長年懇意《こんい》にしてきた商《あきな》い仲間の老人と、その女房と。あとは親戚筋の女が一人」

権三は、さっきの八百屋相手のかみさんと同じように、きちんと指を折って数えあげた。

「そのうち、死んだのは誰だ」

「その親戚の女――主人の彦助《ひこすけ》の又従妹《またいとこ》にあたる、おきちという女です。ただ、これは今では『いろは屋』という深川仲町《なかちょう》の小間物《こまもの》屋の女房ですが、実は彦助の先妻だった女で。今の辻屋の女房は二人目なんですよ」

　彦助とおきちは又従兄妹《またいとこ》の間柄であるだけでなく、幼馴染みでもあって、小さいころから末は夫婦《めおと》にと、当人どうしも周囲も認め合った間柄だったのだそうだ。が、いざおきちが嫁《とつ》いでみると、彦助の母親、姑《しゅうとめ》との折り合いがどうにも良くない。結果、五年前に夫婦別れとなって、おきちはいったん実家に戻り、そこからいろは屋へ再縁した。彦助も二番目の女房をもらって、今年で三年だという。彦助とおきちには子供がなかった。今は、新しい女房とのあいだに二児をもうけている。この子供たちはまだ小さすぎるというので、宴席には連《つら》ならず、無事だった。

「しかし、そんな経緯《いきさつ》のある女を、なんでまた還暦祝いに呼んだんだろう」

　真っ先に、茂七はそのことに引っかかった。

「詳《くわ》しいことは、まだわかりません。ただ、おきちと折り合いの悪かった姑は、先年亡くなったそうです。ですから、ねえ」

　権三は慎重《しんちょう》な口振りになった。

「彦助――辻屋の方に、おきちに対して申し訳ないという気持ちがあったんじゃないでしょうかね。わかりませんが」

「それが仇《あだ》になって、おきちは死んだわけか」

茂七はまだ険《けわ》しい顔をしたままだった。

「おきちの亭主は呼ばれていなかったのかい？」

「はい。いろは屋の主人は勘兵衛《かんべえ》という男ですが、そうですね、たぶん親分よりもっと年長でしょう。亡くなった先妻とのあいだに大きな伜《せがれ》がいます。おきちは父娘ほど歳の離れた男のところに後添《のちぞ》いに入ったんですね」

宴席は昨日の午《ひる》からで、八《や》ツ（午後二時）の鐘《かね》が鳴るころには終わっていた。商家のことだし、普通、こういう酒の出る祝い事は陽が落ちてからするものだが、辻屋の隠居は腰が悪く、暗くなってから出歩くのは大変だし、寒さも身にしみるので、明るいうちにしたのだという。

「松の内だから、昼日中から少々酔っぱらったとしても、そう面目《めんぼく》ないことにはならないというわけでしょう。いろは屋も辻屋も、店は休んでいましたし」

宴席のあいだに、「どうも具合が悪い、料理の味がおかしい」と、最初に言い出したのはおきちであったらしい。が、彼女のあとを追いかけるように、ご隠居の弟と、ご隠居の商い仲間の老夫婦も、少し気分が悪いと言い出したという。

「ただ、料理が旨《うま》いんで飲み過ぎたんだろう、たいしたことはないと、笑っていたそうです。おきちひとりだけはぶつぶつとこぼしていて、途中からは箸《はし》も進まなかったらしい」

茂七は無言で口の端《はし》をねじ曲げた。

「それでも四人とも、自分の足で歩いて帰ったそうです。だから皆、さほど心配していなかった。実際、ご隠居の商い仲間の夫婦の方は、何事もなく元気になっていました」

「会ってきたのか？」

「はい、通り道ですから。ふたりには、おきちが死んだことは、まだ伏せてあります。ついでに堀仙に寄って、昨日使った食材の残りや、食い残しやごみが残っていたら、そのまま手をつけずに置いておくようにと言ってきました。さすがに皿《さら》や鉢《はち》は洗っちまっていましたが、使ったものは分けて出しておいてくれと」

権三は、こういうところが気がきいている。

「おきちが今朝方ぽっくり逝《い》ってしまって、亭主の勘兵衛は、まず堀仙へねじこんだんですよ。食あたりだ、と。で、仰天《ぎょうてん》した吉太郎が、こんなときはどうしたものだろうと、外神田へ泣きついたという次第です」

「辻屋の方には？」

「堀仙から知らせが行きました。ご隠居も彦助夫婦も元気です。ご隠居の弟夫婦も、住まいが川崎《かわさき》なので辻屋に泊まっているんですが、やはり何事もありません。みんな、腰を抜かさんばかりに驚いていたそうですよ」

　事情は、ざっとわかった。

「で、勘兵衛は？　今はいろは屋に戻っているんだな」

「はい。親分が行くまで、騒がず静かにしていろと言い含めてきました。もともと、そう分別のない男のようには見えません」

「よし」

　茂七は羽織《はおり》の紐《ひも》を締めて立ち上がった。

二

　小間物屋というのは、白粉紅屋《おしろいべにや》ほどではなくても、やはり女相手の商いになる。店は小ぎれいにして、気の利《き》いたお世辞《せじ》のひとつも上手に言える、様子のいい男が商いをしているのがいい。じじむさかったり、貧乏くさかったりするのはいちばんいけない。

　いろは屋は、その点では失格だった。主人の勘兵衛は、歳は五十と言ったけれど、もっと年かさに見えた。全体に元気もない。何か持病があるんだろうと、茂七は思った。

おきちの亡骸《なきがら》は、奥の間に北枕で横たえてあり、上品な香りの線香が薫《た》かれていた。茂七はまず仏《ほとけ》に手を合わせた。蠟のような顔色で、不愉快なことでもあったかのように、眉をしかめている。だが、苦悶《くもん》の痕《あと》は見えない。勘兵衛に悟《さと》られないよう、そっと仏の両手をあらためてみたが、指も爪《つめ》もきれいで、何かをかきむしったような様子はない。肌《はだ》に痣《あざ》や変色も見あたらなかった。

ようやく、茂七は勘兵衛と向き合った。

「倅さんがいなさるそうだが、今どこに？」

口数が少ない者を指して「口が重い」とはよく言ったもので、勘兵衛は本当にくちびるが重たくて持ち上がらないというふうに、ゆっくりとしゃべった。今朝、堀仙にねじこんだときにも、この調子だったのだろうか。

「ゆくゆくはこの店を譲るつもりで、通町《とおりちょう》の小間物問屋に奉公に出しております。藪入《やぶい》りまでは戻りません」

「おきちさんが亡くなったことは知らせたかい？」

「いえ」と、かぶりを振る。

「しかし、義理の間柄とはいえおっかさんのことだろう」

「倅はおきちを母親とは思っておりませんでした。正直なところ、嫌《きら》っておりました」

特に口調が変わるわけでもなく、淡々とした言い方だった。それに、しゃべり出せばなめらかだ。日頃、誰かとぽんぽん話し合う暮らしをしていなかったというだけのことかもしれない。

「それじゃ、辛《つら》いところにすまねえが、昨日のことから順々に聞かせてもらいたいんだがね」

座敷のなかも店先同様、なんとも雑然として埃《ほこり》くさい。すす払いもきちんとしなかったのだろう。天井《てんじょう》の隅《すみ》に薄黒いぶらさがりものが見える。そのせいで、勘兵衛の表情にも、すすがかぶっているように見えるのだろうか。

「おきちさんは、昨日の午、辻屋の祝い事で堀仙に招かれて出かけた――これは、先《せん》から決まっていたことだったのかい?」

「はい。師走に入る前に、辻屋から遣いが来まして」

おきちは大喜びだったという。昨日も一張羅《いっちょうら》を着込んで出かけていった。

「帰ってきて、妙に青白い顔をしておりましてね。胸がむかむかして、背中が寒くてたまらないと、少し吐きまして……それから、布団《ふとん》をかぶって寝てしまいました」

そのまま夕食もとらず、水ばかり飲んでいたが、どうにも気分がよくならないと、医者を呼ぶことにしたのだという。

「どこの医者だ？」

「御舟蔵《おふなぐら》そばの安川《やすかわ》という若い先生です。もともと、この先生のお父さんも町医者で、辻屋がずっとかかりつけだったそうで」

おきちは癪持《しやくも》ちで、しょっちゅう痛みに襲《おそ》われ、難儀をしていたのだという。

安川医師は、この厄介《やっかい》な持病によく効《き》く薬を出してくれるというので、おきちはたいへん頼りにしていた。

「さて、若いといったがいくつくらいの先生だい。腕は確かなのかい？」

なぜか、勘兵衛は短いため息をもらした。茂七はそれを見逃さなかった。

「おきちよりも若いくらいです。あれは二十九でしたから……」

「そうか。で、その先生の診立《みた》てはどうだったね？」

「宴席で出た料理のことをあれこれ訊《き》いて、ひょっとすると食あたりかもしれないが、この様子では大したことはないと思うから、静かに寝ているようにとおっしゃいました。薬もくださいました」

「その薬、残ってるかい？」

「いいえ、その場で持参したものを飲ませてくださいまして、明日また寄ってみるから、と。ただ、具合が悪くなるようならば、遠慮は要《い》らないからすぐに知らせなさいとおっしゃいました」

「煎《せん》じ薬じゃなく、粉薬だな？」

「はい。紙に包んでありました」

薬を飲んだおきちはそのまま眠り、しばらくしてまた水をほしがった。勘兵衛が具合はどうかと訊くと、

「胸の焼けるのはおさまったけれど、頭が痛い、節々《ふしぶし》が痛い、足が痺《しび》れると、機嫌《きげん》を悪くしていました。顔色も紙のようで」

心配した勘兵衛は、もう一度安川先生を呼ぼうかと言ったが、おきちは断った。

「ひと晩眠れば治るから、と申しまして。あれにしては、聞き分けがよかった」

勘兵衛とおきちは、もうずっと寝床を別にしているという。寝《やす》むときは隣の座敷で、唐紙《からかみ》も閉めてしまう。

「私は普通に寝みました。夜中に起きたということもありません。正直に申しますと、おきちの具合を、それほど心配していたわけではなかったのです」

勘兵衛は背中を丸め、両手で膝頭《ひざがしら》をつかむようにして、ぼそぼそと続けた。

「あれはここに来て以来、元気だった日の方が少ないくらいでした。毎日毎日、どこが痛いの、気持ちが悪いのとこぼしていました。寝床から出ない日もあったほどです。私も最初のうちは気に病《や》んでおりましたが、癪の薬をいただくようになって

安川先生にお話ししてみると、おきちさんの病は気の病だと、はっきり言われました」

それからは、おきちがぐちぐちと訴える愁訴《しゅうそ》を、右から左へ聞き流すようになったのだと彼は言った。

「気の病の因《もと》は、他の何でもない、辻屋さん——彦助さんへの未練ですよ。おきちをもらった私はとんだ貧乏くじです。伜にも、何度も意見されました。おきちを実家《さと》へ帰した方がいいと」

茂七は穏やかに問いかけた。「それであんたも、夫婦別れする気にはならなかったのかね？」

勘兵衛はしばらく黙っていた。言葉に困っているというよりは、ひたすら恥じているように、茂七には見えた。

「世間体《せけんてい》というものがあります」

「そうだなぁ」

「それにおきちは、本人がどんなに望もうと、もう辻屋には帰れない。彦助さんには後妻さんが来て、可愛い子供にも恵まれた。目の上のたんこぶだった姑が亡くなったといっても、おきちの入り込む隙間《すきま》はもうないですよ」

それだのに、あれは諦《あきら》めなんだと、初めて咎《とが》める口調になった。

「そういうおきちが、哀《あわ》れなような腹立たしいような気がしましてね。あと半年待てば気持ちも変わるのじゃないか、もう半年経てばふっきれるのじゃないかと」

まあ、だらしのない話ですと言って拳《こぶし》で口元を拭《ぬぐ》った。

「それで？　あんたは今朝起き出して――」

勘兵衛はうなずいた。「夜明け前に目が覚《さ》めました。年寄りは朝が早いです。それで隣をのぞいてみたら、おきちはよく眠っているように見えました」

もう少し寝かせておこうと思った。が、すっかり夜が明けても、おきちはことりとも音をたてない。様子を見にいくと、最前とまったく変わらない姿勢で横になっている。

「さすがに不安になって声をかけましたが、返事がないんです。それで触《さわ》ってみると」

もう冷たくなっていた、という。

深々とうなだれている勘兵衛に、少し間をおいてから、茂七は問いかけた。「そのときのおきちさんの様子はどんなふうだった？　夜着《よぎ》や寝間着《ねまき》は乱れていなかったかい？」

勘兵衛は顔をあげ、すでに亡骸になっているおきちのいる座敷へと目を投げた。

「どうでしたか……こう、右を下にして横になって」

「頭は枕に乗っていたかね」

「はい。きちんと」

「手足は？　伸びていたか縮めていたか」

勘兵衛は額《ひたい》に手をあてた。「さあ、覚えていませんが……」

ということは、目立って苦しげだったり、暴《あば》れたりした様子ではなかったということだろう。茂七はそれを心に刻《きざ》んだ。

「おきちさんを、今のように仰向《あおむ》けにしたのはあんたかい？」

「は？　ええ、そうです。というより――そうですね、顔をよく見ようと思って動かしたのです」

「あんたひとりで楽に動かせたわけだ」

「はい」

それならば、おきちは夜の浅いうちに死んだのではない。おそらくは夜明け前に事切れたのだろう。まだ身体が強《こわ》ばっていなかったのだから。

「鼻や口から、何か吐《は》いたり噴いたりした様子はなかったかい？」

「ありませんでした。なかったと思います。いや……少し涎《よだれ》がたれていたかな。そうでした、拭ってきれいにしてやりました」

勘兵衛は急に小さくなった。

「親分さんの手下のあの権三というひとに、そういうときは、どれほど切なくても仏に手を加えてはいけないと叱られました」

「それはそうだが、まあ、仕方ないよ。人情だ」

その言葉に慰《なぐさ》められたのか、勘兵衛はまだ小さくなったまま、寝間着がひどく湿《しめ》っていたので、着替えさせた、それから堀仙へ行ったと言葉を続けた。

寝間着が湿っていた——茂七は考えた。寝汗をかいていたということか。

「着替えさせた寝間着はどこにある？」

「裏にあります。たらいに浸《つ》けて……」

では、今さら見ても仕方がない。

「あんたにねじこまれて、堀仙じゃ震え上がったろう」

勘兵衛は目を見張った。「私はねじこんだつもりはないんですが。早く知らせないといけないと思っただけですよ。だって食あたりでしょう。昨日の宴席で、気分が悪くなったのはおきちだけじゃなかった。それはあれから話を聞いていました。料理がひどかった、辻屋さんも艶消《つやけ》しなことをすると、口を尖《とが》らせていましたからね」

つまり勘兵衛としては、親切心で堀仙まで駆け出していったというわけなのだろう。

「帰り道に安川先生のところへ寄って、先生はちょうど往診に出るところでしたが、おきちが死んだことを知らせました。すると先生は真っ青になりまして、番屋に知らせるようにとおっしゃいました。自分も往診が終わったらすぐに行くから、と」

「で、まだ来ていないんだな?」

「はい。家に戻って——私はなんだか気抜けしてしまいまして、座り込んでしまいました。もちろん、早く安川先生のおっしゃったようにしなくちゃならんことはわかっていたんですが、呆然《ぼうぜん》としてしまいまして。そこへ、権三さんが来たのです」

勘兵衛は今も、途方《とほう》に暮れて寂しそうに見える。

「しかしあんた、腹は立たないのかね? おきちさんがどう思っていたかはもうわからないが、あんたはあんたなりに、おきちさんを思いやっていたんだろ? それがこんな形で死なれちまってさ」

「それは……でも食あたりでしょう。珍しいことじゃありません。確かに料理屋で出されたものにあたるなんぞ、怖《こわ》い話ですが」

「そんな宴席に呼んだ辻屋が悪いとは思わなかったのかい?」

勘兵衛は本当に困ったという表情で、ごしごしと額をこすった。

「辻屋さんには、私はいろいろお世話になっています。特にご隠居さんには、本当のところを言えば頭があがりません」

おそらく、かなりの借財があるのだろうと、茂七は思った。商人どうしなら、珍しい話ではない。

「それに、昨日の宴席だって、辻屋さんが好んでおきちを呼んだわけではありません。表向きはそういう形になっていますが、たぶん、おきちがねだったのだろうと私は思います」

「なぜだね？」

勘兵衛は手のひらを上に向けて、つるりと座敷から店先の方を示した。

「手前どもは商いもこんな具合で、内証《ないしょう》はかつかつです。とても料理屋になど、行けたものではありません。ですから、そういう機会があると小耳にはさんで、おきちが直《じか》に、辻屋のご隠居さんにねだったのでしょう。いっぺん、ちゃんとした料理屋で庖丁人のこしらえた料理を食べてみたい、と」

今まで聞いてきたおきちの人となりによれば、ありそうな話である。

「辻屋さんには、おきちさんに負い目があったのかな」

勘兵衛はむっつりとうなずいた。「ご隠居さんは、おきちにはずいぶんと気を兼ねておられました」

「五年前に、追い出すようにして夫婦別れさせたからだな」

「さいです。実は、おきちが手前の後添いになるという話も、ご隠居さんがまとめたものでした」

なるほど――と、茂七はうなずいた。勘兵衛は正直だ。そういう話をまとめるくらいなのだから、彼と辻屋の隠居の関わりは本当に深く長いもので、その関わりのなかで、勘兵衛は、物心両面に亘《わた》り、貸しよりも借りが多いのだろう。

「ご隠居さんは、おきちにねだられたら弱かったんだろうな」

話が途切れた。折良く、表で権三の声がした。まもなく検視のお役人が来ます、という。それを聞いて勘兵衛の細い目が丸くなった。

「たとえ食あたりにしても、変死は変死だ。一応、お上がお調べになる。なに、心配することはないよ。今のように、何かお尋《たず》ねがあったら正直に答えればいい」

「は、はい……」

今朝から今までの短い間に、勘兵衛はさらに十《とお》も老けたようだ。茂七は、その瘦《や》せた肩をぽんぽんと叩《たた》いてやった。

三

手回しのいい権三は、堀仙から昨日の献立《こんだて》を聞き出してきていた。

「向こうには糸吉がいます。堀仙は当分店を開けられねえ。糸さんはあの気性ですから、ひどく気の毒がって、主人夫婦を慰めていますよ」

お調子者である。

料理屋では、客からの注文を受けて宴席の場所を貸し、その宴席にふさわしい献立を決め、食材を仕入れ料理して供する。有名な店では、その店の売りである献立がいくつかあって、客の方もそれをあてにすることが多いが、堀仙はまだ新しい店なので、献立は辻屋といちいち話し合って決めていったという。

「今度の場合は、お客が全体に年かさですからね。腹にもたれるものが多いのはいけないだろうと、堀仙の吉太郎は気を遣《つか》ったそうですが、ところが辻屋の方じゃ頓《とん》着《じゃく》せずに、みんな歯も腹も丈夫だから豪華にしてくれた方がいいという注文だったとか」

茂七は権三が書き留めてきた細かい文字を丁寧に読んだ。

「どれどれ、八寸《はっすん》は〝変わりおせち〟って、田作《たづくり》だの栗《くり》きんとんだのか」

「そうです。ただ、細工《さいく》に凝《こ》ったそうで。扇形《おうぎがた》の塗《ぬ》りの器《うつわ》で出したそうです」

「次の〝菊の葉改敷《かいしき》〟ってのは？　ああ、ゆで卵か」

「菊の葉を敷いて、その上にゆで卵を切って、菊の花のようにきれいに並べるんだそうで」

次は捻鯛《ねじだい》の酢味噌《すみそ》仕立て。塩でしめた鯛の刺身《さしみ》を捻《ひね》って形を整え、酢味噌で食する。

「次の椀物《わんもの》も鯛の吸い物で、鯛のつくねに色づけをして、松竹梅の形に抜いたものを浮かせたそうです。香りは柚《ゆず》。旨そうですね」

茂七に言わせれば、鯛をつくねにするなどもったいない。

「焼き物は——鴨《かも》か」

「辻屋のご隠居が、鴨を所望《しょもう》したそうです。大好物だという話です」

けっこう脂《あぶら》っこいものを好むようだ。

「次のこれは——何だ？〝ふたたび焼き〟って」

豆腐料理だと、権三は説明した。

「焼き豆腐を醬油《しょうゆ》で煮染《にし》めて味をしみこませて、水気を切ってから、油で揚げます。それを串《くし》に刺し、辛《から》みそをつけて、うっすら焦げ目がつくくらいにあぶる。まあ、早い話が田楽《でんがく》ですよ」

茂七は想像してみた。「えらくしつこそうな食いものだな」

「はい」権三は真顔《まがお》だった。「これも辻屋のご隠居の好物で、たっての注文だったんですが、吉太郎は最初、ふたたび焼きは外した方がいいと言ったそうです。鴨肉は今が旬《しゅん》で旨いときですが、脂も乗って、どうしてもくどい味になります。そのすぐ後に揚げ物、しかもこんな味付けの濃い料理を続けるのは良くないと思ったと。

どうしてもふたたび焼きを入れるなら、鴨料理を外して、もっとあっさりした焼き物を入れた方がいいと勧めたそうでした」

うなずける話だ。

「それでも、なにしろご隠居の還暦祝いですからね。ご隠居が、鴨とふたたび焼きを両方食いたいというんだからいいんだ、と、押し切られて」

「辻屋の側じゃ、誰が出てきて吉太郎と献立の相談をしたんだ？」

「彦助です。彼がご隠居から食べたい料理をあれこれ聞き出しておいて、吉太郎と相談して決めたそうです」

ふうんと、茂七は言った。倅が直に決めたか……。

「そのあとは八頭《やつがしら》と生麩《なまふ》の煮物、そして酢の物。これは京菜《きょうな》とすずしろと三つ葉だけで、獣肉《じゅうにく》や魚は入っていません。吉太郎は、よっぽど前のふたつの濃い組み合わせが気に入らなかったんでしょうね。飯物には吹き寄せ飯《めし》を出していますが、これには松菜《まつな》と薄焼き卵と揚げ麩を細く切ったものを具にしたそうです。昆布出汁《こぶだし》で、ごく薄味で。これも旨そうだなぁ」

「松の内だから、餅《もち》を出すという案はなかったのかね」

「辻屋の方で、餅は飽《あ》きたと言ったとか」

茂七はもう一度じっくりと献立を読み直してから、権三の顔を見た。

「食あたりの因《もと》になりそうなものといったら、鯛と鴨くらいのもんだな。まさか京菜や松菜や生麩にあたるとも思えねえ」

「生で食べているのは鯛だけですね」

「あとはみんな火が通っているか……」

顎《あご》をひねっていると、ようやく検視の役人が到着した。茂七は急いで権三に言った。

「昨日の宴席に出た連中を、辻屋に集めておいてくれ。といっても、おきちはこのとおりだから、ご隠居の商い仲間の夫婦だけか」

「そうですね。すぐ参ります」

「それと、御舟蔵そばの安川って町医者のところを訪ねてみてくれねえか」

茂七は安川医師のことをざっと説明した。

「勘兵衛がおきちの死んだことを知らせたら、真っ青になったというんだが、いまだに顔を見せねえ。食あたりと診立てて放っておいたのに気が咎めて、臆病風《おくびょうかぜ》に吹かれてるのかもしれねえからな」

あいわかりましたと、権三は音もなく消えた。

本所深川方で検視役を務める役人は二人いるのだが、ここへ来たのは、成毛良衛《なるげよしえ》という古参の同心であった。茂七と同じくらいの年齢だが、かみさんがふざけて

ほどの気品のある顔立ちに、美しい白髪《はくはつ》。ふさふさした眉毛まで真っ白である。

「神様よりお年寄りに見える」ということがある。町方《まちかた》役人にしておくのは惜《お》しいほどの気品のある顔立ちに、美しい白髪《はくはつ》。ふさふさした眉毛まで真っ白である。

　この人は本当によく亡骸を見抜く。茂七は成毛の旦那の検視には絶対の信頼をおいているので、彼の顔を見てほっと頬《ほお》が緩《ゆる》んだ。

「ご苦労だな、茂七」

「はい、成毛様もご足労様にございます」

　助手役を務める中間《ちゅうげん》に手伝わせ、さっそくおきちの亡骸を検《あらた》めながら、成毛の旦那はいくつか質問をした。茂七は、すっかり堅《かた》くなって青ざめている勘兵衛をなだめながら、ひとつひとつ丁寧に答えていった。

「寝汗をかいていた──と言ったな」

　問われても、勘兵衛はいっそう青くなるだけだ。茂七が代わりに返事をした。

「寝間着が湿っていたそうでございます」

「それと、昨夜最後に話をしたときに、足が痺れると言っていた、とな」

「はい」

　検めを終えて手を洗い、成毛の旦那は茂七をそっと手招きした。

「献立はつかんでいるか」

「はい、こちらです」

それをひととおり読み通すと、成毛の旦那は真っ白な眉毛をひくひくと動かした。

「茂七、これは食あたりではないよ」

ううん――と、茂七はうなずいた。

「おまえも察していたのではないかね？」

「はい、こういう場合のことですから、もしかしたらとは思いましたが。しかし旦那、宴席に連なった八人のうち、おきちを外してもあと三人が、やはり料理を食べて気分が悪くなっているんです」

「しかし、今朝にはけろりと治っておるというんだろ？」

「はい。おきちが死んだことを知って、驚いている様子です」

成毛の旦那は、考え深そうにうなずいた。

「だとすると、料理にも何かしら拙《まず》いところがあったのかもしれん。が、少なくともこの女が死んだのは食あたりのせいではない。毒物のせいだよ」

茂七の胸がひやりとした。

「どのような毒でしょう？」

「吐いたものが残っていないし、着ていたものも洗ってしまってあるのでな、おおまかなあたりしかつけることはできないが、この死に方を見ると、飲んだ者が痛《しん》がったり苦しがったりして暴れるような、派手な毒ではないだろう。ひっそりと心の臓《ぞう》が停《と》まってしまう、その手の毒だ」

「そこらにあるものですか？」

「松の内だからな……」と、成毛の旦那は呟いた。「いちばん手近にありそうなものをあげれば、福寿草《ふくじゅそう》だ」

別名を元日草《がんじつそう》とも呼ぶ。春一番で咲く縁起《えんぎ》のいい花だ。茂七は思わず手を口元にやった。

「うちでも床《とこ》の間に飾っていますよ」

「縁起物だからな。だが、あれは大変な毒草なのだ。使い方を知っている者が手にすれば、し損じのない人殺しの草だぞ」

「味はしますか」

「特有の苦味《にがみ》がある。しかしこの献立を見ると、ずいぶんと味の濃い料理が並んでおるからな。そこに仕込まれていたとしたならば、わかるまいよ」

堀仙では昨夜の食い残しを押さえてあると言うと、さっそく見てみようと旦那は腰をあげた。

「昨日、気分が悪くなったという者たちからも話を聞きたいものだ」

「さっそく手配します」

茂七は勘兵衛に、町役人に相談して、おきちの葬式の手配を始めていいと言いおいて、いろは屋を後にした。

四

堀仙は構えの小さな店で、初春の賑《にぎ》やかな町のなかで、そこだけぴったりと表戸を閉ざしている様は、今回のこの仕儀に、いかにも世間様を怖《おそ》れ憚《はばか》っているというように見えた。

庖丁人で主人の吉太郎は窶《やつ》れきっていた。それでも、目のあたりに負けん気そうな険《けん》が浮かんでいることに、茂七はむしろほっとした。小さくとも料理屋を一軒構えるほどの腕の庖丁人には、自分の出した料理で食あたりが起こるなど、けっして認めることができないのは当然だ。それぐらいの気概がなくちゃ困る。

昨夜の宴席の食い残しといっても、実際に調べてみると、見るべきほどの量はなかった。飯粒と鴨の皮、薄焼き卵の切れ端、京菜の屑《くず》。成毛の旦那も、これじゃあ何も見て取れないと、早々に匙《さじ》を投げた。

「お上はひどいことをすると思うかもしれないが、これもお役目だ。野良猫《のらねこ》の一匹も捕《とら》まえて、逃げ出せないように籠《かご》に押し込めて、この残飯を食わせてごらん。そして様子を見るのだ」

その酷《むご》い役目は、糸吉の仕事となった。ええ、嫌だなぁと頭を抱《かか》えながら、彼は野良猫探しに出ていった。

吉太郎と彼の女房、お運びをした女中から聞き取ってみると、彼らは、昨日の宴席で、おきちたちが「料理が変だ、気分が悪い」と文句を言っていたことは、今朝になるまで知らなかったという。その場では、誰も何も言わなかったのだ。

「このとおりにきれいにあがっていただきましたから、よもやそんなことがあるとは思いませんでした。料理を出し終えて手前がご挨拶にうかがったときも、席の皆さんは上機嫌で、旨かったと誉《ほ》めていただきましたし」

少々ご酒が過ぎているようには見えましたが――と、言いにくそうに付け加える。気分が良くないのは飲み過ぎたせいだろうというのは、客の側も言っていたことだ。

「おきちも、あんたに何も言わなかったのかね?」

お叱りはありませんでしたと、吉太郎は強く答えた。おきちは座敷のいちばん下《しも》の席に座っていたし、お召し物がたいそう派手だったので、よく覚えている、他のお客様たちとは違い、誉めてはくれなかったが、文句も言われなかった。

「なるべく小憎《こにく》らしい顔をした、性根《しょうね》の曲がったようなのを捕まえてきました」と、糸吉が野良猫の首っ玉をつかんで戻ってくるのをしおに、茂七は成毛の旦那に従って、辻屋へと足を運んだ。

　権三が首尾良く手配をしてくれていたので、おきちと彦助夫婦を除く五人は、ご隠居の座敷に集まっていた。髷《まげ》こそ薄くなっているし、眉毛もほとんど抜けているが、辻屋の隠居はでっぷりとして血色もよく、歯も揃《そろ》っている。成毛の旦那よりも若々しいかもしれない。実際、五つ年下だというご隠居の弟の方が、兄のように見えるほど老けていた。本家を継いで商いに成功した兄と、身代《しんだい》こそ分けてもらって暮らしは立つが、これという人生の目的を持たなかった弟との差が、この年齢まで来て露呈《ろてい》しているのだろう。

　ご隠居の座敷の床飾《とこかざ》りにも、茂七のところと同じように、福寿草が使われていた。美しく活《い》けてある。この時期だ、小さくても立派でも、床の間のある家なら、江戸中のどこにも飾ってあっておかしくない。が、成毛の旦那はそれを見て、器用にも、鼻の穴の片方だけをぴくりとさせた。

　ご隠居はぺったんこになるほど平伏《へいふく》し、ひたすらに恐縮した。成毛の旦那は、役人を怖れる者も役人を軽んじる者も、死んでしまえば同じになるというのが口癖《くちぐせ》のお人なので、ひょうひょうとしてその詫《わ》び言《ごと》を聞き流し、昨日の宴席でのことを詳しく話してくれと、とりかかった。

「私は、料理がおかしいなどということは、まったく感じませんでした」と、ご隠居は言う。好物ばかりの献立だから、実際にそうだったのだろう。

「私も気分が悪くなったというのは大げさで、少し酒が過ぎて目が回ったと、そのくらいのことでございました」

「料理屋でご馳走《ちそう》をいただくなど初めてのことでございますから、卑《いや》しい話ではございますが、その日は朝から何も食べず、おなかを空《から》にして参りました。それがかえってよくなかったのかと……」

ご隠居の弟夫婦は口々に言い、商い仲間の夫婦も、そうですそうですと唱和《しょうわ》する。当然のことながら、皆、ご隠居の顔色をうかがっているようだ。

「気分が悪くなったというのは、どのように悪くなったのだな?」と成毛の旦那は尋ねた。「細かく言うと、どんな具合だったね」

「はあ……少しこう、胃もたれが」

「頭がくらくらと」

「おなかがくちくなって、苦しいような。贅沢《ぜいたく》な話でございます」

「苦しかった、とな。汗は出たかね?」

「はあ、ご酒のせいだと思います」

「手や足が痺れたということはないかね」

「少しは……」

「痺れたか？」

「はい、足に痺れがきれました」

　それは意味が違う。

「今朝はどうだった？　本当に何でもなかったかね？」と、茂七は尋ねた。一同は目と目を見交《みか》わして、一様に恥じ入った。

「頭が痛うございました」

「宿酔《ふつかよ》いでございますよ、親分」

「てことは、お内儀《かみ》さんたちも、そうとう飲んだのかね？」

「お祝い事でございますもの」

　床飾りの福寿草にちらりと目をやってから、成毛の旦那は尋ねた。「そんな具合になったのは、宴席のどのあたりからだったか覚えておるか」

「どのあたりと申しますと」

「どの料理が出たあたりだったかと尋ねておるのだよ」

　四人はさわさわと、ああでもないこうでもないと言い合ったが、やがてご隠居が答えた。

「鴨料理の出たころではないかと存じます。少なくとも、おきちが〝気持ちが悪い〟と申しましたのは、鴨料理を食べているときでございました」

脂の乗った旬の鴨肉だ。

「その後の、あの田楽」と、ご隠居の弟の女房が言い出した。「串に刺して、ひとりに二本ずつ出ましたの。でもおきちさんはあの料理が気に入らなかったようで、半分しか食べませんでした」

しかし、残飯のなかに豆腐のふたたび焼きはなかった。

「ええ、ですから残しはしませんでした。どなたかにあげてしまっていたわよね？」

「確か、彦助さんが召し上がりましたよ」と、商い仲間の老人が言った。「彦助さんは、これはご隠居の大好物だからと、最初はご隠居に勧《すす》めたのです。でも――」

本人が後を引き取る。「年寄りには二串で充分だと私が申しますと、彦助は、では私がいただきましょうと食べたのです。まったくこの田楽は、普通の田楽とはひと味もふた味も違って旨い、こくがあると申しまして」

その彦助は、具合が悪くならなかった。

「そういえばおきちは、豆腐のふたたび焼きを指して、変な味がすると言っておりましたな」と、ご隠居が呟《つぶや》いた。

「自分で食った、ひと串の方かな？」

「はい。確かに少ししつこい料理ですから、私は、口にあわないならばやめておけと申しました」

「ほら、そしたらお久《ひさ》さんがね」と、弟の女房が声をひそめた。が、顔は少し笑っている。
「お久というのは、彦助の女房だね？」
「はい、若お内儀ですよ」
お久が口先で、おきちさんはいつも美味《おい》しいものを食べて口が奢《おご》っているから、
こんな料理じゃもの足らないのかしら、もっと大きな料理屋にお招きできなくて、
不調法《ぶちょうほう》でございました、と言ったそうである。
もちろん、嫌味《いやみ》だ。
「それでおきちさんは、そんなことはありませんよって、ふたたび焼きでしたっ
け、あの田楽を、ひと串分は食べたんです」
ひととおり聞き終えて、成毛の旦那はゆっくりとうなずいている。茂七は弟夫婦
たち四人に、済まないがちょっと外して、彦助夫婦を呼んできてくれないかと頼んだ。
そしてご隠居と三人きりになると、ひと膝乗り出した。
「ご隠居さん、妙なことを尋ねるとお腹立ちかもしれないが、お上の御用だ、勘弁
してくれよ。おきちさんをいろは屋の後添いにと決めたのは、あんただそうだね？
勘兵衛さんはそう言っているが」
ご隠居の両肩が、つと下がった。「はい、まったくそのとおりでございます。お

きちのために良かれと思ってまとめた縁談でしたが、あれはそう思っていなかったようです」

そこまで言ってくれるならば話は早い。

「おきちさんと勘兵衛さんのあいだは、上手《うま》くいっていなかったようだ。知ってたかね」

「はい、おきちが何度か私を訪ねて参りまして、いろは屋を出たいと申しておりましたから」

成毛の旦那は黙っている。が、目は油断なく光っているようだ。

「おきちの後添いの話は、まだ私の家内が元気なころに決めました。おきちをあのまま独りにしておいては、彦助たちの再婚の障《さわ》りとなると申しましてな。家内は、とことんおきちと反《そ》りがあいませなんだ。おきちがいろは屋に嫁ぐと、お久という良い嫁も来たし、孫の顔も見た、心配事も片づいた、これでもう思い残すことはないと。そして本当に、それから三月《みつき》もしないうちに死んでしまいました」

「亡くなったお内儀さんは、おきちさんの何がそんなに気に入らなかったんだろうねえ」

ご隠居は辛そうに首をかしげた。「わかりません。女どうしのことですからな」

「しかし、今の嫁さんのお久さんとは仲が良かったようじゃないか」

「お久は地味《じみ》な働き者です。その点で、亡くなった家内によく似ています。それに比べて、おきちはどうかすると、人に甘えて楽をして世渡りしようというところがあった。それがあれの可愛気でもあったのですが」

女はそういう女を許しませんからなと、ご隠居は小声で付け加えた。

「いろは屋の勘兵衛さんは、おきちよりもうんと年上ですが、私はおきちには、ああいう父親のような年頃の、おきちを甘えさせてくれる懐《ふところ》の深い男がいいだろうと思ったのです。ですから、今度こそおきちも幸せになれるだろうと期待しておりましたが、とんだ見当違いだったようでございました」

ごめんくださいと声がして、彦助とお久が入ってきた。夫婦そろって、商人らしくそつのない丁寧な挨拶をして、ちんまりとかしこまる。

彦助は、目に立つ男前ということはなかった。ただ、いかにも勤勉そうだし、目のあたりや口元など優《やさ》しげで、頼り甲斐《がい》のありそうなふうに見える。お久は色白で、機敏な小鳥を思わせるような、はしこそうな目をしていた。なかなか似合いの夫婦である。

成毛の旦那が身を乗り出して、先ほどと同じようなことを問いかけた。おきちとお久のあいだで、豆腐のふたたび焼きをめぐって起こったやりとりについても確認した。お久は少々バツの悪そうな顔をしたが、

「自分の勝手で押しかけておいて、料理に文句をつけるので、ちょっと腹が立ちました」と、真っ直《す》ぐに答えた。

「勝手で押しかけた……おきちがな？」

「はい」

「おきちは私が呼んだのだよ」と、ご隠居が言った。

「おとっつぁん、ですからそれが私とお久には心外なのですよ」と、彦助がやんわり割って入った。「本来でしたら、おきちはこの家にはもう関わりのない女なのだし、呼んでやる筋ではないのです。でもあの女は、おとっつぁんにねだればたいていのわがままは通せると承知していた。だからおとっつぁんに頼んで、あの宴席に図々《ずうずう》しく割り込んできた。そこが面憎《つらにく》いのです」

元の女房、しかも変死したばかりのおきちに対して、ずいぶんきっぱりと冷たい物言いだ。茂七は驚いた。で、すぐには二の句が継げないでいるうちに、成毛の旦那がぽろりと物を落とすように言った。

「おきちは食あたりではなく、何者かに毒を飲まされて死んだのだよ」

ぽかんと三つ、開いた口が並んだ。いや、茂七の目にそう見えただけで、成毛の旦那には、茂七の分まで合わせて四人の口あんぐりが見えたろう。

「ど、ど、毒？」

「いったいどんな毒です？　料理に入っていたんですか？　あたしたちも食べた料理でございますか？」

ゲッとうめいて、お久が口を押さえた。彦助は色を失って目を泳がせる。

「うーん」

一声唸《うな》って、ご隠居がひっくり返った。

五

「いずれ、誰かがおきちに毒を盛ったことに間違いはない」

堀仙の勝手口、成毛の旦那は懐手《ふところで》をして、ぎゃあぎゃあ騒ぐ籠のなかの野良猫をながめていた。

「あとは茂七に任せる。上手いこと追いつめれば、そのうち白状するだろう」

幸い、辻屋のご隠居はのぼせて倒れただけで、すぐに息を吹き返した。しかし旦那も乱暴なことをなさると、茂七は冷汗をかいた。

「他人に毒を盛るような者は、けっして剛胆《ごうたん》ではない。気が小さいのだ。面と向かって人に剣突《けんつく》をくらわすことができないので、不満や怖れがどんどん煮詰まり、相手を殺《あや》めずにはいられぬようなところまで、勝手に自分を追い込んでしまう。そのことだけをよく心に留めておけば、なに、遠からず下手人《げしゅにん》はあがるだろう」

ただ、この猫は死なんようだなと、旦那はのんびり言った。

「料理のなかに毒が仕込まれていたのだとしても、それはおきちひとりを上手く狙《ねら》ったものだったから、残飯のなかには毒が残らなかったのだろう」

旦那が言うとえらく簡単な話に聞こえるが、茂七は頭を抱える思いであった。

その夕、陽も落ちたころになって、ようやく権三が安川医師を連れ、茂七の家に戻ってきた。安川医師は、若いが評判の良い名医で、薬代が払えない病人でも進んで診てやるので、大繁盛なのだという。

「正月明けで、酒を飲み過ぎたり食べ過ぎたり、急病人が多かったのです。この刻限になるまでどうしても身体が空《あ》きませんでした。まことに申し訳ないことです」

勘兵衛のところには寄って、おきちの亡骸を拝んできたという話だった。権三は若い医師を丁重《ていちょう》に扱っていた。

小柄《こがら》な人である。歳を尋ねると三十二だというから、勘兵衛は彼をだいぶ若く見積もっていたことになる。やや彦助に似た面差《おもざ》しだ――いや、顔立ちはまったく似ていない。落ち着いていて親切そうなところが共通しているだけである。町医者には僧侶《そうりょ》のように剃髪《ていはつ》している者が多いが、安川医師は総髪《そうはつ》で、その髪は黒く豊かだった。

彼から聞き出した話は、勘兵衛から聞いた内容とほとんど違わなかった。付け加えることもあまりない。おきちが、彼の診たときにも一度吐き、ただそのときにはもう胃の腑が空っぽだったのか、水のようなものが出ただけだったということ、しきりと寒がって、喉《のど》が渇《かわ》いたと訴えたということぐらいだ。

「勘兵衛さんからお聞き及びかもしれませんが、おきちさんは癪持ちで、痛みがくることを、それはそれは怖れていました。癪は辛い持病ですから、私もできるだけ力になりたいと思っていたのですが」

相手が医師だから、茂七は腹を割って、おきちは食あたりではなく、毒を盛られたらしいことをうち明けた。それを聞くと、若い医師の目と眉毛のあいだから、手《て》妻《づま》のようにすうっと血が引いた。

「それは……恐ろしい話ですね」

「検視のお役人のおっしゃるには、もがいて苦しんで暴れるような毒じゃなく、身体が痺れて動けなくなり、やがて心の臓が停まってしまうという種類の毒だそうです。先生には、そういう毒で、思い当たるものがおありですか」

「さあ……」

「お役人は、時節柄、福寿草じゃないかとおっしゃるのですがね。私は、あんな目出たい草が毒草だってことさえ知らなかったんですが」

「毒草――と言い切っては、福寿草が気の毒です。使い方を心得ていれば、薬効を引き出すこともできるのですよ」

「へえ、どんな病に効くんです？」

「腎《じん》に効きます。身体から悪いものを出させる働きがあるのです。心の臓の病にも処方します。ひどい動悸《どうき》を抑《おさ》えます」

若い医師の目と眉のあいだは、依然真っ白のままである。

「薬と毒は表裏一体ということですよ」

「なるほどねえ、よく覚えておきます」

茂七は言って、ふと表情をゆるめた。

「ところで先生は、御舟蔵一帯じゃ貧乏人たちに仏さまみたいに有り難がられてるという評判だ。しかし申し訳ないが、私は先生のことを存じませんでした。深川に来たのはいつのことです？」

安川医師はほっとしたように見える。

「こちらで開業して、まだ一年足らずです。先は牛込《うしごめ》におりました」

「牛込たぁ、遠方だ。あのへんの古着商たちは、軒並み先生のお世話になっていたんでしょうな。どうしてまたこちらに？」

「火事で焼け出されました」言って、医師の声が小さくなった。「牛込の家は私の父の家でして、やはりそこで開業していたのですが、すっかり焼けてしまいました。父もその火事で亡くなりました」

　そして、辛そうに言い足した。

「妻と赤子《あかご》も失いました。深夜でしたが、火が出たとき、私だけは急病の子供の往診に出ていて助かったのです」

「そいつは気の毒なことです」

　悲しい思い出のある土地を離れ、これまで縁のなかった深川に来て、一から暮らしをやり直したかったのだろう。

「お辛いことをうかがって、あいすみません。これも私のお役目のうちと、勘弁しておくんなさい」

　安川医師は軽く手をあげて茂七を制した。

「かまいません。それより親分は、やはり辻屋の誰かを疑っておられるのですか」

「さあ、どうでしょう」茂七は他人事《ひとごと》のように言って腕組みした。「おきちは辻屋にとっては厄介者《やっかいもの》だったようだ。彦助とお久は疑われても仕方ないかもしれませんね。だが、勘兵衛だって怪《あや》しくないとは言えねえ。わがままで愛想《あいそ》のない女房にはほとほと疲れたが、世間体があるから離縁もできねえ、それならいっそ――と、思い詰めたということだって考えられます」

安川医師は、人の生き死にを扱う医者にしては少し純に過ぎるほど、素直にぶるりと身震《みぶる》いをした。

「……恐ろしいことです」

「本当にねえ」茂七はうなずいた。「まあ、しかし、毒が盛られたのが宴席の料理であることも、まだはっきりしてはいないんです。残飯を食った野良猫が、ぴんぴんしていますからね」

茂七はざっと、堀仙に捕まえてある野良猫のことを話した。

「あの猫に何かあれば、もうちょっと絞《しぼ》れますがね。毒の正体も突き止められる」

「しかし、やっぱり食あたりだったということも考えられませんか。食材が傷《いた》んでいたのかもしれません。検視のお役人の言うことに異議を申し立てるわけではありません。でも、私は医師だからよくわかるのですが、薬種に知識のない素人《しろうと》が、他人に毒を盛って殺すというのは、なかなか難しいことです。福寿草だって、そのままでは使えません。葉や芽を摘《つ》んで乾《かわ》かして、細かく挽《ひ》いて使うのです」

食あたりの方が、ずっとありそうなことです、冬場は油断しているので、かえって怖いのですと、医師は熱を込めて言った。

「それに食あたりは、人によって症状の重い軽いに大きな差が出るのです。おきちさんは、丈夫な人ではありませんでした。気の病も、続けば身体を弱らせます。他の人たちは軽く済んだものが、おきちさんには命取りになったのかもしれません」

「先生のおっしゃることも、よく考えてみないといけませんね。早合点《はやがてん》は慎《つつし》みましょう」と、茂七は若い医師の目を見てうなずいた。

「もしもやっぱり食あたりだったということで収まれば、まあ堀仙は商いをやめなきゃならないでしょうがね」

「重い罪になりますか」

「どうだろう。江戸所払《ところばら》いくらいで済むように、許らってやりたいですがね」

「だといいですね。ほとぼりが冷めれば、どこか雇《やと》ってくれるところもあるでしょう。腕のいい庖丁人ならば」

願うような口調だった。茂七もしんみりと、そうですねえと応じた。

六

茂七は数日、思案した。そのあいだに、いくつかの手を打った。

権三を牛込まで走らせて、安川医師の話の裏をとった。医師の不幸な身の上は、本人の話したことに間違いはなかった。

さらに糸吉を使って、おきちが近頃、古着屋を回って着物を買ったり、櫛《くし》や白粉

を買いこんだりしていないかどうか、調べさせた。一日かけて戻ってきた糸吉は、

「親分、何をお考えです？」と、不思議そうに目を丸くした。

「あたってたかい？」

「大あたりですよ。おきちはしきりと買い物をしています。急に洒落《しやれ》っけが出たんでしょうかね？」

さらに茂七は彦助とお久夫婦を訪ね、ご隠居のいないところでもう少し突っ込んだ話をしたいと持ちかけた。

「おきちは、ずっとあんたとよりを戻したがっていたんだろ？」

問われて、彦助は女房の顔をちらと見た。

「一時は、ずいぶんとせがまれました」

「あたしを追い出してくれと迫っていたんですよ、親分さん」と、お久は言った。一瞬だが、剝《む》き出した歯が夜叉《やしや》のようだ。

「とりわけ、お姑《かあ》さんが亡くなってからはもう、あからさまでした」

「しかし、姑さんは亡くなって二年も経つ。このごろはどうだった？　おきちの様子に変わりはなかったかい？」

夫婦は顔を見合わせた。それぞれに、俺のあたしの知らないところでおきちとどんな話をしたのかと探り合っている。

「じゃ、宴席の日はどうだった。お久さんの前で、彦助さんにべたべたするようなところはあったかい？」

「とんでもない、父の前ですし、そんなことはしませんよ」彦助があわてて答える。「それに私は、いい加減おきちの態度に腹が煮えていましたから、あいつにいい顔など見せませんでした。別れたばかりのころは……それはやっぱり、多少はあいつに済まないと思っていましたが、それももう終わったことです。こっちがそういう気持ちを持ち続けていると、おきちはどこまでも諦めない。だから、努めてつっけんどんにしてきましたし、それには大した苦労は要りませんでした」

本当にうんざりだったのだという顔だ。

お久はずけずけと言った。「あの場では、なんだかあたしと張り合おうとしているようで、嫌だったわ」

「あんたと張り合う？」

「はい。一張羅を着てきてね。そら、お久より、このおきちさんの方がいい女だろうっていうふうに見せつけるみたいな」

茂七の考えに、それはしっくり来ることだった。

「ひとつあんたらの考えを聞かせてほしいんだが」

茂七が言うと、夫婦はきゅっと座り直した。

「おきちって女は、けっこうな負けず嫌いだったように、俺には思える」

「ええ、ええ、そうですとも」

「だとすると、彦助さんとよりを戻す目はない、その点ではお久さんに負けたってことがわかっていたら、自分からせがんであんたらと顔を並べて飯を食うような宴席に出たがるとは思えないんだがね。だって、悔《くや》しいだろうがよ」

お久は突っ放した。「料理が目当てだったんじゃありませんか？」

彦助は考え込んでいる。「確かに……親分の言うとおりかもしれません。あれは何か、他に目的があったのかなあ」

「おきちは明るかったか？」

「はい？」

「宴席でさ。楽しそうだったか」

夫婦はそろって、「まあ、はしゃいでいましたから、楽しんでいるように見えましたが」と、もごもご答えた。

「ありがとうよ」と、茂七は言った。

「ところで親分さん、堀仙で、残飯を野良猫に食わせたそうですね。その猫はどうなりました？」

茂七は破顔《はがん》した。「それが傑作なんだ。逃げちまったんだよ」

あの翌日、猫が籠抜けして姿を消していると、堀仙が知らせてきたのだ。

「汚い野良猫だったから、家のなかに入れるのが嫌で、籠ごと裏庭に放っておいたんだそうだ。そしたら、逃げちまったのよ」

不思議だろうと、茂七は笑った。

おきちが死んで、四日目の深夜、茂七はぶらりと家を出た。行き先は、富岡橋《とみおかばし》たもとの小さな屋台である。

稲荷寿司《いなりずし》と書いた赤い提灯《ちょうちん》が揺れている。屋台の外に据《す》えられた長腰掛《ながこしか》けには誰もいない。

「よう、新年早々精が出るが、今日はお茶をひいてるようだな」

屋台の向こうで、真っ白な湯気《ゆげ》が立つ。親父が汁物の加減を見ようと、鍋《なべ》のふたを開けたのだ。

「これは親分」

ふたりはそれなりにかしこまって新年の挨拶を交わした。

この屋台の親父は、どうにも素性《すじょう》が知れない。元は侍《さむらい》だったらしい。それでいて、この土地のごろつきの束《たば》ね役で、泣く子も黙る梶屋《かじや》の勝蔵《かつぞう》という荒くれ者と、どうやら血縁でもあるようだ。屋台の看板は稲荷寿司だが、売り物はそれだけでなく、季節にあわせた食材で、めっぽう旨いものをこしらえる。

「しばらくご無沙汰でしたが、お元気そうですね」低いが響きのある声でそう言って、親父は茂七の前に、温《ぬる》い番茶を出した。まずこれで口を湿《しめ》し、埃を濯《すす》げというのだろう。

「私など、新年で歳をひとつとったと思うだけで、白髪《しらが》が増えましたよ」

「そのかわり、あんたはまだ腰には来てないだろう。俺なんざ、すす払いの後は何日も腰が痛くて往生《おうじょう》したよ」

親父は笑った。「何になさいます。蕪《かぶら》蒸しの旨いのをお出しできますが」

茂七は乗り出した。「実はな、今夜は相談があってきたんだ」

明日、熊井町の堀仙という料理屋へ出向いちゃくれないか。そこで吉太郎という庖丁人に会ってだな——

「うへ、本当にごちそうになっていいんですか、親分」

糸吉は目を剝いている。

「おまけに今夜は貸し切りだ」と、権三はまわりを見回す。

「今夜ここで出す料理は、俺のあつらえだからな。悪いが、他の客には遠慮してもらわないと」

茂七のかみさんも、この屋台と親父の腕前についてはよく知っている。嬉しそうに飯台《はんだい》に向かって、

「何を食べさせてもらえるんですか、おまえさん」と、瞳を輝かせている。

翌晩のことである。屋台の親父は茂七の期待どおりのことをしてくれた。

「食材はすべて揃えました。順番も、六日に堀仙で出されたとおりにします」

真っ白な前掛けで、心なしか楽しそうだ。

「私もこれだけの料理を通しでつくるのは久しぶりですからね」

「腕が鳴るってか？」

「ええ。ただ、吉太郎さんの味付けは、私の好みよりも、全体に濃いようです」

「そこが肝心《かんじん》なんだよ。済まないが、今夜は吉太郎になったつもりでやってくんな」

「あいわかりました」

手下たちもかみさんも、俺がご馳走してやるという茂七の申し状に、半信半疑という顔である。

「親分、何か企《たくら》んでいるんでしょう」

親父が酒を出してきた。酒の銘柄《めいがら》も堀仙で出したのと同じである。

「八人が飲んだ量を、俺たち四人で飲みきるのは無理だ。まあ、宿酔いになる気で

飲むというのが目処《めど》だな」

「どうしてそんなことをしないとならないんです？」

「まあ、まあ、あとで話すよ」

湯屋で働く糸吉にとっては、釜《かま》の焚《た》き付けを探すことも大事な仕事である。その点で、松飾りなどが大量に出る七日は稼《かせ》ぎ時だった。その一日を、今年はあの食あたり騒動ですっかり食われて、くさっていた。今夜はそこで損をさせた分まで飲んで食えと、茂七はどんどん彼に勧めた。

おせちを工夫した八寸に始まって、菊の葉の上に咲いたゆで卵の花、酢味噌の鯛、鯛のつくねの松竹梅。三人は感心したり歓声をあげたりしながら食べ進み、茂七はそれをにこにこしながら見守った。酒も進む。

「お次が鴨です」

「わあ、見ろよ、この脂が乗っててさあ」

糸吉はわしわしと食う。かみさんと権三はゆっくりと味わう。

次に出てきたふたたび焼きに、かみさんはため息をついた。

「まあ、揚げ豆腐ですね」

「さすがにおかみさんですね。ただの田楽じゃないと、すぐにおわかりだ」

「手がかかるでしょう。でもおまえさん」と、茂七を見返って、「あたしはもうおなかがいっぱいになってきたわ。今の鴨がこっくいし。欲張《よくば》ると、胸が焼けそう」

「そうか？　でも、ひと口ぐらいは食べてみろよ」

こちとら辻屋のような金持ちではないし、食べ物は無駄にしないというのは、骨の髄《ずい》からの信条だ。それでもかみさんはとうとう音《ね》をあげて、ふたたび焼きは半分も食べられず、酢の物には箸をつけたが、吹き寄せ飯までたどり着くことができなかった。

権三もふうふう言っている。「糸さん、凄《すご》いねえ。やっぱり若いからかね」

「だって旨いもの。もったいないぜ」

「ああ、もう駄目だ」と、呻《うめ》いてかみさんは大きなげっぷをした。「あたしはもう降参《こうさん》。ごめんなさいね。目が回るわ」

屋台の親父は気にするふうもない。よろしいんですよおかみさん、となだめ、茂七を見て軽くうなずいた。

「結局、こういうことだったんですね」

「結局、こういうことだったんだよ」と、茂七も言った。

「何です？」と、権三が酔って赤くなった目をしばたたいた。

「毒は盛られてなかった。食あたりもなかった。料理に悪いところはなかったんだ」

「ただ、献立が悪かったんですよ」と、親父が言い添えた。

「脂っこい鴨の焼き物に、味の濃い揚げ物のふたたび焼きだ。それでなくても松の内で、みんな飲み過ぎ食べ過ぎてる。考えてみろ。おきちが死んだ日は、七草だぞ。正月のご馳走で疲れた腹を休めるために、みんなで粥を食う日じゃねえか」

「それじゃ、宴席で気分が悪くなったっていうのは――」

「献立が重くって、胸が焼けたというだけさ。そこに酒が入って、悪酔いも進んだんだ」

「おきちさんも?」

「ああ、そうさ」

「だけど辻屋のご隠居と、若夫婦はぴんぴんしてたんですよ」

「こういうことには、人によって差が出るものですよ、権三さん」と、親父は言った。

「辻屋のご隠居は、還暦でも歯が揃ってるというくらいだから、もともと健啖家《けんたんか》で丈夫なお方なんでしょう。それに、並んだ料理は好物だ。だから大丈夫だった。彦助さんもね。お久さんは、たぶん酒を控えていたんじゃないですか。まだ乳飲《ちの》み子がいるそうだから」

そういうことかと、権三がゆっくり手を打った。

「それじゃ何ですか？　おきちさんは食い過ぎ飲み過ぎで死んだんで？」

吹き寄せ飯のご飯つぶをほっぺたにくっつけて、糸吉が訊いた。

「いや、そうじゃない。おきちは確かに毒を飲まされて、それで死んだんだ」

問題は、いつ、誰が飲ませたかということだ――


訪ねて行った茂七の顔を見て、安川医師は、怯《おび》えず慌《あわ》てず、むしろ肩の荷をおろしたような顔をした。

「今ここで待っている患者だけは、診てしまってよろしいでしょうか」

かまいませんと茂七は言って、込み合う狭い待合室の隅に腰をおろした。患者たちが安川医師を頼りにしている様子がよくわかる。それは辛かった。

ようやく二人になると、茂七は訊いた。

「猫を逃がしたのは先生だね？」

安川医師は両手を膝に、はいとうなずいた。

少し間をおいて、茂七は続けた。「おきちは、いつごろから先生に言い寄っていたんだろうね」

この半年ほどだと、医師は答えた。

「何かの拍子に、私が家族を亡くしたことを話しますと、とても気の毒がってくれました。先生とあたしは寂しいどうしだ、先生のことはあたしが大事にしてあげる――そう言い出したのが最初でした」

むろん、それはおきちの一方的な思いこみに過ぎなかった。片恋《かたこい》である。おきちはいろは屋から、今の不満だらけの暮らしから、逃げ出す夢を見ただけだった。安川先生と夫婦になれば、自分を捨てた彦助と、憎らしいお久を見返してやることもできると、思いこんだだけだった。そして浮かれて、恋に酔った。強気で辻屋の宴席にしゃしゃり出ることができたのも、その浮かれた気分があったからだろう。今に見ててごらん。あんたたち、みんなびっくりするよ。あたしは幸せになるんだから。

安川医師は、そんなおきちの攻勢を、上手く払いのける方法を知らなかった。おきちのような押しの強い女に会ったのは、たぶん初めてのことだったのだろう。

「勘兵衛さんは、おきちがあんたに気があることを、察していたようだよ」

茂七と話したときのあのため息には、その意味が込められていたのだろう。

「それは私も気づいていました。なおさら面目なくて、困りました」

自分はまだ妻子のことが忘れられない、誰かと所帯を持つなど、とうてい考えられない。思いあぐねて、おきちにはっきりそう伝えたこともあったという。

が、彼女は耳を貸さなかった。

「どうもそういう女だったらしいな。自分の気持ちばっかりで、いつも頭がいっぱいだったんだ」慰めるように、茂七は言った。「悪気があるわけじゃないから、始末が悪い」

殺す気はなかったと、安川医師は言った。

「検視のお役人のお診立ては見事なものでした。私が使ったのは福寿草です。それでも、親分に嘘《うそ》ばかり申し上げたわけではありません。あれは薬効もあるのです。だから手元に持っていました。ただ、少し量を誤《あやま》ると、危険なことになる……」

おきちに薬として福寿草を飲ませ、それで彼女がさらに具合が悪くなれば、機嫌を損《そこ》ねるかもしれない。安川医師の腕を疑って、気持ちが離れるかもしれない。

「そのことばかりを考えていました。魔がさすというのは、あのことです」

たいていの人殺しというのは、そんなふうにして起こるのだ。

「先生のような町医者に、ずっと深川にいてほしかったのになあ」

茂七は心から残念に思った。

茂七たちの胃もたれは、数日続いた。かみさんは茂七を叱った。

「いくらお役目のためとは言え、あの屋台の親父さんは、あんな胸焼けするような料理をこしらえる人じゃないでしょう。それを無理をいって、味付けまで変えさせて……。料理人の沽券《こけん》にかかわることですよ」

重々済まねえと、茂七もそれは借りに思っている。

が、そこへ糸吉が来た。

「親分、稲荷寿司屋台の親父から、書き付けです。料理の代金がこれだけになったそうですよ」

茂七はそれを開いて見た。いきなり、身体中から音をたてて血が引いた。なんという金額だ。

「どうしたの、おまえさん？」

駆けつけたかみさんの目の前で、茂七はどうと横に倒れた。

食えねえ、あの親父は、本当に食えねぇ。

鬼は外

一

表から、柊《ひいらぎ》売りの声が聞こえてくる。

「豆がらぁ、柊、赤鰯《あかいわし》ぃ」

今日は節分《せつぶん》（旧暦の立春で、この年は年の内）である。すす払《はら》いも済み、大晦日《おおみそか》まであとわずかな日にちだから、気分は一日ごとに忙《せわ》しなさを増してゆく。物売りの声というのはだいたいがのんびりしているもので、それは柊売りの声とて同じはずなのだが、耳にする側の心がそわそわと落ち着かないので、何だか調子の早い売り声に聞こえてくる。

今年、茂七《もしち》の家には年男がいない。だが豆まきは自分がやると、朝から糸吉《いときち》が張り切っているようだ。それに茂七は、八丁堀《はっちょうぼり》の尾崎《おざき》様という吟味方与力《ぎんみかたよりき》の家で、今年跡目《あとめ》を継いだ御嫡男《ごちゃくなん》のお歳《とし》がちょうど二十四歳で年男、盛大に豆まきをするというので、日暮れ前からお手伝いに参上することになっている。自分の家の方はかまっていられなかった。

豆まきは日暮れてから始めるものだが、冬の陽《ひ》は短いし、なにしろ押し詰まっているから、昼間のあいだに片づけておかねばならない用事もいくつかあった。実は時が惜しい。しかし今の茂七には来客があり、これがまた少々込み入った話を持ち込んできたので、最前から長火鉢の前でむっつりとしている。ただこの話——面妖なので興味は惹かれるものの、岡っ引きである茂七が扱うような筋のものなのか、ちと計《はか》りかねるところもあった。

長火鉢を挟《はさ》んで茂七の向かいに座っているのは、本所緑町《ほんじょみどりちょう》の小間物屋《こまものや》松井屋《まついや》の娘お金《きん》と、その夫の徳次郎《とくじろう》である。もっとも、しゃべっているのはもっぱらお金ひとりで、亭主の方は、ただ合いの手にうんうんとうなずいているばかりだ。それではあまりに芸がないと思うのか、時折、「はい、お嬢さんのおっしゃるとおりで」という言葉を挟む。首のところに竹串《たけぐし》の細工《さいく》を入れて、頭がぐらぐら揺れるようになっている張り子の玩具《おもちゃ》があるが、あれにそっくりな眺《なが》めであった。

娘といっても、お金はすでに三十を過ぎた年増《としま》で、子供も二人ある。それが今でも自分の亭主に〝お嬢さん〟と呼ばれているのは、松井屋の仕組みに拠《よ》っていた。

松井屋は看板こそ小間物屋として掲《かか》げているが、一方では蠟燭《ろうそく》も扱い、卸《おろ》しも小売りも盛んに商《あきな》っている。お金の父親の代には、どちらの商売も主人ひとりで仕切っていたが、五年ほど前にその父親が亡くなり、代替わりをするとき、蠟燭屋の方をお金に、小間物屋の方をお金の兄の喜八郎《きはちろう》にと、二つに分けた。これは別段揉《も》め事があったわけではなく、それぞれに商売繁盛で身代《しんだい》が大きくなったので、主人ひとりでは商い全部に目が行き届かなくなったからであった。

だからお金は、立派な跡継ぎの喜八郎という兄がいながら、自分も徳次郎という婿《むこ》をとったわけだが、もともと喜八郎とは仲のいい兄妹であったし、彼が嫁に迎え、お内儀《かみ》に据《す》えたお律《りつ》という女はお金と歳も同じで気もあって、これも本当の姉妹のように親しくなった。また徳次郎は、先代つまりお金の父親が目をかけて育ててきた奉公人なので、婿に取り立てられてからもお金をたてて大事にするし、喜八郎に対する忠義のほども申し分ないという。確かに、お金のおしゃべりに対する熱心な相づちの打ちようを見ていても、「お嬢さん」という呼び方を聞いても、然《しか》りという感じがする。

こうして松井屋は、今まで滑《なめ》らかにやってきた。ところが今年の夏、思いがけないことが起こった。喜八郎が急に病《や》みつき、十日ばかり寝込んだ挙《あ》げ句《く》に、とうとう三十七という歳ではかなくなってしまったのだ。性質《たち》の悪い熱病で、最期《さいご》はずいぶんと苦しんだそうである。兄も不憫《ふびん》だったが、その熱病が皆に伝染《うつ》るのではないかと、それも恐ろしくて仕方がなかったと、お金はうっすらと涙を浮かべて語るのだった。

気の毒な話だが、それが寿命であったなら手をあわせて諦《あきら》めるしか仕方がない。しかし、死病の不意打ちに大事な亭主を奪われたお律は、落胆《らくたん》と絶望のあまり、熱病は伝染らなくとも、一種の気の病《やまい》にかかってしまった。一日中ぼんやりとしているか、とりとめのない思い出話にふけっているか、泣いているか、昏々《こんこん》と眠っているか——とにかく、お内儀としての働きは、まったくできなくなってしまったのだ。また、喜八郎とのあいだには、年が明ければ十二になるお吉《きち》という女の子が一人残されたが、この子の世話もおぼつかない。

「あたしたちとしては、できるだけ義姉《ねえ》さんを守《も》り立てて、お吉に婿をとる日が来るまで、一緒に頑張ろうと思っていたんです。でも義姉さんは兄さんを恋しがり、懐《なつ》かしがってばかりいて、さっぱり立ち直るきざしもありません。どうしようもなくなって、結局、先月の初めに、お実家《さと》の方へ帰ってもらうことになりました」

ここまで話して、お金は、ちょっと怒ったような顔で付け足したものである。

「世間ではそんな嫌《いや》な噂《うわさ》もたちましたけれど、親分さん、お天道《てんとう》さまに誓《ちか》って、あたしたちが義姉さんを追い出したわけじゃないんですよ。義姉さんが帰りたがったんです。お実家の方でも、後家の身で女の子一人を抱《かか》えて嫁ぎ先に居残《いのこ》ったんじゃ、松井屋の身代に未練を残しているみたいで外聞が悪いなんてことを言ってましたけど、あたしたちはそんなこと、ちらりとだって考えていませんでした。だって、あたしは義姉さんのこと、本当に血のつながった姉さんのように思っていましたからね。喜八郎兄さんと義姉さんは、それはそれは睦《むつ》まじい夫婦でしたから、兄さんだって、あたしたちが義姉さんを助けて一緒に頑張ってゆくことを望んでいたはずです。あたしは、義姉さんをお実家に帰してしまったら、そんな兄さんの気持ちを裏切ることになるから、義姉さんに、何とか考え直してほしいって、何度も何度も頭を下げて頼んだくらいです」

茂七はふんふんと聞いていた。真実そのとおりなら、実《じつ》のある話だ。

しかし、それでもお律はお吉を連れて去ってしまった。主人もお内儀もいなくなった小間物屋は、当面、お金夫婦が切り回してゆくことになった。喜八郎とお金の母親はまだ存命だが、かなり身体《からだ》が弱っており、しかも息子が先に逝《ゆ》くという逆縁の酷《むご》さに、夏以来すっかり寝たきりになってしまったという。お金夫婦が踏ん張るしか道がないのだった。

「だけど商いが大きくなっていますからね。とてもじゃないけど、あたしたちだけじゃ、どれだけ働いたって追いつきません。繁盛するのは有り難いことですけども、寝る間もありゃしないんじゃ、今度はあたしたちの方が倒れちまう」

それで――と、お金はくちびるを噛《か》んでうつむいた。

「思い余って、寿八郎《じゆはちろう》兄さんを呼び戻すことになったんです」

話は、ここから面妖になってゆくのであった。

もともと、松井屋には息子が二人いたのである。お金の兄、喜八郎と寿八郎は双《ふた》子《ご》の兄弟であった。喜八郎が兄、寿八郎が弟だ。顔はそれほど似ていないと、お金は言う。いや、似ていないはずだ、と。

というのも、寿八郎は七つになるとすぐに松井屋を出され、花川戸《はなかわど》で船宿《ふなやど》を営《いとな》む家にもらわれていったからであった。兄たちより三つ年下のお金には、詳《くわ》しい記憶が残っていないのであった。

武家や商家では、双子を忌《い》み嫌《きら》うことがある。理由はいろいろだが、松井屋の場合は、

「最初から跡取りが二人いると、身代を割ることになる」

という名分があった。

茂七はちょっと眉毛《まゆげ》を持ち上げた。そんな理屈を振り回すのなら、喜八郎がいながら妹のお金に婿を取り、蠟燭屋の商いを独立させたのだって、「身代を割る」ことと同じではないか。

お金は賢《かしこ》い女で、そんな茂七の疑問をすぐ見抜いたようだった。あるいは、茂七よりも前にこの件で相談を持ちかけた人びとに、同じような問いを投げかけられていたのかもしれない。

「あたしと主人の場合は違いますよ。身代を割ったことにはなりません。あくまでも、ひとつだったものをふたつに増やしたんです。商いとしては、小間物屋の方が

ずっと大きいですしね。でも、喜八郎兄さんと寿八郎兄さんに公平にお店《たな》を継がせようとしたら、おまえは小間物屋、おまえは蠟燭屋というふうに、すぱりと分けるわけにはいきません。それが〝身代を割る〟ってことなんです」

わかったようなわからないようなへ理屈である。まあ、喜八郎と寿八郎、お金という名前の付け方からして、松井屋の人びとは、縁起を担《かつ》ぐことに熱心なのだろう。それで、些細《ささい》な差異にもこだわらずにはいられないのかもしれない。

そう思えば、寿八郎が七つまでは家に留《と》め置かれていたということの意味もわかる。子供はよく命を失《な》くすものだ。七つの歳に育つまでは、人の世の者として数えない、まだ神様のうちだという考え方は、跡取り大事の武家や商家では珍しくない。

が、実際にやるとなると、ずいぶん酷《こく》な仕打ちだったろう。七つを境に、寿八郎は突然、おまえはもうこの家においてはやれない、出て行けと追い出されたのだ。それまで父母を慕《した》ってきた幼い子供にとって、これ以上理不尽《りふじん》なことはない。忘れようにも忘れられない、胸を引き裂かれるような辛《つら》い思い出になったはずである。

だから茂七は、お金に尋《たず》ねずにはいられなかった。

「呼び返すって言ったって、寿八郎さんがすぐ承知してくれるかどうか、心配にはならなかったのかい？　なにしろ、松井屋を出されて三十年も経《た》ってるんだ」

するとお金はこともなげに、むしろ茂七がそんなことを不審に思うのはおかしいとでもいうように、あっさりと言ってのけた。

「あら、帰ってくるに決まってるじゃありませんか。だって、うちの身代を継げるんですよ。花川戸の船宿の主人なんかで終わるより、ずっといい人生じゃありませんか」

こういうところ、お金の名が体《たい》を表しているように、茂七には思えた。松井屋の人びとが、みんなこんなふうに割り切りがいいのだとしたら、彼らの「滑らかで仲睦まじい」というのも、あんまりあてにできるものではないような気がする。要は金、大きな身代が繋《つな》ぎ止めているだけの縁だったのではないだろうか。

「それに実際、寿八郎兄さんは帰ってきたんです。とにかく、事情を話して呼びに行ったら、こっちへ出てきたんです」

それが松井屋の主人としておさまることを承知して出てきたとは限るまいが、ともかく茂七は、今はまだそこを突っ込まないことにした。というのも、この話はここから先がこんがらがっているからである。

「親分さん」と、お金は小さな手を長火鉢の端《はし》に乗せ、ぐいと身を乗り出したものである。全体に小柄な女だが、小作りの顔は鼻を中心にきゅっとまとまっていて、小くちびるもつんと尖《とが》り、何やら茶巾《ちゃきん》しぼりを思わせるものがある。それに今は、さな目がちかちかと、一種険《けん》のある光り方をしているのが女を下げているようだ。

「帰ってきた寿八郎兄さんは、寿八郎兄さんじゃなかったんです。別人だったんです。いえ、あたしにはわかります。あれは兄さんじゃありません。こっちの弱みにつけこんで、赤の他人が、松井屋の身代を乗っ取るために、寿八郎兄さんに化けて入り込んできたんです！」

だからぜひとも、茂七にその「偽《にせ》の寿八郎」に会ってもらい、彼の魂胆《こんたん》を探り出し正体《しょうたい》を暴《あば》き出してほしい――その上で、松井屋の後の障《さわ》りにならないようお灸《きゅう》を据《す》えて、また、本物の寿八郎がどうなったのか、死んだとしたらいつ死んだのか、それも聞き出してほしいというのであった。

「それで親分、どうなさるんです？　その寿八郎とやらに会ってみるんですか？」

茂七のすぐ後ろを歩きながら、権三《ごんぞう》がそう尋ねた。夕暮れになって寒風が強まり、茂七は襟巻《えりまき》をしてもまだ首を縮《ちぢ》めているのに、権三は一向《いっこう》に寒そうな様子を見せない。朱塗《しゅぬ》りの角樽《つのだる》を抱えて、さくさくと歩いている。

権三は、今でこそ茂七の手下《てか》だが、お店者《たなもの》暮らしの長かった男である。行儀もいいし、立ち居振る舞いや口のきき方など、どことなしに練れたところがある。だから、今夕のように八丁堀の組屋敷《くみやしき》にお手伝いにあがるときなどは、おっちょこちょいの糸吉よりもはるかに頼りになる。

「どうもこうも、会ってみるよりしょうがねえだろう。寿八郎の話も聞いてみたいしな」

「気の毒な男ですね」

権三がかすかに眉をひそめて言った。

「俺もそう思うよ。まだおっかさんが恋しい年頃に、犬の子を追うように追い出されたのにさ。都合が悪くなったら帰って来いと呼びつけられる。三十年のあいだ、おめえがつくってきた人生なんざ知っちゃいねえ、今度はこっちで働け、身代は継がせてやるんだから文句はねえだろう、ときたもんだ」

言ってるうちに腹が煮えてきた。

「親分はお怒りでしょうね」権三は、肉の厚い頬《ほお》をほっこりと緩《ゆる》めて笑った。「でも、商家の理屈ってのはそういうものです。すべてが身代を守ることを芯にして回ります」

「それだって、げんの担ぎ過ぎじゃねえか」

「するすると繁盛して家が肥えると、かえってそういうことが気になって仕方なくなる商人《あきんど》もいるんですよ。松井屋さんは何代目です？」

「確かお金たちで五代目だとか言ってたな」

「ああ、それぐらいがいちばん担ぐんです」

権三はその理由を言わなかったが、それでも納得《なっとく》させられてしまう口調であった。

さて、尾崎様の豆まきが首尾良く終わり、茂七たちもご馳走《ちそう》のおこぼれにあずかって、帰路についたのは夜もとっぷり更《ふ》けたころのことであった。携《たずさ》えていった祝いの酒の分くらい、ふたりで飲んでしまったかもしれない。

「尾崎様はお声が好《い》いですね」

権三が誉《ほ》めるのももっともで、鬼は外、福は内と呼ばわる声は、時には勇壮な響きさえも含んで、近隣じゅうに心地よく響き渡っていた。あれなら、たいがいの鬼は怖《おそ》れをなして逃げてしまうだろう。

「あのお家は代々そうだ。血筋《ちすじ》だな。吟味方のお役人は、声が好いというのも取り柄の内なんだ。だみ声でぼそぼそしゃべってんじゃ、脅《おど》しがきかねえからな」

川風に凍《こご》えそうになりながら永代橋《えいたいばし》を渡ると、時の鐘《かね》が聞こえた。強い風が雲を吹き飛ばし、満天の星空である。すっかりいい気分になっていた茂七は、しかし、またたく星々の光を仰いで、お金の目のちかちかしているのを思い出し、急に正気に戻ってしまった。

ふたりはそれぞれに、今日のご馳走の残りを、折詰《おりづ》めにして持たされていた。残りというのは口上《こうじょう》で、実は最初からこのために用意されていた分の料理だろう。

尾崎様の家は声が好いだけでなく、ふるまいも上手《じょうず》なのである。

「どうだ、権三。ちょっと稲荷寿司《いなりずし》屋に寄って行こうじゃねえか」

明日朝起きるまでには、お金のちかちか目を追い払っておきたい。それにはもう少し飲む必要がありそうだ。それにこの折詰め料理を、あの親父《おやじ》にも見せてやりたい。

いいですねえと、権三もいそいそと承知した。

正体不明の親父がめっぽう旨《うま》いものを喰《く》わしてくれる、謎めいた稲荷寿司屋の屋台は、深川富岡橋《ふかがわとみおかばし》のたもとに出ている。なりは屋台でも、繁盛の度合いは松井屋にも負けないだろう。今夜も、長腰掛けは客でいっぱいだ。皆、節分の気分を持ち寄っているのだろう。

普段なら、茂七たちがここへ来るのはもっと遅い時刻なので、相客《あいきゃく》が居合わせることは少なく、ゆったりとした気分になれる。が、今夜はすし詰めでも仕方がない。

それでも親父は茂七と権三の顔を見ると、居並んだ客たちに丁寧《ていねい》に声をかけ、間を詰めて席をつくってくれた。そのうちの何人かは茂七が回向院《えこういん》の親分だと気づいたようで、挨拶《あいさつ》の声も飛んできた。

「いやいや、こんなところで頭なんざ下げるのは洒落《しゃれ》に欠ける。そのままやってくれ、やってくれ」

暖かな湯気《ゆげ》と、食欲をそそる匂《にお》いに包まれた屋台は、冬の夜の海に輝く小さな灯台のようだ。集まった客たちは、船頭ひとりの小さな船である。舳先《へさき》を寄せ合って、いっとき世間の荒波から逃れ、暖《だん》をとる。

尾崎様の折詰めに、親父はたいへんな興味を示した。歳は茂七とおっつかっつ、白髪《しらが》まじりの髪と痩《や》せた顎《あご》、しかしがっしりとした肩や、どんなときでもしゃんと伸びた背筋には、何かしら気骨《きこつ》のようなものが漂《ただよ》う。この親父が元は武家であり、うかうかとは口にすることのできない深い事情を抱えて禄《ろく》を離れ、今の身の上となっているらしいことを、茂七は知っている。灯台守《もり》もまた、世間という海を漂ってここに流れ着いた口なのである。

「この季節に青豆《あおまめ》とは――それにこちらは鰆《さわら》ですね。どこから取り寄せたものか。はは、この味付けは。仕出し屋は――山田屋《やまだや》か、遠海屋《とおみや》かな」

呟《つぶや》きながら吟味している。その目つきは真剣だが、いかにも楽しげでもあった。

そのあいだに茂七と権三は、辛口《からくち》の熱燗《あつかん》に濃い味噌《みそ》を乗せた田楽《でんがく》を味わった。親父は酒を扱わないが、すぐ傍《かたわ》らに、酒の振り売りの猪助《いのすけ》という老人が控えているのだ。火鉢にあたりつつ燗をつけ、お客の注文が途切れると、こっくりこっくりと居眠りをしている。

「親分も権三さんも、歳の数の豆は召し上がりましたか。まだでしたらどうぞ」

節分の豆を盛った升《ます》を差し出され、茂七たちは競って手を突っ込んだ。節分に歳の数と同じ豆を食べると長生きする。権三は二度ほどでちゃんと自分の歳をつかんだが、茂七はなかなか上手《う ま》くいかない。

「親分のは数が多いから」

「おまえと十《とお》しか違わねえぞ」

「いえ、ひとまわり違います」

楽しく騒いでいるうちに、茂七は妙なことに気がついた。これだけ混み合っているというのに、屋台の後ろの物陰に、誰も座っていない腰掛けがひとつ、ぽつりと据えられているのだ。

その腰掛けの上には緋毛氈《ひもうせん》が敷かれ大ぶりの真っ白な杯《さかずき》に注《つ》いだ酒が載《の》せてあるだけである。

「なあ、親父」

茂七は指を立てて、その腰掛けを示してみせた。「ありゃ、何かの呪《まじな》いかい？それともこれから誰か来るんで、席をとってあるのかい？」

すると、茂七と同じ長腰掛けの端に座っていた職人風の男が、真っ赤になった顔をほころばせてこう言った。「あれはね親分さん、鬼さんの席ですよ。鬼さんたちが座ってるんでさ。ねえ親父さん」

茂七はきょとんと目を瞠《みは》り、親父の顔を見返った。すると親父は照れ笑いをしている。かわりに、さっきの男が続けて言った。「今夜はどこへ行っても、鬼さんたちは針の筵《むしろ》だ。鬼は外、鬼は外ぉってんで、豆つぶてを喰らって逃げ出さなくちゃならねえ。それじゃあんまり気の毒だってんで、この親父さんは、鬼さんたちに酒をふるまうことにしたんですってさ」

なに、ちょいとした座興ですと、親父は言って、手元に真っ白な湯気をたてた。鍋のふたを持ち上げて、かきまわしているのは大根汁《だいこんじる》のようである。赤味噌の匂いが香ばしい。

言われてみれば、この屋台には、節分におきまりの魔除《まよ》けの飾り物、豆がらに刺した塩鰯《しおいわし》と柊が見あたらない。

追われる鬼にも行き先が要《い》る。いかにもここの親父らしい計らいである。

「江戸じゅうの鬼が集まったんじゃ、あの腰掛けひとつじゃ足りないだろうけど、鬼神《きしん》というぐらいだからね、まあ神通力《じんつうりき》で、何とか具合良く座ってくれるでしょうよ」

なあ鬼さんと言って、職人風の男が、空《から》っぽの長腰掛けに向かって手にした杯をちょいと持ち上げ、それから旨そうに飲み干した。連れなのだろう、隣に座った年若の男が、そのへんにしておきなさいよとたしなめている。ふたりとも、襟《えり》のところに屋号の入った揃《そろ》いの半纏《はんてん》を着ている。

「あんたらも、どこかお得意の豆まきを手伝ってきた帰りかね」

「ええ、そうなんですよ。そりゃ豪勢な豆まきでした。でもあっしらは、ここの親父さんのこしらえる肴《さかな》の方が好きだな。鬼さんと一緒に飲むのも悪くねえ」

「ああ、まったくだ」

茂七は嬉《うれ》しくなってきて、居合わせた客たちに酒を奢《おご》ることにした。酔客《すいきゃく》たちの歓声に、すっかり眠り込んで身体を半分に折ってしまっていた猪助が、驚いて飛び起きる。

茂七も空っぽの長腰掛けに向けて、新しい熱燗を満たした杯を掲《かか》げた。

(鬼さんの役回りもお辛いことだ。どうぞ、存分にやってくださいよ)

そうして皆で、鬼さんに負けじと飲み喰いしながら夜を過ごしたのだった。

二

という次第で、一夜明け、茂七はひどい宿酔《ふつかよ》いであった。

「権さんも一緒になって、まったく何をやってるんだか」

かみさんにこっぴどく叱《しか》られ、なおさら頭が痛い。布団《ふとん》をかぶって忍の一字である。一方の権三は、どうにかして朝早くから起き出していた。彼にはここらの差配人たちの仕事を助けるという生業《なりわい》もあり、けっこうあてにされている。しかもこの暮れで、茂七が出入りしている八丁堀の組屋敷のあちこちに、餅《もち》つきの手伝いにも行かねばならない。糸吉もそれは同じで、彼の生業である湯屋「ごくらく湯」の師《し》走《わす》の稼《かせ》ぎをしながらも、ほうぼう飛び歩くことになる。ふたりで額をくっつけて割り振りをすると、ああだこうだ言い合いながら尻《しり》はしょりをして出かけていった。

遊び人のように寝つぶれていて、茂七がようよう起き出したのは、午《ひる》近くになって来客があったからだった。残り酒に曇った頭に、かみさんの尖った声がビンビンと響く。

「おまえさん、松井屋のお金さんと約束したんじゃなかったんですか。寿八郎さんて方がおみえですよ」

すっかり忘れていた。昨日の面妖な話の続きである。茂七は大急ぎで支度《したく》をし、かみさんに濃いお茶を一杯頼んだが、あたしは出かけなくちゃなりません、お湯ならわいてるから自分でいれなさいとすげなくいなされてしまった。

「寿八郎さんて方はちゃんとした人ですよ。今井屋《いまいや》の羊羹《ようかん》をいただきました。お持たせですけど、ちゃんとお出ししておきましたからね。おまえさん、いくら甘いものが好きだからって、お客さんをさしおいて子供みたいに食べちゃいけませんよ」

今は羊羹など見るのも嫌である。

どうにかこうにか格好《かっこう》をつけて長火鉢の前に出ていくと、寿八郎という男は、昨日お金が座っていたのと同じ場所にかしこまっていた。粗《あら》い縞《しま》の着物は糊《のり》が利《き》いて、襟のあたりが光っている。太縞は男が着ると、どうかすると派手《はで》に過ぎて品下《しなさが》って見えるものだが、寿八郎はすっきりと着こなしていた。立ち上がったところを見ないとしかとは言えないが、かなり上背《うわぜい》があるのだろう。肩幅が広く、なかなか押し出しがいい。

茂七は挨拶もそこそこに、煙管《きせる》で一服つけることにした。すると頭がくらくらと回った。寿八郎が心配そうにのぞきこむ。

「親分さんは……お風邪《かぜ》でございますか」

とんでもない宿酔いだと茂七は笑って謝《あやま》った。そして照れ隠し半分に、昨日の鬼の腰掛けの話をして聞かせた。寿八郎は熱心に聞き入って、やがてため息をひとつついた。

「好い話でございます」

しみじみとしている。そんなに付き合い良くしなくたっていいと、茂七は茶化《ちゃか》そうとしたのだが、寿八郎の目元が今にも潤《うる》みそうになっているのに気がついて、やめた。

「世間には優《やさ》しい人もいるということでございますね。いやまったく、つい手前の身に引きつけて考えてしまいます。手前も昨夜は、あちこちで鬼は外という声が聞こえるたびに、身が縮むような、心がずきりと痛むような思いを重ねておりましたもので」

彼の沈むような口振りに、茂七の酔いもようやく醒《さ》めてきた。あらためて見直すと、三十七という歳よりは老《ふ》けているが、目のあたりが涼《すず》しくて、実直そうな好い顔をしている。

亡くなった松井屋の喜八郎を、茂七は知らない。双子だが顔はあまり似ていないとお金は言っていたが、この寿八郎とて、そのまま松井屋の主人の座に座らせても、けっして不足はなさそうである。

「お金さんから話は聞いたよ」と、茂七は切り出した。「そうだなぁ。あんたの身の上は、確かに節分の鬼に似ているね。七つやそこらで家を追われて、さぞ辛い思いをなすったろう」

ところが寿八郎は穏《おだ》やかに笑った。「花川戸の家に行くまでは、身も世もないような気持ちでございました。でも行ってみると、養父母は優しい人でして、手前を本当の子供のように可愛がってくれました。もちろん、不憫な子だと哀れんでもくれたのでしょうが」

花川戸の養家は、松井屋とは縁戚でも何でもなく、先代つまり喜八郎と寿八郎の父親が、伝手《つて》を頼り、貰《もら》い子をしたがっている家を探して、話をまとめたのだそうである。

「手前が貰われていった頃には、養父母はどちらも四十を過ぎていまして、切に跡取りを欲しがっておりました。小さな船宿ですが、夫婦で苦労して興《おこ》した店ですので、一代限りで潰《つぶ》してしまうのが惜しかったのでしょう。養父母はたいへん仲睦まじい夫婦でしたが、世間でよく言うように、そういう夫婦ほど子に恵まれないという皮肉はあるものなのでございますね」

その養父母は、寿八郎が二十歳《はたち》を過ぎ、嫁をとったのを見届けて安心したのか、相次《あいつ》いで亡くなったという。寿八郎は養父母の菩提《ぼだい》を弔《とむら》い、船宿を継いで働き続けた。

花川戸は、川越《かわごえ》あたりと江戸市中とを繋ぐ水路の要所である。実《じつ》のある商売をしていれば、船宿を続けてゆくのに、そう法外な苦労はないという。子供にも三人恵まれ、つましくはあるが幸せに暮らしていると寿八郎は淡々《たんたん》と語るのだった。

昨日のお金は、松井屋の事情ばかり熱を込めて話していて、寿八郎側のことは何も言っていなかった。茂七は尋ねた。「あんたは今まで、松井屋に帰ってきたことは一度もないんだね？　今度が初めてか」

「はい。もう縁のないものだと思い決めておりました。というより、松井屋を思い出すことさえございませんでした。手前にとっては、亡くなった養父母こそが親であり、他に親はおりません」

きっちりとした物言いに、ちらりと頑《かたく》なな意地が見える。が、それも無理はないだろう。

「まさか喜八郎さんが死んで、自分が呼び返されることになるなんて、夢にも思わなかったってわけか」

「左様《さよう》でございますね……」と言って、寿八郎は少し首をかしげた。「ただ、手前が物心ついたころに、養父母が何かの拍子に、おまえの身は松井屋さんからの預かり物なのだから、もしもあちらに何かあったら、お返ししなくてはならないというようなことを申したことがございました。そのとき手前は、そのような薄情《はくじょう》なことは二度と言ってくれるなと、泣いて怒った覚えがございます。真実、その気持ちに嘘《うそ》はございませんでしたから、思ったとおりに言ったのです。それ以来、養父母もそのことは口にしなくなりました」

あるいは手前の知らないところで、松井屋さんとのあいだに、なにがしかの約束があったのかもしれませんがと断った上で、

「それも、そのときの養父母との話で、反古《ほご》になったものと思います。養父母も、おまえはこの家の子だと、手前の手を取って約束してくれました。亡くなるときも、あとのことはおまえに任せて、安心して逝くと申していたくらいでございますから」

わざと意地悪に、茂七は問いかけた。「それでおまえさんは、松井屋の身代を棒に振ってもいいのかい？」

嫌味な訊《き》きようを、寿八郎はさらりと受け流した。「はい、かまいません」

そしてつと座り直すと、茂七の目を正面から見つめて続けた。「手前は小間物屋の商いのことなど何も存じませんから、この歳でいきなり松井屋に戻ったところで、何の役にも立ちません。邪魔《じゃま》になるだけでしょう。それに手前は、どれほどの金を積まれましても、家内と子供たちを捨てて家を出ることなどできません」

茂七は驚いた。「それじゃ何だ、松井屋に帰るってのは、あんたが本当に身ひとつで帰るってことなのかい？　かみさんや子供は連れてきちゃいかんということなのか」

「はい。お金はそう申しておりませんでしたか。それが条件なのでございます。そして手前はお律さんと再縁《さいえん》し、喜八郎の忘れ形見《がたみ》のお吉を育てるということで」

これはまた人の心を無視した言いようである。これでは、寿八郎を呼び返すのではなく、喜八郎と寿八郎の首をすげかえるだけということではないか。

「お金さんは何も言っちゃいなかったよ。いや、外聞が悪くて言えなかったのかな」

寿八郎は寂しそうに薄く笑った。「いえ、外聞を憚《はばか》ったわけではございませんでしょう。お金は――いえ、他所《よそ》の家のことですから、お金さんと呼ばなければなりませんが、あの人はそれで通ると思っているのです。それはあまりに薄情じゃないかというような思いは、あの人の心には浮かばないのでしょう」

妹は――変わりましたと寿八郎は言った。

「別れたのはあれが四つのときでしたから、変わったという言い方もおかしいかもしれません。でも、手前が松井屋を出されるときには、泣いて後を追ってくれたものでございました。身代を割るから双子は不吉だ、ふたりとも家に置くわけにはいかぬという理屈など、子供には呑《の》み込めるものではございません」

「そりゃそうだよなぁ」

「それでも、三十年は長い年月でございました。お金は松井屋の者、手前とはもう土台が違ってございます」

いささかの皮肉を込めて、茂七は奥歯で嚙んだ言葉を吐いた。「松井屋の身代ってのは、それほどのもんかね？」

寿八郎はかぶりを振った。「さて、手前にもわかりません。ただ、お金さんが気の毒に思えるところもございます」

松井屋にはそれなりに親戚筋の者も数多いのだが、それだけに、ではそのなかの誰かを喜八郎の後に家に入れるということになると、やっぱり剣呑《けんのん》な騒ぎになるのだという。

「手前もお金さんから聞いただけで、確かめてみたわけではございません。でも、誰にも気を許すことはできない、頼れるのは実の兄さんだけだと言うときの目の色には、一種すがるようなものがございました。実の兄妹なのだから、手前が何もかも捨てて帰ってくるのが当たり前だ、何の不思議があろうかと、無邪気《むじゃき》に思いこんでいるようでもございます。お金さんはずっと松井屋のなかにいて、世間の風にあたっていませんから、人の心というのは——しかも三十年の年月の重みがそこに加われば、そう簡単には動かないということがわからないのでしょう」

茂七はうーんと唸《うな》って顎を撫《な》でた。「亭主の徳次郎は奉公人あがりだからな。そっちの実家から人を入れるわけにもいかんだろうし」

寿八郎はうなずいた。「考えてみれば、お金も可哀相《かわいそう》な身の上です」

また〝お金さん〟から〝お金〟に戻った。その心情は、茂七にも察することができる。

「しかしなぁ、そのお金が、今になってあんたが本物の寿八郎じゃないと言い出してるんだろう？　こりゃいったいどうしたことなんだろうね」

寿八郎は両の膝頭《ひざがしら》に手を置いて、しょんぼりとうなだれた。「手前にも、何とも申し上げることができません」

松井屋に帰ってこいと、寿八郎が最初に報《しら》せを受け取ったのは、半月前のことだという。喜八郎が死んだことを知らなかった彼は、驚いて一度こちらに出てきた。そしてお金にすがりつかれ、このまま松井屋に残ってくれとしがみつかれて、

「そのときは、そうもいかないからと言い置いて、いったん花川戸に帰りました。ただ、お金の願いを聞き入れることはできなくとも、手前も心配は心配でしたので、ひんぱんに行き来をするようになったのです」

松井屋に来るたびに、お金は戻ってこいと言いつのった。寿八郎は、それができないことを懇々《こんこん》と説いて聞かせ、他に良い手がないか、どこかに相談を持ちかけてみたらどうかと、話し合いを続けてきたのだという。

「ところが、つい四、五日前のことでございます。手前が松井屋に行って、このごろの様子はどうかと話を始めますと、お金がいつになく険《けわ》しい顔で手前の顔を見るのです。そしていきなり、あんたはどうも寿八郎兄さんじゃないような気がする、別人だろうというようなことを言い出したのでございますよ」

そして、松井屋の身代を乗っ取ろうと企《たくら》んでいるんだろう云々《うんぬん》かんぬんの話が持ち上がってきたというわけなのである。

実際、寿八郎は疲れているようだった。よく見ると、目の周りにくまが浮いている。

「事がそういうふうに拗《こじ》れては、手前も、今度ばかりはおいそれと花川戸の家に帰るわけにもいきません。帰れば、図星《ずぼし》をさされて逃げ出したことになり、どんな騒動になるか知れたものではございませんからね。以来、ずっと松井屋の客間に寝起きしておりますが、お金は毎日のように親戚や古くからの知り合いの人たちをとっかえひっかえ呼び寄せて、寿八郎兄さんなら、子供のころの思い出があるはずだ、あんなことはどうだった、こんなことはどうだったと問いかけては責め立てるのでございますよ。手前も、こんな疑いをかけられては立つ瀬がありませんし、正直、腹にも据えかねましたので、思い出せる限りは答えておりました。それでも、なにしろ三十年前のことでございますよ、親分さん。覚えがはっきりしないこともございます。するとお金は、鬼の首でもとったような調子で、そら偽者だ、これは別人だ、本物の寿八郎兄さんをどこへやったと、金切《かなき》り声でわめき立てるのでございます」

たまりません……と、消え入るような声でつぶやいた。

「この土地の岡っ引きの親分に話を聞いていただこうというのも、実は手前から言い出したことなのでございます。お金の言い分はあまりにめちゃめちゃですし、徳次郎さんを始め、今の松井屋にはそんなお金を宥《なだ》める者が誰もおりませんから、このままでは埒《らち》があかないと思いましたもので」

あいすみませんと、寿八郎は深く頭を下げた。茂七は手を振ってそれを止めた。

「やめとけ、やめとけ。あんたが謝る必要なんざどこにもねえんだ。だってあんたは本物の寿八郎なんだろう?」

うんざり顔で、寿八郎はうなずいた。「はい、寿八郎でございます」

お金も言っていたとおり、喜八郎と寿八郎は、もともとそれほど顔が似ていなかった。それは親戚たちも認めているという。

「七つの子供のころでさえ、ただの兄弟でも、もっと似ている場合もあるだろうというくらいだったそうでございます。そこに三十年の暮らしの違いが加われば、面《おも》差《ざ》しも立ち居振る舞いも、それは変わりますよ、親分さん」

「だろうなぁ」

そこへもってきて、七つの寿八郎を覚えている者たちも、そこから三十七の寿八郎を想像するのはなかなか難しいということが重なって、余計に面倒な話になっているわけだ。

親戚や知己《ちき》のなかには、寿八郎が問われて答える昔の思い出話を聞いて、これはお金さんの勘違いだ、この人が確かに寿八郎さんだよと、言ってくれる者もいるという。しかし、はっきりした証《あかし》はあげられない。昔話に頼る、おぼろな〝感じ〟が根拠になっているだけだ。ましてや、お金に「昔話なんか、本物の寿八郎兄さんから聞き出しておいたものを、それらしく繕《つくろ》って言えば済むことだ、そんなものはあてにできない」と、歯を剝《む》き出して言い返されてはなおさらだ。

もっとも、そういう昔話を持ち出して「覚えているか、知っているか、本物の寿八郎なら覚えているはずだ」と責め立てているのもお金なのだから、これはとんだ茶番である。

が、当人にとっては笑い事ではない。

「何よりも、お金のおかしいところは、手前は口をすっぱくして松井屋には戻らない、松井屋の身代などほしくはないと言っているのに、それには全然耳を貸さずに、ただもうしゃにむに、手前が松井屋の身代を狙《ねら》って寿八郎に化《ば》けた偽者だと言い張っているところにあるのでございます」

まったくである。茂七はそろそろ喉《のど》が渇《かわ》いてきて、茶をいれようと火鉢の上の鉄《てつ》瓶《びん》のつるをつかんだ。熱くて、思わずわっと叫《さけ》んだ。すると寿八郎がするりと手を出して、手前がいたしましょうと、てきぱきと働き始めた。

慣れた動きである。いかにも客のもてなしに馴《な》れた、小さな船宿の主人らしい手つきだった。彼のいれてくれた番茶を、茂七はじっくりと味わった。旨い。

「お金はつまり、あんたがうんと言ってくれないのに意地が焼けたんだろうな」

本物の兄さんなら、自分の頼みをきいてくれないわけがない——意固地な思いが、理屈にあわない難癖《なんくせ》につながっているわけだ。

「手前もそう思います」

茂七の言葉に、寿八郎は鉄瓶のふたを閉めながら、目を伏せてうなずいた。怒っているのではなく、その瞳は暗く翳《かげ》っていた。

「それで親分さん、まことに勝手な申し状ではございますが、手前は今日、こうして親分さんにお目にかかり、ひととおりのお話を聞いていただいたならば、もう松井屋には戻らずに、このまま花川戸に引き上げようと思っております。これ以上、手前がお金のそばに留《とど》まっておりましては、事がさらに拗れるだけでございましょう。松井屋の行く末は気になりますが、徳次郎さんは道楽もせず、真面目《まじめ》な働き者のようですし、奉公人たちもよく躾《しつ》けられておりますから、お店の大事に至ることもありますまい」

うん……と、茂七もうなずいた。それしか手はなさそうである。

「お金には、俺の方からよく言って聞かせることにしよう」

「よろしくお願いいたします」

もう一度姿勢を改め、寿八郎は畳に額をくっつけた。茂七は腕組みをして、彼の後ろ頭をながめていた。

と、平伏《へいふく》した姿勢のままで、寿八郎が低く言い出した。「ただ――」

湯のちんちんとたぎる音に、まぎれてしまいそうな小声であった。が、茂七は耳がいい。

「ただ、何だい？」

寿八郎は大いに狼狽《ろうばい》した。顔を上げたが、頬が強《こわ》ばり、つと血の気《け》が失《う》せたようである。

「どうしたんだ」

茂七も半身を乗り出した。寿八郎は身を固くして、畳の目を睨《にら》んでいる。

「こんなことを申し上げていいかどうか」

「そんなふうに迷う時は、申し上げた方がいいと相場がきまっているもんだ」

落ち着きなくまばたきをして、寿八郎は茂七の目を見た。「手前も、腹が立ちました」

「うん、そうだろう」

「お金と、お金に同調する人たちは――まあ、なかにはそういう人もいるのです

──手前を偽者扱いするだけでなく、こんな手のこんだことをして松井屋の身代を乗っ取ろうとする企みには、手前の家内や子供たちばかりか、亡くなった養父母まで一枚噛んでいるのだろうとまで言うのです。手前はかまいません。でも、家内や子供ら──いや、何よりも許せないのは、あの優しい養父母にさえも、そんなぬれぎぬを着せようとすることです。これぱかりは勘弁《かんべん》できません」

一度消えた血の気が、怒りと共に頰にのぼっている。

「ですから手前も、できるならば身の証をたてたいのでございます。手前が確かに寿八郎であることを、お金にわからせてやりたいのです」

「もっともな気持ちだと思うよ。で、その手があるんだな？」

なければ言い出すまい。茂七は寿八郎の顔を見据えた。だが、彼は辛そうに目を伏せる。

「実は、手前が本物の寿八郎であると、寿八郎でなければ知らないことを知っていると、証をたてることのできる人が、ひとりだけいるのでございます」

亡き先代の末の妹、寿八郎やお金にとっては父方の叔母《おば》にあたる人で、名をお末《すえ》というという。

「松井屋の先代は兄弟姉妹が数多く、上の子と下の子とのあいだは親子ほど歳が離れていますので、この人は、ほとんど先代が親代わりになって育てたようなものでした。ですから手前が松井屋にいたころ、この人も松井屋に住んでおりまして、手前どもとはほとんど姉弟のように暮らしていたものです」

だから「叔母さん」ではなく、「お末姉さん」と呼んでいたそうである。

「歳は手前より八つ上でございまして、ですから、その事があったころは、手前が六つ、お末姉さんは十四だったと思います」

その事とは——

「思えば、あれもちょうど今頃の時期、節分の日だったと思います。柊売りがそこらを流しておりました。売り声を、今もはっきりと覚えております」

松井屋の近くで火事があった。幸い風向きが逆なので、松井屋には火がかからなかったが、近所の商家や長屋が何軒も丸焼けになったそうである。

「焼けた家のなかに、手前どもが親しくしていた糸問屋さんがありました。有馬屋《ありまや》というお店で、お末姉さんと同じ歳のお嬢さんが一人おりました。おるいさんという名だったと覚えています」

おるいとお末は仲良しで、習い事などもいつも一緒、互いの家にも親しく行き来をしていた。寿八郎も、おるいに菓子をもらったり、手習いを見てもらった覚えがあるという。

「可愛らしいお嬢さんでした。お末姉さんは気の強い人で、手前などもときどき叩《たた》かれることなどありましたから、ひとつ屋根の下に暮らしながらも、どこか甘えられないところがございました。ですからなおさら、手前はおるいさんが好きでした」

それだけに、おるいの家が丸焼けになったときには、たいそう心配した。

「幸い、夕方の火事でしたので、火が出たところで皆外に逃げ出して、亡くなる人はいませんでした。それでも、おるいさんの家はこれで身上《しんしょう》をなくし、その後はどこに立ち退《の》いたのか、さっぱり消息が知れなくなってしまったのです」

火元がおるいの家だったことも、近所に居づらくなった理由《わけ》ではないかと、寿八郎は言った。

「なにしろ不思議な火事でございました」

戸口の障子《しょうじ》に明るい冬の陽が映《は》えている。それにぼんやりと目をやりながら、寿八郎は続けた。

「糸問屋でございますから、火の気には細心の注意をはらっていたはずでございます。しかも火元となったのは離れの物置で、人の出入りはあっても、火の気などまったくない場所でございましたから……」

話の腰を折りたくはなかったが、言いにくそうに口調がのびる寿八郎の胸の内を察して、茂七は割り込んだ。「あるいは点《つ》け火《び》だったかな」

案の定《じょう》、寿八郎はうなずいた。「後になって、火の手があがる前に、物置の戸が少しだけ開いていて、その奥で蠟燭のような明かりが灯《とも》っているのを見た——という話が出て参りました。近所でかまびすしく噂しておりましたから、手前のような子供の耳にも入ったのです。おかしな火事だったので、親分のような方がお調べになったのかもしれません。結局、はっきりしないままうやむやになってしまったのでございますが」

「三十年ぐらい前なら、そいつは俺の親分だったかもしれないな」と、茂七は笑った。「かばうわけじゃねえが、点け火の判別は難しいんだ。点け火だとわかっても、誰がやったか突き止めるということになると、なおさらだ」

寿八郎はぎゅっと固まっている。膝頭をつかんだ手が骨張《ほねば》っている。

「さっきも申し上げましたが、手前は当時六つでございました。まだまだ物の道理がわかる年頃ではございません。ただ、あの日——火事だという騒ぎを聞きつけるほんのちょっと前のことだったのですが」

家の裏庭で独楽《こま》の芯《しん》にする木っ端《こば》を削《けず》っていたら、木戸を開けて、誰かが走って家に帰ってくるのが見えた。ひょいと見ると、お末《さお》であったという。

「子供ながらにも、手前がぎょっとするほど真っ青な顔をして、ぶるぶる震《ふる》えておりました。たもとに何か隠していて、胸元にしっかりと抱えるような格好をしていました。そして手前がそこにいることに気づくと、さらに色を失いまして、逃げるように家のなかに駆け込んでいってしまいました」

それはそれで、奇妙だがどうということはなかった。が、その後が問題だった。

「その夕の火事騒ぎが一段落して、やれやれと床《とこ》につくころでございます。手前が厠《かわや》に参りまして、出てきますと、いきなり廊下《ろうか》で袖《そで》を引かれました。誰かと見ると、お末姉さんでした」

お末は鬼のように怖い顔をして、ぎりぎりと寿八郎の腕を締めあげ、こう言った
──

「今日、裏庭であたしを見たことを、誰にも言っちゃいけないよ。言ったらあんたの舌《した》をひっこ抜いてやる。いいね？　けっして言っちゃいけないよ。約束だからね」

その形相《ぎょうそう》に、厠から出てきたばかりだというのにおしっこを漏《も》らしそうになるほど震え上がって、寿八郎はうなずいた。するとお末はようやく彼の手を離したが、彼が自分の寝間《ねま》に入ってしまうまで、そこに立って睨みつけていたそうである。

「それこそ、鬼のようでございましたよ」

そう呟いて、長い歳月《さいげつ》を飛び返ってきたかのようにはっとまたたき、寿八郎は茂

七の顔に目を返した。

「そのときはただ怖いだけでございました。でもその後、あの火事が点け火だったのではないかという噂が出たときに、子供ながらにも手前は思ったのでございます。もしやあれは、お末姉さんがやったことなのではないかしら、と」

茂七が同じ立場でも、そう考えたことだろう。子供にも子供の知恵はあるし、人の顔つきの変化などには、むしろ大人よりも敏感であるものだ。

「そう思いますと、なおさら怖くて、お末姉さんの顔を見ることさえできなくて、ずっと避けていたように思います。お末姉さんの方は、特に変わった様子もございませんでしたが……。それが節分のことで、年が明けて手前は七つになり、すぐ松井屋を出されることになりました。ですから、お末姉さんとのことは、それきりでございます。以来、顔を合わせたことさえございません」

しかしその約束は、お末と寿八郎二人だけの秘密である。お末がその時言ったことを、覚えているのは寿八郎だけなのである。

「今度のことでこっちに出てきて、お末さんには会ったのかい？」

「いいえ」と、寿八郎はかぶりを振った。

「お末姉さんは、手前が松井屋を出てから半年ほどして、疱瘡《ほうそう》を病んだそうでございます。命は拾いましたが、運悪く顔にあばたが残り、松井屋の奥に引きこもって暮らしていたそうでございますが、ほどなくして縁づいて、それからずっと、向《むこう》島《じま》の外《はず》れにご亭主とふたりで暮らしているそうでございます。外に出ることはほとんどないという話でございました」

「てことは、今も元気なんだな？」

「はい、そのはずでしょう」

「松井屋の連中も、誰も会ってないのかな」

「久しく会っていないそうです。本人があばたを気に病んで人を遠ざけているというお話でした。先代や喜八郎さんが亡くなったときでさえ、葬式に出てきたのはご亭主ひとりだったそうですから、よっぽど念のいった隠れようでございますね」

　寿八郎は痛ましげに眉を寄せた。

「確かに手前の覚えている限りでも、お人形のようにきれいなお顔をしていましたから、あばたが残ったことが、いっそう口惜《くちお》しく、人の目が痛いのかもしれません」

　暮らしの方は、松井屋が面倒を見ているのだという。小女《こおんな》さえもおかず、お末の亭主が身の回りの世話をしていて、子供もいない。

「そうそう、ご亭主は久一《ひさいち》さんという人だそうで、実はこの人のことも、手前はかすかに覚えてございます。やはり例の火事で焼け出されたご近所の倅《せがれ》さんで——お末姉さんやおるいさんと仲が良くて、何度か松井屋にも遊びに来たこともあったものですから」

確か飯屋《めしや》を営んでいたはずだけれど、火事のあと店がどうなったのかは、寿八郎の知るところではないという。

「ああ、久一さんはやっぱりお末姉さんと添ったのかと、それを聞いたときには、懐《なつ》かしいような気分になりました。子供の手前の目にも、睦まじいのがわかりましたから。もっとも、手前がそんな昔のことを言ってみても、お金は信用してくれませんでしたが」

実際、糸問屋の火事のことは、お金たちとの思い出話——というよりも尋問《じんもん》だが——そのなかでも何度も出てきたのだそうである。それだけ皆の記憶に残る出来事だったのだ。だから寿八郎も懸命に思い出しては答えたのだそうだ。

お金が寿八郎の〝正体〟を確かめようと、親戚や古い知人たちを集めたとき、お末にも声をかけた。子供のころ一緒に住んでいたのだから当然だ。が、彼女は出てこなかった。遣いに行った奉公人の話では、お末は今加減が悪くて臥《ふ》せっており、久一もそばにつききりなので、向島の家を離れることはできないという返事だったそうである。

うかがいを立てるように、そっと、茂七の顔を仰《あお》いで、寿八郎は言った。「親分さん、点け火は重い咎《とが》を受ける、たいへんな罪でございますよね」

茂七は鼻からふんと息を吐く。「そうだな。だが、三十年も昔のことだ。それに、それこそ確かな証があるわけじゃねえ。たとえ本当にお末が火を点けたのだとしても、今さら牢屋《ろうや》入りすることもあるめえよ」

寿八郎は大いに安堵《あんど》したようだった。しゃっちょこばっていた肩から力が抜けた。

「だとしたら、事の真相を確かめても、大きな障《さわ》りにはなりませんですね」

お末に会い、その怖い思い出話を持ち出せば、お末はきっと、自分が寿八郎に間違いないとわかってくれるだろう。寿八郎としては、今さらお末の昔の不始末を暴《あば》きたてるつもりなど毛頭《もうとう》ない。ただ、お末からひと言、お金たちに向かって、あれは本物の寿八郎さんだと口添えしてもらえれば、気も晴れる――寿八郎はそう言った。

茂七は寿八郎の注《つ》ぎ足してくれた茶をひと口飲んで、唸った。

「どうかな。それはあんまり良い考えじゃねえような気がする。少なくとも、あんたがお末さんに会いに行くのは得策じゃねえよ。先方だって、すらすらと会ってはくれねえだろう。お金たちから、何やかやと言い含められているかもしれねえし、昔にそんな隠し事があればなおさらだ」

「難しゅうございましょうか」

「うん」

そこで、茂七はぽんと膝を打った。「乗りかかった船だ。ここはひとつ、俺に任せてくれねえか。俺がお末さんを訪ねてみよう。すぐには会えなくても、根気よく段取りを踏めばなんとかなるかもしれねえ」

寿八郎は「ああ」と小さく声をあげ、手を合せて茂七を拝むようにした。

「だから、あんたはこのまま花川戸へ帰るんだ。で、もう松井屋には関わらない方がいい。腹は決まってるんだ、後悔はしねえだろう?」

「はい」と、寿八郎はうなずいた。

何かわかったら、きちんと報せる。だから安心して正月を迎えてくれと、茂七は彼に言い含めた。寿八郎は何度も頭を下げ、立ち上がってみるとなるほど長身の身体をまた深く折ってお辞儀を繰り返すと、静かに立ち去っていった。

彼の去った後、茂七は、家の表戸《おもてど》の脇《わき》に、昨夜の名残《なごり》の赤鰯のひからびた頭が半分、ぽつんと落ちているのを見つけた。野良猫《のらねこ》にでも食い荒らされた残りだろう。茂七はそれを蹴散《けち》らそうとしたが、急にもの悲しいような気持ちになって、やめた。指先でつまんで拾い上げると、台所のくず入れまで持っていって捨てた。

これも宿酔いのせいだろう、寿八郎が帰ってよほど経ってから、茂七はあることを思いついた。ただ、それを実行するにはちょっと遅い。思わず額を打って悔《くや》しがった。

寿八郎がいるうちに、お花《はな》を呼んで、彼の似顔絵《にがおえ》を描かせておけばよかった。そうすれば、お末を訪ねるとき、「一人前の大人になった寿八郎さんは、今はこんな顔をしている」と、見せてやることができる。

お花というのは、近ごろ茂七が拾った孤児《みなしご》である。歳はたぶん十二かそこらだろうが、はっきりしない。なにしろ、本人にも自分の歳がいくつかわからないのだ。

もうひと月ばかり前のことになるが、東両国《ひがしりょうごく》の矢《や》場《ば》でちょっとした騒ぎがあって、茂七が出《で》張《ば》ったことがあった。お花には、そのとき会った。その矢場で働いていたのである。

矢場というのは、お客に半弓《はんきゅう》で的《まと》当《あ》てをさせて遊ばせる、ただそれだけの場所ではない。色も売るいかがわしい暗所だ。そんなところに女の子を置いておくわけにもいかないので、茂七は事件を片づけるのと一緒にお花を引っ張ってきて、心当たりの差配人のもとに預けた。最初は自分で養おうかとも思ったし、かみさんも大いに乗り気だったのだが、岡っ引きの飯なんか食えるもんかと、お花に蹴飛ばされて断念したのだ。

なりは小さいがとんだ莫連女《ばくれんおんな》のたまごだと閉口《へいこう》していたら、やがてお花を預かってくれた差配人が面白いことを言って寄越《よこ》した。お花は人の似顔を描くのがたいそう上手《うま》いというのである。

「例の矢場では、ときどき、お上《かみ》のお役人や大商人や人気役者の似顔を描いては、それを的に貼り付けてお客に射させるという、悪ふざけをしていたそうです。それでお花は人気者だったようなのですよ」

どれどれと目の前で描かせてみると、なるほど上手い。人の顔の特徴を的確にとらえて、そっくりに描くのである。いくら勝ち気で野良犬のようにたくましいといっても、やはり子供だ。上手い、上手いと誉《ほ》めてやると、お花は得意になって次から次へと描いてみせた。そのとき茂七の顔を描いたものなど、かみさんがえらく気に入り、座敷に飾った（ただ、それを見た者が、似ている似ているとあんまり喜んで大笑いをするので、茂七は何だか面白くなくて、すす払いのときに片づけさせてしまった）。

こういう技《わざ》は天性《てんせい》のものだから、貴重である。いずれ何かの役に立つことがあるだろうし、そうすればそれがお花の身を助けることにもつながると思って、茂七は心に留めていたのだ。そして今は、そのとっかかりとして絶好の機会だったのに。

寿八郎をもうちょっと引き留めておけばよかった。

夕飯時に、残念がりながらかみさんにそれを話すと、彼女はあらまあと口をあけた。

「嫌だねえ、おまえさん、知らなかったんですか。お花は、本人の顔を見なくたって、ちゃんと似顔を描けるんですよ。今までだってそうしてきたんですもの。おまえさんが、寿八郎って人はこれこれこんな顔だと言ってあげればいいんです」

そこで翌朝早々に、糸吉を迎えにやって、お花を呼んできた。小さな莫連女は、くりくりと芯の固そうな黒い目を瞠《みは》って茂七の話を聞いていたが、やがてフンと鼻先で笑うと、やおら携《たずさ》えてきた矢立《やたて》を取り出した。

「そんなことならお安い御用だもの、さっそく始めようよ。早くしないと、おじさんがその寿八郎って人の顔を忘れちまうだろ？」

糸吉が笑い出したので、茂七は睨んでやった。「おじさんじゃねえ。親分と呼びな」

「どっちだっていいよ。紙をちょうだい。反古でも裏紙でもなんでもいいからさ」

寿八郎の顔の輪郭《りんかく》から始めて、髷《まげ》の形、耳の大きさ、お花に尋ねられるままに答えてゆくと、するすると似顔絵が描かれてゆく。手妻《てづま》を見るような鮮《あざ》やかさだった。

「そうそう、まさしくこんな顔だ」

仕上がりを見て、茂七は大いに感心したが、お花はその程度の賛辞《さんじ》にはもう慣れっこになっているのか、相変わらず人を小馬鹿《こばか》にしたような薄笑いを浮かべているだけである。

「ところでおめえ、いい着物を着てるな。差配さんに買ってもらったのかい？」

投げられたものを受け止めてすかさず投げ返すように、お花は言った。「おじさんのおかみさんの古着をもらって仕立て直したんだよ。自分のおかみさんの着てた着物の柄《がら》もわかんないの？」

今度はかみさんが吹き出す。糸吉は腹を抱えている。茂七は憮然《ぶぜん》とした。

「おじさんじゃねえと言ってるだろ」

「そんじゃ親分さん、おかみさんの着物の柄ぐらい覚えときなよ。そんなにうっかりしてるんじゃ、お上の御用もおぼつかないね。しっかりしておくれよ」

矢場から引っ張ってきたばかりのころのお花は、立て膝をして手づかみで飯《めし》を食うような野良の子であった。それが今では、いちおう膝を揃えてちんまり座っている。預かり親の差配人の躾《しつけ》がいいのだろう。が、口の減らないところまではまだ直せないようである。

縫《ぬ》い針でちくちく刺すようなお花の口舌《こうぜつ》に、茂七がたじたじとなっているのを助けようともせず、面白がってばかりいた糸吉に、茂七は命じた。

「おめえ、これから向島まで行って、お末って女の家を探してこい。詳しい場所はわからねえが、あのあたりの寺の木戸番《きどばん》に片っ端《ぱし》からあたりゃ、何とかなる」

「ええ、これからですか？　あっしが？」糸吉は指で自分の鼻の頭をさした。「だけど親分、釜焚《かまた》きがあるしそれに――」

「いいから行け！　本所緑町松井屋の親戚のお末って女の家だ。貧乏所帯《じょたい》じゃなかろうから、すぐわかるだろう。松井屋に聞き合わせちゃならねえぞ。こっそりやるんだ」

げえというような声をあげて立ち上がる糸吉に、お花がけらけら笑って声をかけた。

「行ってらっしゃい、ねじれ青豆の兄さん」

「ねじれ青豆ぇ？　何だそりゃ」

「あんたの顔は、日陰でひねこびてねじれた青豆そっくりだよ。言われたことない？　帰ってくるまでに、あたしがひとつ描いておいてあげる」

誰もお花には勝てないようであった。

三

思ったよりも手間をくい、糸吉がお末の住まいを突き止めるのには、まるまる二日かかってしまった。裏返せばそれは、お末夫婦がそれほどひっそりと引きこもって暮らしているということである。

「貸し家ですが、板塀《いたべい》をめぐらした立派な家ですぜ。あっしが行ったときには、植木屋が入って門松《かどまつ》を立ててました。板塀も洗ったばっかりでぴかぴかでね。庭にゃ枝振りのいい松と梅があったし、裏は竹藪《たけやぶ》でね」

向島もよほど北に外れたところで、まわりは田圃《たんぼ》ばかりだという。

「運良くその植木屋が居合わせなかったら、話なんかどこからも聞き出せやしませんでしたよ。ご用聞きは、米屋も酒屋も魚屋も、どこも入っちゃいません。女中のひとりも置いていないようで、家のなかのことは夫婦ふたりで切り回してるみたいですね」

庭の手入れだけは夫婦の手に余るということなのだろう。

夫婦はふたりとも四十半ばほどで、品のいい静かな人たちだと、植木屋は話したそうである。亭主の名は確かに久一。これは、妻が夫を呼ぶ声を何度か耳にしたので間違いがないという。女房の方はあまり外に出てこないし、職人たちとも顔を合わせないのでわからない。

「それほどあばたが気になるってことか」

呟いた茂七に、糸吉は声をひそめた。

「でも親分、あっしはそそっかしいけど、粘《ねば》るときは粘るってご存じでしょう?」

「何だよ」

「だからさ、ひと目でいいからお末さんて人の顔を拝みたいと思って、竹藪に潜《ひそ》んで頑張ったんですよ。だから手間もかかっちまったんだけど」

気をもたせるように、糸吉は一拍間《ま》をおいた。茂七の胸が騒いだ。

「で、見たんだな、お末の顔を」

「へい、見ました」と、糸吉は言った。

「だけど親分、きれいなおかみさんでしたよ。確かに顔色も青白いし痩《や》せていて、病弱そうな感じはしましたが、あばたなんぞ、どこにもありませんでした」

またぞろ何の用だよと、呼びつけられたお花はむくれていた。が、おまえにしか果たせない大事な用向きだと言ってやると、隠しようもなく目が輝いた。こんなところは存外素直だ。

「おめえはこれから、ねじれ青豆が言うとおりに、ある女の顔を描くんだ。いいな?」

「親分、ねじれ青豆は勘弁してくださいよ」

「うるせえ。できるな、お花?」

「あたしを誰だと思ってんだよ、おじさん」

お花は再び見事な手際《てぎわ》で似顔絵を描いた。糸吉は感じ入って、

「そうそう、この顔です。何だか、今にもしゃべりだしそうなほど活き活きしてるなあ」

できあがった似顔絵を脇に、茂七はもういっぺんお花を見据えた。

「じゃ、お花。もうひとつ注文がある。この女の似顔絵をもとに、この顔をざっと三十年ばかり若返らせた顔も描けるか？」

「若くするの？」

「そうだ。この女が十四、五の小娘だったころの顔を描いてほしいんだ。おめえの腕ならできるだろう。どうだ？」

お花はためらいはしなかった。子供らしいすべすべした頬と、ぽやぽやした眉毛《まゆげ》に、子供らしくない思い詰めたようなきつい線をつくってしばし考えると、すぐ手を動かし始めた。矢場で働いているころに、お客から的にする人物をあれこれ注文され、それが難しくこみいったものであったときも、これと同じ表情を浮かべたのに違いないと茂七は思った。

半刻《はんとき》（一時間）もかかったろうか。

「できた」と、お花が筆を置いた。

「これでいいの、親分さん？」

茂七はその少女の似顔絵を手に取った。

「いいかどうかは、まだわからねえ。判別するのは俺じゃねえからな。でも、あたりかはずれか、わかったらすぐに報せてやる」

そして茂七は、権三を松井屋に遣《や》って丁寧な口上を言わせ、お金を呼びつけた。お金は、寿八郎の件だとばかり一途《いちず》に思いこんで、すっ飛んできた。今度も徳次郎を連れている。奉公人あがりのこの亭主殿は、〝お嬢さん〟女房の行くところには、犬のようにどこへでも尾《つ》いていくようである。

前置きも説明も抜きで、茂七はまず、お末の家で糸吉が見かけた女の似顔絵をお金に見せた。

「知っている女かい？」

お金はしげしげと似顔絵に見入り、首を振って、それを徳次郎に見せた。

「どこかで見た覚えのある顔だな」と、彼はもごもごと呟いた。

次の似顔絵を見せる前に、茂七は訊いた。

「ところで、あんたらにはお末さんという叔母さんがいなさるね？」

寿八郎から聞いたのだと言ってやると、お金は急に頑なな顔になり、

「確かにいますけど、お末叔母さんは今度のことを何もご存じありませんよ」と、

うるさい蠅《はえ》をはらうみたいにぞんざいに言い捨てた。

「うん、それはいいんだ。で、そのお末さんのご亭主の久一さんは、お末さんの幼馴染《なじ》みなんだよな？」

いったい何を訊き出したいのかと、探るような目をするお金の脇で、徳次郎がうなずいた。「はい、左様でございます。」

「あんたは久一さんを知っている？」

「昔から存じあげております。手前は、お末さまが松井屋にいらしたころには、もう丁稚奉公《でっちぼうこう》にあがっておりましたから」

徳次郎は明けて四十二になるというから、喜八郎寿八郎の兄弟よりも年長なのだ。火事のあったころには十《とお》だった。

茂七の胸に希望の光が射《さ》した。

「それじゃ、徳次郎さんの方がわかるかもしれねえな」

もう一枚の、お花の手によって三十歳若返った、少女の似顔絵を取り出した。

「これは誰だろうね？」

徳次郎が絵を手に取った。お金が首を伸ばしてのぞきこみ、眉をひそめる。

しかし徳次郎は、いかにも懐かしげに頬を緩《ゆる》めると、目を上げてこう答えた。

「これは……やはり昔、お末さんと仲良しでいらした、糸問屋のおるいさんという娘さんのお顔だと思いますが」

入れ代わっていたのは寿八郎ではなく、お末の方だったのだ。偽者は寿八郎ではなく、お末がおるいで、偽者だったのだった。

茂七はずいぶん思案した。向島の家に乗り込んでもいいが、一気に追いつめ過ぎて、久一が何かしでかしては困る。

結局、久一を呼ぶことにした。それで逃げられるなら不手際《ふてぎわ》ということになるが、病身のおるいを捨てて、彼ひとりが逐電《ちくでん》するということは考えにくい。久一はおとなしい男のようだし、おるいとは真に惚《ほ》れて惚れられた仲のように思えるから、観念して出てきてくれるだろう。

それに茂七は何よりも、お金と寿八郎が相次いで訪ねてきて、この家に持ち込まれた悲しい気配のようなものを、きれいに片づけたかったのだった。それができるのは、久一しかいないような気がして仕方がなかった。

茂七の読みは正しかった。久一はやって来た。小柄な男で、その日の強い北風に飛ばされてしまいそうな、心許《こころもと》ない足取りで歩いてきたが、座敷で茂七と相対したときには、いっそ覚悟を決めたような、すっきりした表情を浮かべていた。

「こんな猿芝居《さるしばい》が長続きするとは、わたくしも思っておりませんでした」

おるいは風邪気味で、今日も臥せっているという。食が細いのがいけませんのですと、案じるように久一は言った。

「あれには何も言わずに出て参りました。すべてはわたくしが企んだことで、おるいは何も存じません」

どうぞおるいについてはお目こぼしを願いますと、畳に手をついて久一は頼んだ。

事態は、茂七が考えていたほど悪くはなかった。少なくとも最悪ではなかった。

お末は五年前に死んだという。

「夜半に〝胸苦しい〟と申しまして、わたくしを起こしました。背中をさすってやると、少し具合がいいようだと申しまして、寝付いたようなので、わたくしも添い寝したまま、いつの間にか眠ってしまいました」

そして朝になって、お末が冷たくなっているのを見つけた。

「すぐ松井屋に報せればよかった。それがまっとうなやり方でございました。でも、わたくしの心にふと魔がさしたのです」

久一はそれより二年ほど前に、偶然の成り行きでおるいと再会していた。家業の糸問屋が火元となって全焼したのがつまずきで、おるいの家は貧の底に落ち、そのころにはもう、おるいには頼れる身寄《みよ》りもいなくなっていた。

「居酒屋で働いておりましたが、どうやら春をひさいでいる様子も見えました。むろん、家があんなことになったので、ふさわしいところに縁づくこともなく、ひとりぼっちになっていたのです。どんな人生を送ってきたのかと察するだけで、わたくしはただおるいが哀れで、哀れで……」

ひそかに囲って面倒を見ることにした。

「お末が死んだとき、わたくしが真っ先に考えたのは、これで松井屋からの月々の仕送りも絶える、わたくしは路頭に迷う、おるいの面倒を見ることもできなくなる──そのことばかりでございました」

久一の実家の飯屋も、火事で焼けた後はとうとう店を立て直すこともできず、彼もまたその日暮らしの長屋住まいに落ちていた。

「ですからお末との縁組みは、わたくしにとっては助け船のようなものだったのです。お末は顔のあばたを気にして世間から引きこもり、誰も寄せ付けようとはしなかった。でもわたくしとならば、添ってもいいと言いました。松井屋さんも、わたくしがお末を引き受けてくれるならば、暮らしの面倒はみると言ってくださいました」

そうやって二十数年を過ごした結果、久一は、もう自力で暮らしていける男ではなくなっていたのだった。

「今となっては浅はかな企みで、どうしてそんなことを思いついたのか、自分でも恥ずかしくてなりません。でも、そのときは、これ以上の名案はないように思われたのです」

お末は世間から隠れていた。向島でも、近隣の誰に顔を知られているわけではない。ならば、お末の亡骸《なきがら》を人知れず葬り、代わりにこっそりおるいを引き入れて、松井屋には何も報せず、仕送りをもらって暮らし続けることができるのではないか――と。

「この歳でこんなことを申し上げるのも顔が赤らみますが、わたくしは、小伜のころからおるいに惚れておりました。いずれは一緒になりたいと思っていましたし、おるいも同じ想《おも》いでいてくれました。でも、若い時にその望みが断たれた……」

思いがけない火災という災厄《さいやく》によって。

「ですからわたくしは、考えずにはおられなかったのです。一度は諦めた夢をかなえる、これが最初で最後の機会だと」

申し訳ございません――うなだれつつも淡々と語る久一を前に、茂七は考えていた。

あの節分の夕、お末はなぜ、仲良しのおるいの家に火をつけたのか。

嫉妬《やきもち》だ。そう思った。幼馴染みの三人の男女のなかに、ひそかな恋のさやあてがあったのに違いない。久一はおるいを好いており、おるいも久一に心を寄せていた。

それがお末には我慢ならなかった。

思いどおりにならないことがあると、しゃにむに口を尖らせて文句を言い、めちゃくちゃな理屈をつけてでも我を張らずにはいられない、お金の顔が心に浮かぶ。お末もそれと同じだったのではないのか。

また一方で、お店大事で、人の情にはまったく疎《うと》い、松井屋一流のものの片づけ方がある。確かにあの松井屋の人びとならば、長年、お末の世話を押しつけてきた久一に対しても、お末という厄介者がいなくなったならば、あっさりと引導を渡すだろう。自分たちの都合で居食《いぐ》いをさせてきて、久一が自分で自分の人生を切り開く機会を奪ってきたということなどおもいもせず、彼を切り捨て、無一文《むいちもん》で放り出して、あっけらかんとしていることだろう。

鬼は外だ。

三十年前、寿八郎はそうやって生家を追われた。五年前、お末が死んだとき、久一は、今度は自分が「鬼は外」と追われる番だと悟った。だから計略を巡《めぐ》らせた。

茂七は深いため息をついた。

生家を追われた寿八郎は、しかし、養家に自分の居場所を見つけることができた。あの稲荷寿司屋台の親父が据えた腰掛けのように、広い世間には、追われた鬼に座る場所をつくってくれる人も、まったくいないわけではないのだ。

久一とおるいは、互いに追われた同士で、身を寄せ合って互いの座る場所をつくった。それは正しいやり方ではなかったけれど、それしかまた方法はなかった。

一方で、お末はどうだったろうかと、茂七は考える。憎い恋敵《こいがたき》の家に火をつけて、鬼は外とばかりに追い払ったはよかったが、思いがけず疱瘡を病んで、今度は自身が追われる身になった。いや、誰も追ってはいなかったのに、身の引け目が追われているような錯覚《さっかく》を呼んだのだ。

お末は本当に、あばた面《づら》を気に病んだが故《ゆえ》に、世間から隠れていたのだろうか。実は、真に手厳しくお末を「鬼は外」と追ったものの正体は、自身が犯した罪ではなかったのか。

茂七は顔をあげて、しょんぼりしている久一を見た。

「俺が一緒に松井屋に行ってやる。洗いざらい話すといい。できるだけ取りなしてやるから、安心しろ」

久一は顔に手をあてた。指の隙間から涙が一滴だけ落ちた。

茂七は言った。「だが、それは明日にしよう。今夜、あんたを連れて行きたいところがあるんだ」

旨い物を喰わせる屋台だよ。そこの親父に会ってやってくれ。

「それはまた……どうしてでございますか」

久一の不安気なまなざしに、茂七はにっこり笑いかけた。

「なぁに、深い理由《わけ》はねえのさ。ただそこには、鬼の腰掛けがあったからさ。あんたにもその話を教えてやって、ちくと一杯やりたいんだよ」

〈完本〉のためのあとがき

拙著をお楽しみいただきまして、ありがとうございます。

本書は、PHP文芸文庫版『初ものがたり』に、新たに三篇を加えて〈完本〉としたものです。三木謙次さんの描き下ろしのイラストをいただくこともできて、嬉しいお色直しとなりました。

稲荷寿司屋の親父の正体を明かさないまま、著者の勝手な都合で途絶したきりのこの捕物帖シリーズですが、今後は他のシリーズと合わせて、多くの人物をにぎやかに往来させながら、ゆっくり語り広げていきたいと思っております。

平成二十五年七月吉日

宮部みゆき

解説――ミヤベ・ワールドが凝縮された一冊

末國善己《すえくによしみ》

昔から、その季節に最初に採れた野菜や魚は〝初もの〟と呼ばれ、食べると寿《じゅ》命《みょう》が七十五日のびる縁起ものと考えられていた。特に江戸っ子は、人より早く初ものを食べることを粋《すい》と考え、そのために大金をつぎ込むのも厭《いと》わなかった。当然ながら、初ものの値段が高騰《こうとう》したため、幕府は江戸初期の一六一五年（元和《げんな》元年）以来、何度も初ものを売り出す期日と値段を指定するお触れを出しているが、すぐに有名無実となっている。

江戸の市井《しせい》で起こる奇怪な事件に、春先の白魚《しらうお》、初夏の初鰹《はつがつお》、秋の柿《かき》など四季折々の食材を織り込んだ『初ものがたり』は、怪談と捕物帳《とりものちょう》を二本柱に時代小説に取り組んでいる宮部みゆきの捕物帳の代表作であり、『本所深川《ほんじょふかがわ》ふしぎ草紙《ぞうし》』に狂言回しとして初登場した岡っ引き・回向院《えこういん》の茂七《もしち》が、名探偵として活躍する記念《きねん》碑《ひ》的な作品でもある。

『初ものがたり』は、まず「小説歴史街道」に連載された「お勢殺《せい》し」から「遺恨《いこん》の桜」までの六話が、一九九五年七月に単行本として刊行された。その後、「小説歴史街道」(一九九六年初夏号)に発表された「糸吉《いときち》の恋」を加えた『愛蔵版』が二〇〇一年五月に上梓《じょうし》されたが、実は茂七の活躍は場所をかえて続いており、「寿《ことぶき》の毒」(「オール讀物」二〇〇二年二月号)と「鬼は外」(「オール讀物」二〇〇三年二月号)の二作が発表されていたのだ。本書『〈完本〉初ものがたり』は、雑誌掲載のまま単行本未収録になっていた二作を加えた文字通りの完全版であり、宮部ファン待望の一冊なのである。

しかも巻頭に物語の舞台となる本所深川周辺の絵図が付いているのに加え、二〇一三年二月に刊行された著者の時代ミステリー『桜ほうさら』の挿絵《さしえ》を担当した三《み》木謙次《きけんじ》氏のイラストも入っている贅沢《ぜいたく》な作りになっているのだ。茂七たちが、どのような衣服を着て、どのような場所で暮らし、何を食べていたのかがイラストで鮮《あざ》やかに再現されているので、時代小説が苦手《にがて》な方でもすんなりと物語の中に入っていけるはずだ。

本書には、商家の奉公人が関係する事件が多いので、江戸時代の商家のシステムを簡単に紹介しておきたい。当時の奉公人が、丁稚《でっち》(小僧《こぞう》、子供などとも呼ばれた)、手代《てだい》、番頭《ばんとう》と出世してゆくことは有名だろう。丁稚は元服《げんぷく》前の少年で、親と主人が契約を交《かわ》して店に雇《やと》われた。雑用を命じられる丁稚は、小額の小遣いがもらえる程度で基本的に給料はないが、その代わりに主人は、衣食住と教育の面倒を見る義務があった。丁稚は元服した頃に手代に昇進、手代になると給料も貰える。手代が業績を認められると、管理職ともいえる番頭になれる。番頭になると、店の外に自宅を持ち、そこから通勤を許される者もいたが、丁稚、手代は住み込みが原則で、藪入《やぶい》り以外は帰省《きせい》も許されなかったのである。江戸の商家は年功序列ではなく、実力主義だったので、番頭になれるのは一握りだった。だが丁稚からスタートできるのは恵まれている方で、店の奉公人には、中年《ちゅうどし》と呼ばれる雑用専用の非正規労働者も多かったのである。

さて、江戸時代は現代人が考える以上に、物流も貨幣経済も発達していたが、ごく普通の庶民が日用品を買う時に使うのは、商品を担《かつ》いで町を歩く棒手振《ぼてふり》だった。

新年早々の大川《おおかわ》(隅田川)で、棒手振をしていたお勢の死体が見つかるのが第一話「お勢殺し」である。当初は覚悟の身投げと思われたが、茂七は、お勢が真冬なのに全裸だったことに疑問を持ち捜査を開始。やがてお勢が、商家のエリート音次《おとじ》郎《ろう》と付き合っていた事実が判明。しかし最有力容疑者の音次郎には、鉄壁《てっぺき》のアリバイがあったのだ。

同じ頃、富岡橋《とみおかばし》のたもとに、深夜まで営業する奇妙な稲荷寿司《いなりずし》の屋台が出るようになった。屋台の親父は、地元のやくざを束《たば》ねている梶屋《かじや》の勝蔵《かつぞう》さえ黙らせるすごみがあるという。この奇妙な屋台で、旬《しゅん》の蕪汁《かぶらじる》と味噌《みそ》仕立てのすいとんを食べた茂七は、親父の料理をヒントに事件を解決する。

事件のトリックは、チェスタトンが考案した有名なトリックを江戸に相応《ふさわ》しい形にアレンジしたもの。時代小説は、日本の伝統的なジャンルと思われがちだが、英米の探偵小説を原書で読み、ウィルキー・コリンズ、コナン・ドイル、ナサニエル・ホーソンなどの探偵小説を翻案《ほんあん》した岡本綺堂《おかもときどう》は、その経験を『半七捕物帳《はんしちとりものちょう》』にも活かしている。その意味で、時代小説と海外の探偵小説をリンクさせた「お勢殺し」は、著者の敬愛する綺堂の流れを受け継いだ作品でもあるのだ。

ちなみに、『半七捕物帳』の第二話「石灯籠《いしどうろう》」には、「大抵《たいてい》の岡っ引は何か別に商売をやっていました。女房《にょうぼう》の名前で湯屋《ゆや》をやったり小料理をやったり」との一節があり、茂七も仕立物《したてもの》が得意なおかみさんのおかつのお陰で、生活に困っていない。また茂七は、糸吉と権三《ごんぞう》の二人の手下《てか》を抱《かか》えているが、糸吉は何度正業に就《つ》いても長続きせず、結局は茂七が面倒《めんどう》を見ることになったとされている。糸吉の経歴は、堅気《かたぎ》の仕事を嫌《きら》って岡っ引きの子分になった若き日の半七を思わせるので、これらの設定は『半七捕物帳』へのオマージュのようにも思える。

江戸には単身赴任《ふにん》している武士や商人、つまり調理に手をかけられない男性が多かったので、棒手振をしていれば食うに困らないだけの収入は得られたが、棒手振は体が資本なので、先が見えない職業であることに変わりはなかった。茂七の推理が、同じ棒手振の父親が病気で倒れ、厳しい現実を突き付けられたお勢が、安定した生活を手にするというささやかな幸福を望んだことで事件に巻き込まれたことを明らかにしていく展開は、せつなく感じられるだろう。

本書は、基本的に一話完結で進んでいくが、屋台の親父の謎が連作全体を貫《つらぬ》く趣向になっており、長編としても楽しめるようになっている。

続く「白魚の目」は、初鰹と並ぶ江戸っ子の好物だった白魚の漁の季節に起きた陰惨《いんさん》な事件を描いている。町にホームレスの少年少女が増え、ようやく町奉行所も保護施設の建設に動き出した。茂七も、町の有力者から施設の建設資金を集めるため動きまわるが、その矢先、小さな稲荷神社をねぐらにしていた子供五人全員が毒殺されてしまう。犯人は、子供たちが神社のお供《そな》え物で飢《う》えをしのいでいたことを知り、お供え物の稲荷寿司に毒を仕込んだのだ。

猟奇《りょうき》的な大量殺人だけに茂七も激怒して犯人を追うが、茂七の怒りは犯人にだけ向けられているのではなく、家のない子供たちがいるのに見て見ぬふりをした大人、保護施設の建設にお金を出そうとしなかった商人など、間接的に被害者を追い詰めた〝無責任〟に向けられていることも、忘れてはならない。

残酷な事件が続いたが、「鰹千両」は殺人事件が起こらない〝日常の謎〟である。棒手振の魚屋・角次郎《かくじろう》が、小振《こぶ》りの鰹を仕入れて帰る途中、呉服屋の伊勢屋《いせや》にその鰹を千両で譲って欲しいと頼まれたというのだ。初鰹は江戸っ子が最も夢中になった初ものだが、一八一二年（文化九年）に江戸へ運ばれた初鰹十七本のうち、高級料亭の八百善《やおぜん》が三本を二両一分《ぶ》ずつ、三代目中村吉右衛門《なかむらきちえもん》が一本三両で買ったとの記録が残っているくらいなので、千両がいかに桁外《けたはず》れな値段かが分かるだろう。

伊勢屋の目的を調べ始めた茂七によって、人が幸福になるのに必要なのは、金なのか、情なのかが浮かび上がるので、考えさせられる一編となっている。問い掛けが重いだけに、この難問を茂七が、江戸っ子らしい粋《いき》な方法で丸く収めるラストが痛快に思えるはずだ。

犯人探しや犯行方法の解明なら、理詰めで真相にたどりつける。だが、人の心にひそむ動機となると、それほど簡単ではない。貧しい農家を継いだ兄が、江戸の商家で出世した弟を殺した事件を描く「太郎柿次郎柿《たろうがきじろうがき》」は、単純な事件の構図とは裏腹に、余人にはうかがい知れない複雑な動機に迫っている。

犯人が罪をすべて白状し、神妙にお縄《なわ》についたとしても、その告白が真実かどうかは誰にも判断できない。著者は、合理的に割り切れない人間心理を用い、とても印象深い物語を作り上げている。この結末は、テレビのニュースやワイドショーをいる現代人への皮肉のようにも思えた。

「太郎柿次郎柿」からは、霊能力を持つ少年・日道《にちどう》が登場。霊視そのものよりも、子供にいかがわしい商売をさせている両親に怒った茂七は、日道を気にかけるようになる。そして日道の存在は、屋台の親父の謎と並び、後半の大きな鍵となっていくのである。

「凍《こお》る月」も〝日常の謎〟で、商家の台所から新巻鮭《あらまきじやけ》が盗《ぬす》まれ、まったく疑われていなかった女中のおさとが、自分が犯人だと言い残して失踪《しつそう》してしまう。犯人は猫かもしれず、盗まれた新巻鮭も高価な品物ではない。それなのに主人の松太郎《まつたろう》は、執拗《しつよう》なまでに犯人を探そうとする。茂七は、松太郎の不可解な言動から、その心の〝闇〟に迫っていくが、小心で神経質ではあるものの、松太郎は悪人どころか生真面目《きまじめ》で仕事熱心なごく普通の人間。それだけに、意外な結末は身につまされるのではないだろうか。

「遺恨の桜」は、日道が何者かに襲撃《しゆうげき》され、瀕死《ひんし》の重傷を負うところから始まる。茂七が事件のネタを瓦版屋《かわらばんや》に提供して情報を集めると、お夏《なつ》という女が名乗り出てくる。お夏が、失踪した婚約者・清一《せいいち》の行方《ゆくえ》を日道に霊視してもらったところ、清一は大きなしだれ桜のある家の桜の根元に埋められているという。やがて、一見すると無関係に思える日道の襲撃と清一の失踪は、思わぬ形でリンクしていくのだが、茂七は本来なら人が最も安らげるはずの場所で起きた悲劇に行き当たるので、やり切れなさも募《つの》る。

『愛蔵版』に収録された「糸吉の恋」は、火事で焼けた長屋跡に作られた菜の花畑で、糸吉が謎の美女に出会い魅《ひ》かれていくストーリーで、タイトル通り、ロマンチックに進んでいく。ところが、美女が菜の花畑の下には赤ん坊の死体が埋まっているといいだしてから状況が一転、糸吉は運命に負けて壊れた弱い心を垣間《かいま》見ることになる。

単行本初収録となる「寿の毒」は、蠟問屋《ろうどんや》のご隠居の還暦《かんれき》祝いの席で奇妙な事件が起きる。同じ献立を口にしたのに、なぜか店の跡を継いだ主人の前妻だけが死亡したのだ。毒殺されたのは確実なのに、被害者がいつ、どのようにして毒を飲まされたのか分からない状況は、霊験《れいげん》お初《はつ》の初登場作品「迷い鳩《ばと》」（『かまいたち』所収）と共通しているので、二作を読み比べてみるのも一興《いっきょう》である。

やはり単行本初収録の「鬼は外」は、商売が大きくなったため、兄妹が相続した時に、メインの小間物《こまもの》とサブの蠟燭《ろうそく》に店を分けた松井屋《まついや》を舞台にしている。分割《ぶんかつ》後も両方の商売は順調だったが、小間物屋を継いだ喜八郎《きはちろう》が急死したため、喜八郎の双子《ふたご》の弟で、幼い頃に船宿《ふなやど》へ養子に出された寿八郎《じゅはちろう》を呼び戻すことにした。ところが妹のお金《きん》は、再会した寿八郎は偽者《にせもの》だというのだ。そして、寿八郎の登場は、お金たちが幼い頃に経験した火事が発端《ほったん》となった、悲しい事件を掘り起こしてしまうのである。

人が犯罪に走る原因を「鬼」になぞらえていた茂七が、節分《せつぶん》で追われた「鬼」が休めるよう長腰掛《ながこしか》けを用意していた屋台の親父を思い出す「鬼は外」のラストは、人は他人からの優《やさ》しさを求めるより、どれほど貧しく、傷ついていても、人に優しくする方が幸福になれるという本書のテーマが凝縮《ぎょうしゅく》されており、まさに掉尾《ちょうび》を飾《かざ》るに相応しいといえる。

本書を読むと、親分子分という疑似的《ぎじてき》な家族を作っている茂七が、血の繋《つな》がった家族が抱《かか》えている〝闇〟を暴《あば》き出す作品が数多く収録されていることに気付くだろう。

血縁で結ばれていなくても、強い〝絆《きずな》〟さえあれば、心に傷を負い、逃げ場を探している人間を受け入れ、癒《いや》す場所は提供できるのではないか、という著者の問いかけは、一家が離散して、親切な叔父の浅野大造《あさのだいぞう》一家に引き取られた日下守《くさかまもる》が、大造の巻き込まれた事件を追う初期作品『魔術はささやく』から、父の自刃《じじん》で表面化した家族の不和に悩みながらも、父の汚名《おめい》をすすぐため江戸に出てきた古橋《ふるはし》笙之介《しょうのすけ》が、下町の人情に触れながら事件を追う『桜ほうさら』まで、一貫している。そのため本書は、著者のエッセンスが凝縮されているといっても過言《かごん》ではないのだ。

遺産をめぐる骨肉の争い、幼児虐待《ぎゃくたい》、年金の不正受給のための死の隠蔽《いんぺい》など、他人が内側に入っていけず、肉親だから必ず分かりあえると安易に考えてしまう家族の間で起こるからこそ、逆に問題が解決できず、危機的な状況に陥《おちい》ることは現代でも珍しくない（ネタバレになるのでどの作品かは伏せるが、ここに挙げた問題はすべて本書で言及されている）。こんな時代だからこそ、理想の家族と人情のあり方を描いた本書の意義は、ますます重要になってくるのである。

（文芸評論家）

本書は、一九九七年三月にＰＨＰ研究所より刊行された文庫に、
左の三篇を追加収録しております。

初出
糸吉の恋　『愛蔵版　初ものがたり』
寿の毒　「オール讀物」二〇〇二年二月号
鬼は外　「オール讀物」二〇〇三年二月号

著者紹介
宮部みゆき（みやべ　みゆき）
1960年（昭和35年）、東京都生まれ。
87年、「我らが隣人の犯罪」でオール讀物推理小説新人賞を受賞してデビュー。92年、『本所深川ふしぎ草紙』で吉川英治文学新人賞、93年、『火車』で山本周五郎賞、97年、『蒲生邸事件』で日本SF大賞、99年、『理由』で直木賞、2007年、『名もなき毒』で吉川英治文学賞を受賞。
著書は、時代ものに『桜ほうさら』『あかんべえ』『孤宿の人』『ばんば憑き』、「ぼんくら」「三島屋変調百物語」の両シリーズ、現代ものに『模倣犯』『小暮写眞館』『ソロモンの偽証』などがある。

ＰＨＰ文芸文庫　〈完本〉初ものがたり

2013年７月30日　第１版第１刷
2024年７月31日　第１版第23刷

著　者　　宮部みゆき
発行者　　永田貴之
発行所　　株式会社ＰＨＰ研究所
東京本部　〒135-8137 江東区豊洲5-6-52
文化事業部　☎03-3520-9620（編集）
普及部　☎03-3520-9630（販売）
京都本部　〒601-8411 京都市南区西九条北ノ内町11
PHP INTERFACE　https://www.php.co.jp/
組　版　　朝日メディアインターナショナル株式会社
印刷所　　TOPPANクロレ株式会社
製本所　　東京美術紙工協業組合

ISBN978-4-569-76056-8